新 潮 文 庫

伊賀の残光

青山文平著

新 潮 社 版

10345

伊賀の残光

「相変わらず、青梅《おうめ》の辺りへお出ましなのですか」

急須《きゅうす》を傾けながら、一人娘の千瀬《ちせ》が言う。

「いや、青梅は泊りになるでな。そうそうは行けん」

サツキを剪定《せんてい》する手を休めずに山岡晋平《やまおかしんぺい》は答えた。

「せいぜい等々力《とどろき》あたりで茶を濁しておる」

できるなら毎日でも奥多摩《おくたま》の懐《ふところ》深く分け入りたいが、青梅宿までは程近《ほどちか》くの内藤《ないとう》新宿《しんじゅく》からでも十里ばかりもある。

御公辺《ごこうへん》の禄《ろく》を食《は》む者が、ひと晩といえども家を空けるには、書面を添えて組頭の許しを得なければならない。それに、五月初めのこの時期は、大縄地《おおなわち》の庭に出てやらねばならぬことが山ほどある。

「そのご様子では、まだ対面は叶《かな》っていないのですね」

晋平の好物である的場屋《まとばや》の金鍔《きんつば》を添えて、千瀬が濡《ぬ》れ縁に湯呑《ゆの》みを置く。

「夢のなかではもう幾度となく目にしているのだがな」

嫁いで三年になるが、いまだに月に一度は顔を見せる。寡夫《やもめ》暮らしを気遣っての頻繁な里帰りだろうが、晋平としては婚家の手前、憚《はばか》られる。

「黄花《きばな》のサツキ、でしたね」

二十年を越えて連れ添った妻の田江《たえ》が流行《はや》り病で逝《い》ったのは、千瀬が御掃除之者《おそうじのもの》を務める宮地《みやじ》平太《へいた》に嫁《か》す四年前だ。齢《とし》はまだ晋平よりひと回りも下の四十三で、自分が先に仏になるのを露ほども疑わなかったのに、床に臥《ふ》せってから息を引き取るまでは現《うつつ》とは思えぬほどに呆気《あっけ》なかった。

「ああ」

金鍔に誘われて剪定鋏《せんていばさみ》を閉じ、サツキから五月の陽に浮かぶ濡れ縁の千瀬に目を移す。ふと、随分と御新造《ごしんぞ》らしくなったなと思いながら傍らに腰を下ろした。

娘の時分は、雪白地《ゆきしろじ》の花弁の底に緑が差す、サツキの博多白《はかたしろ》にも似た涼やかさが目を引いたが、二十四になったいまは同じ雪白でも、淡い朱鷺色《ときいろ》が刷《は》かれた渓香《けいか》のように艶《つや》めいている。

江戸御府内の境界を告げる四谷《よつや》大木戸《おおきど》の外にある、百人町《ひゃくにんちょう》の大縄地で育った娘にはとても見えない。そこでは、鉄砲百人組を成す四つの組の一つ、大久保組《おおくぼぐみ》の伊賀《いが》同心が集まって暮らす。

「ほんとうに黄花のサツキなどあるのでしょうか」

「なんとも言えん」

サツキの挿《さ》し芽《め》を育てる木箱の列に目を移して晋平は言った。

大久保組伊賀同心の役目は、万が一つ、江戸が戦火に覆《おお》われたときに甲府《こうふ》へ避難する将軍を守ることだが、それはもはや幕府草創期の伝説と化している。百七十余年が経《た》った安永《あんえい》のいま、誰もが了解している勤めは大手《おおて》三之門《さんのもん》の門番であり、それも甲賀《こうが》組や根来《ねごろ》組、青山《あおやま》組と分け合っての三番勤めだ。大久保組、別名、二十五騎組の晋平がひと月に番に当たるのは四、五回ほどに過ぎない。

晋平の祖父の頃から、大久保組伊賀同心はそのあり余る時間をサツキの苗木の栽培に充《あ》てて、三十俵二人扶持《ぶち》のか細い活計《たつき》を補ってきた。いまではすっかり土に馴染《なじ》んだ軀《からだ》になって、近くへ用を足しに出るとき刀を差すのを忘れる者も珍しくない。

「岩槻《いわつき》街道の染井《そめい》村に、藤堂《とうどう》侯の下屋敷があってな」

晋平は続ける。

「その御庭で露除《つゆよけ》を務めていたのが高名な植木職である伊藤伊兵衛《いとういへえ》で、元禄《げんろく》の頃に錦繍枕《きんしゅうまくら》なる書物を著した」

「きんしゅうまくら……」

「書かれているのはサツキのみであるにもかかわらず全部で五巻という大書《たいしょ》だ。それによれば黄花のサツキは存在しない」

「では、ないのではございませんか」

「ところが、どこかで見たような気がするのだ」

「どちらで」

「それが分かれば、とっくにお前に見せている」

土産の金鍔に吸い寄せられて、晋平は手を延ばした。的場屋は千瀬の婚家近くの赤《あか》羽橋北《ばねばしきた》で商っている屋台の店と聞いたが、餡《あん》と上新粉の皮の塩梅《あんばい》がめっぽう良い。赤羽橋北といえば芝増上寺《しばぞうじょうじ》裏手の上等とは言えぬ岡場所と重なるが、そういう界隈《かいわい》に限って旨《うま》い菓子が手に入る。

「いつのことでございます」

「それもはっきりとしない」

庭仕事をした軀に甘みが染み入る。

「おやおや」

千瀬がまだ家にいた頃は、晋平の頭のなかに黄花のサツキはなかった。

千瀬が嫁したのが三年前の六月。若い娘の姿が消えた組屋敷の住まいは覚悟していたよりもさらに殺伐としていたが、しかし、その月は株を殖《ふ》やすための挿し芽の植替えに追われた。翌月は虫の駆除に忙しく、八月は整枝《せいし》で埋まって、ようやくひと息ついた九月、まるで封印を解かれたかのように黄花のサツキの記憶が夢のなかに蘇《よみがえ》ったのだ。

深い渓谷の、群青《ぐんじょう》の川波が砕け散る岩肌にそのサツキだけが根を張って、黄色い花弁を揺らしている。当初、その光景は子供の頃の思い出のように漠としていたが、幾度となく蘇るうちに、二尺に満たない丈《たけ》に似合わぬ川面《かわも》の波頭に挑むような樹勢《じゅせい》や、厚い細葉《ほそば》の葉性《はしょう》、そして桔梗《ききょう》咲きの花形《かけい》までもがはっきりと見て取れるようになった。

サツキは元々渓谷に棲《す》む陰樹《いんじゅ》であり、晋平は幼い頃から父の清十郎《せいじゅうろう》の供をして変種を探し歩いた。清十郎には独特の嗅覚《きゅうかく》があって、いまでも王子《おうじ》や染井の植木市で人気となっている樹種のいくつかを山深くから持ち帰っている。鉄砲百人組大縄地の住人でありながら、多少のゆとりをもって暮らすことができたのは清十郎の山歩きの賜物《たまもの》と言ってよい。千瀬に似る渓香もまた、清十郎が百人町へ連れ帰った山野の恵みの一つだ。

だから初めはきっと、黄花のサツキもその頃に見たのにちがいないと思ったのだが、それならばとっくに清十郎が大縄地の庭で育てているはずである。といって、一人で山を歩くようになってから目にした覚えはまったくない。

大縄地で共に育った朋輩《ほうばい》の一人は「それはつまり突っ支《か》い棒なのだ」と言った。「千瀬がいなくなった淋《さび》しさを、ありもしない黄花のサツキを追い求めることで紛《まぎ》らしているのだろう」

言われてみれば、そうかもしれぬと思ったし、また、そのほうがよいのかもしれぬとも思った。

六十を二つも過ぎた齢になって、あるはずのない物を本気であると信じ込んでいたら、中風の始まりを疑わなければならないのかもしれない。患《わずら》っているにしては、頭のなかの黄色い花弁は鮮やかすぎるが、しかし、鮮やかさを増すに連れ、病は重くなっていくのだろう。

あるいは、記憶のなかで、サツキにも同じ名がある、福寿草の金采《きんさい》の黄花と紛れているのかもしれないと思いつつ湯呑みに手を添えたとき、内藤新宿の天龍寺《てんりゅうじ》の鐘が八つ半を打った。

「そろそろ帰り支度をしたほうがよかろう。今日は喜助《きすけ》はどうしておる」

晋平は言った。大縄地に戻るとき千瀬は決まって、供をする老僕《ろうぼく》の喜助に自由になる時間を与える。

「熊野十二社《くまのじゅうにそう》にお参りしたいと申しておりました。もう、そろそろ戻ってくる頃かと存じますが」

「ならば、平太殿に万年青《おもと》の鉢を持っていってもらってくれ。田無《たなし》近くの林でな、あの永島《ながしま》に似た種が自生していたのだ」

千瀬の連れ合いへの土産を取りに、晋平は腰を上げた。

口にした永島は、神君家康公《しんくんいえやす》が初めて江戸城へ入る際に携えたと伝えられる万年青である。美しい白い斑《ふ》に濃緑《こみどり》の縦縞《たてじま》が入る佇《たたず》まいは見事の一語に尽きるが、栽培は難しく、その葉芸《はげい》を自《おの》がものとして愛《め》でることができるのは、選ばれて、愛好家の集まりである連《れん》に加わることができた者のみに限られているらしい。

もしも晋平が持ち帰った万年青が野に根づいた永島ならば、平太の役に立つことができる。平太もまた晋平と同様、園芸を活計の足しにするために山野を巡る暮らしを続けており、それが縁で見知るようになった。ただし、平太の両の眼はサツキの鮮やかな花弁には注がれず、もっぱら剝《む》き出しの陽を逃れて林床《りんしょう》に根づく、万年青やアオキの葉に向かうのだった。

「それはそれは、喜びましょう」

千瀬が顔を綻《ほころ》ばせたとき、竹垣の向こうに話に上った喜助が姿を見せた。

「旦那《だんな》様」

喜助は晋平よりも四つばかり年嵩《としかさ》で、いつもは春風《しゅんぷう》のようにゆったりとしている。が、晋平の顔を認めるなり掛けてきた声は妙に落ち着きがなかった。

「川井《かわい》様はいまお宅にいらっしゃるでしょうか」

喜助は続けた。川井佐吉《さきち》は晋平の朋輩であり、幼馴染みである。喜助とも好きな将棋を通じて互いに気心知れており、知らぬ間に佐吉の家に上がり込んで駒《こま》を動かしていることも珍しくなかった。佐吉もまた五年前に妻と死に別れている。

「泊番《とまりばん》の明けでいると思うが、この時刻からでは将棋は打てまい」

「いえいえ」

喜助はもどかしげに首を横に振った。

「実はいま重宝院《ちょうほういん》の前を通って戻ってまいったのですが、門前の辺りで人だかりがしていたのでございます。通りしなに人のあいだに目を遣《や》りますと、お武家様がこちらに顔を向けて俯《うつぶ》せに倒れておられました。お召し物には血も見えて、私は血が大の苦手でして、思わず目を逸《そ》らして通り過ぎたのですが、御役宅に近づくにつれてそのお顔が気にかかりまして。思い過ごしとは思いますが、川井様と似ていらしたような。それで、不躾《ぶしつけ》とは存じつつお尋ねしてみた次第でございます」

「おそらく休んでいると思うが……」

挿し芽の苗箱《なえばこ》を置く棚の前に立った晋平は言った。

「しかし、そう言われると気になる。明け番で寝入っているところを起こしても具合がわるいので、とりあえず、そっちのほうへ足を運んでみよう。重宝院の前だったな」

「さようで。わたくしもお供いたしましょうか」

「いや、いまから帰っても芝神明《しばしんめい》に着くのは七つ半になろう。喜助は千瀬と戻ってくれ。そうそう、これを持ってな」

晋平は陽陰に置いた、万年青の鉢に手を延ばした。

山岡晋平がわざわざ出向く気になったのは、内藤新宿の街中がここ数年で様変わりをしているからだ。

僅《わず》か六年前の明和《めいわ》九年、実に五十四年振りに宿場が再開されたのである。

晋平たちが生まれた頃の内藤新宿はといえば、ちょうど八十年前の元禄十一年に甲州道中の新たな宿駅として開かれたものの、たった二十年で廃宿になってしまった頃で、晋平たちに宿場だった当時の記憶はまったくない。

四谷大木戸を出た直《す》ぐから青梅道中との追分《おいわけ》まで、およそ六町の街道の両側に、旅籠《はたご》屋とは名ばかりの豪壮な二階建ての妓楼《ぎろう》が五十軒を越えて建ち並んでいたらしいが、物心ついた晋平たちの眼に入ってきた街並みは平家だけが軒を連ねて、空が低かった。

とはいえ、子供心にも、宿場の顔である旅籠屋の二階が取り払われたことによる落《らく》魄《はく》を感じ取っていたかといえば、そんなことはない。毎日のごとく佐吉ら五、六人と連れ立って、駆けるようにして大久保百人町から内藤新宿を訪ねてみれば、通りはいつも人と、そして馬の往来でざわめいていて、しかも、年々賑《にぎ》わいは増すばかりだった。

いまから振り返れば、その繁盛《はんじょう》は、皮肉にも廃宿から四年後の享保《きょうほう》七年に、八代将軍吉宗《よしむね》公が町奉行、大岡越前守忠相《おおおかえちぜんのかみただすけ》に地方御用掛《じかたごようがかり》を兼務させて命じた、江戸西郊の農業開発の進捗《しんちょく》ぶりと足並みを揃《そろ》える。

武蔵野新田、とはいっても拓かれたのは水田ではなく、もっぱら畑であり、その広がりは、年貢《ねんぐ》が金納《きんのう》となる野菜や雑穀の増産を促して、作物を金に換えるための場を求めさせた。加えて、森を潰《つぶ》して畑をつくったが故《ゆえ》の落ち葉の手当ての困難さは、堆《たい》肥《ひ》のみでの施肥《せひ》を無理にする。いつしか百姓は、銭で肥《こえ》を買うという、川が逆流するかのような営みをなんとも思わなくなった。

おのずと、多摩や秩父《ちちぶ》と江戸を結びつける内藤新宿には、糠《ぬか》屋や青物屋、うどん粉屋などが集まることになる。賑わうに連れて、馬具屋や古手《ふるて》屋、古鉄《ふるがね》屋なども商いを始めて、やがて街道の両側には諸々《もろもろ》の店がびっしりと軒を連ねるようになったのである。

この間、四宿《ししゅく》の筆頭とも言える品川宿《しながわじゅく》は、公用の荷物を人馬で取り次ぐ伝馬役《てんまやく》の重い負担のために困窮を極め、享保十九年には百八十軒あった旅籠屋が、三十年後の明和元年には八十軒まで減っていた。

言ってみれば廃宿後の内藤新宿は、宿場であれば避けることのできなかった伝馬役の桎梏《しっこく》とは無縁に、地の利を謳歌《おうか》していたわけで、伝馬制度の維持に頭を悩ませていた幕府が、どうせならば再び宿駅に戻して役を課そうとするのは自然の流れだった。

それが証拠にというか、元々からの家主たちの多くは再開話には跳びつかなかった。

跳びついたのは、江戸唯一《ゆいいつ》の公娼《こうしょう》である吉原《よしわら》に訴えられて、町奉行所のきつい取り締まりに悩まされていた根津《ねづ》や谷中《やなか》、両国《りょうごく》、芝神明といった岡場所で遊女商いをしていた衆で、家主たちに代わって宿場の負担をあらかた引き受ける代わりに、警動《けいどう》の憂《うれ》いのない、半ば公認の商いの場を再開なった内藤新宿に求めたのである。

そのように、けっして誰もが望んで漕《こ》ぎ着けた再開ではなかったものの、ともあれ、いったん街が脂粉の匂《にお》いを撒《ま》き散らせば、そこに至る経緯などというものは途端にとろんと掻《か》き消えて、それまでは見かけることのなかったさまざまな人間を招き寄せた。

色目当ての人間が来て、金目当ての人間が来て、糧《かて》を求める人間がやって来る。他にも、江戸の御府内にそれぞれの理由で居場処を見つけられない雑多な輩《やから》たちが、寄せ集めの街がつくり出す粗い隙間《すきま》に群がった。おのずと、事があったときの折り合い方はまだこなれておらず、急にいざこざが増え出したのである。

重宝院が見えてくると、喜助が言った人だかりはまだあった。晋近づくと、宿場での厄介を取り仕切る店頭《たながしら》の半四郎《はんしろう》に仕える手代の姿も見える。晋平が人を掻き分けて「すまんが、改めさせてくれ」と申し出ると、三十を越えたばかりの齢格好《としかっこう》の手代はさっと晋平の風体をなぞってから「どうぞ、お頼申《たのもう》します」と慇《いん》懃《ぎん》に言った。

再び宿場となった内藤新宿を管轄《かんかつ》するのは町奉行ではなく道中奉行である。とはいえ、道中奉行は実質、勘定奉行の兼務であり、役所があるわけでも、また手下《てか》がいるわけでもなく、その務めは、宿場全体の大きな舵《かじ》取りに限られる。周りの柏木《かしわぎ》村などを含めた一帯を取り締まる勘定奉行支配の代官所にしても、政務は市中にある拝領屋敷で務めており、支配地には陣屋を置くことがない。しかも、元々、代官が動かせる人数は預かり高五万石でもせいぜい三十人程度と絞り込まれている上に、本来の役目は年貢のたしかな収納だから、たとえ苦労して科人《とがにん》を捕えたとしても手柄として認められるわけでもない。

おのずと、いったん事件が起きたときどう対処するかは、甚だ曖昧《あいまい》なままに据え置かれていて、最初に幕府の役人が動くのはまず考えられず、では誰が始末に当たるのかといえば、宿場の運営に当たる問屋場《といやば》の宿場役人であり、そして、妓楼に睨《にら》みを利《き》かす店頭だった。江戸御府内の品川は、町奉行所による食売女《めしうりおんな》絡《がら》みの度重なる介入に苦労していたが、十手の届かない内藤新宿は内藤新宿で、また別の苦労を背負っていたのである。

「いかがでございましょう」

「いや……」

俯せになった男は脇差《わきざし》一本しか帯びていないものの明らかに武家だった。川井佐吉も含めて、内藤新宿では刀を差さない武家は珍しくない。面倒臭い、で通ってしまう緩い土地柄でもあり、また、好んで町人を気取る下級武士が吹き溜《だ》まる土地柄でもある。佐吉はどちらでもなく、しつこい腰痛《ようつう》持ちだ。その齢格好もたしかに似通っていて、素早く膝《ひざ》を折ると、横に向けた顔も似てはいたが、よくよく改めると佐吉とは重ならず、軀も小柄な佐吉よりは幾分か大きかった。

「どうやら、心当たりの者とはちがうようだ」

晋平は掌《てのひら》を合わせてから、ゆっくりと立ち上がって言った。

「さようでござんすか」

手代は落胆の風を隠さなかった。厄介払いができると思っていたらしい。

「斬《き》られたわけではないような……」

「血は倒れたときに流れたもので、改めてみましたが、傷はどこにもございません。ま、急な中風かなにかでござんしょう。見ていた者の話では、そこの橋本屋《はしもと》から出てきて間もなく倒れ込んだようで、ま、極楽往生でございますな」

内藤新宿随一と噂《うわさ》される、背後の旅籠屋にちらりと目を向けた手代の横顔は迷惑を隠さない。お陰で、女郎遊び帰りの骸《むくろ》を問屋場へ運び、代官所に知らせを入れなければならないと言っている。品川辺りの手代ならばもっと淡々と運ぶのだろうが、そこが再興して間もない宿場町だ。

黙礼してから、晋平は人垣を離れる。けれど、歩幅は小さく、足取りも緩い。

重宝院は、まさに甲州道中と青梅道中が分かれる追分の角にある。百人町の大縄地へ戻るなら、青梅道中へ歩を進めて西方寺《さいほうじ》の手前を右に折れる。そのいつもの路《みち》へ数歩踏み出してから、結局、晋平は足を停めた。

倒れていた男が佐吉ではなくてほっとはしたものの、自分と同じ齢回りの亡骸《なきがら》を目《ま》の当たりにすれば、やはり身に詰まされる。遊女屋で死のうと、寺参りで死のうと、死は死だろう。極楽往生などと、揶揄《やゆ》する気にはなれない。なんとはなしに、このまま千瀬の姿が消えた組屋敷に戻る気にもなれず、晋平は背中を返して、甲州道中へ足を向けた。

子供の頃、晋平たちが遊び場にしたのは、百人町に近い青梅道中ではなく、もっぱら甲州道中沿いだった。理由は至極明快で、玉川《たまがわ》上水が流れていたからである。

内藤新宿に馬が溢《あふ》れているのは、一帯に目ぼしい川がないためだ。舟が使えないとなれば、荷動きは馬の背に頼るしかない。その馬糞《ばふん》交じりの土埃《つちぼこり》の舞う土地で、唯一、瀬の音を届けてくれたのが、多摩川上流の羽村《はむら》から江戸の町々へ飲み水を送る玉川上水で、晋平たちが毎日のように内藤新宿を目指したのも、言ってみれば水粒《みつぼ》の匂いに引き寄せられてのことだった。

　御府内に入れば、地中の木樋《もくとい》に導かれて町々の井戸に湛《たた》えられる清明な水が流れる玉川上水縁《べり》の土手は、緩やかな流れが返す柔らかな光に溢れていたし、そこでは土埃も水気に洗われるようで、気がつけば、皆、思いっ切り息を吸って、いつまでも走り回っているのだった。

　いまも少年の自分の足跡が残っている気さえするその土手へ、晋平は足を踏み入れた。

　追分の高札場《こうさつば》を過ぎた辺りまでは、まだ妓楼の醸《かも》す匂いが追いかけてくるが、一帯に刻《とき》を知らせる天龍寺の門前町沿いを過ぎれば、まるで手妻《てづま》のように、昔見たままの光景が開ける。

　思わず大きく呼吸をして、胸をいっぱいにすると、なにやら、いまと、あの頃に挟まれた、時の塊のようなものが不意に押し寄せてきて、ことさらに己を鼓舞せずとも、自分がけっして老いたのではなく、たしかにそれだけの時を生きてきたのだと思うことができた。

　初めは、玉川上水の流れを目にしたらそれで戻ろうくらいに考えていたのだが、両の足は一向に止まろうとする気配を見せず、晋平は、この際、子供の頃に根城にしていた、取って置きの場所まで行ってみようと思い立った。

そこは、深い鎮守の森に囲まれた熊野十二社の南手《みなみて》の、玉川上水が二股《ふたまた》になって神《かん》田川《だがわ》に分岐する辺りで、なぜ、そこが取って置きだったのかといえば、野も、森も、そして二本もの流れもある上に、なによりも神田川をずっと下ってゆけば、海に出ることができると信じ込んでいたからだった。

実際は、神田川が口を開けていたのは江戸湊《みなと》ではなく、両国橋西詰のやや上手《かみて》の大川だった。十《とお》を幾つか過ぎた頃、初めて江戸随一の盛り場である両国広小路《ひろこうじ》に連れて行ってもらい、ごった返す柳橋《やなぎばし》の上から、大川に注ぎ込む神田川を見た。それでも晋平は、いや、ここは海だと、声には出さずに叫んだものだった。

久々に歩む玉川上水縁は、随分と縮んで感じられた。こんなに近かったか、と思いつつ延寿庵《えんじゅあん》を過ぎ、多聞院《たもんいん》の甍《いらか》を見て、天満宮へ出た。

足を運ぶほどに、幼い頃から馴染んできた面子《めんつ》の、少年だった頃の顔が蘇る。

佐吉と小林勘兵衛《こばやしかんべえ》、横尾太一《よこおたいち》、そして仲がよかったとは言えぬが忘れることはない中森源三《なかもりげんぞう》……。源三は九年前に逝ったが、佐吉と勘兵衛、そして太一の三人はいまも息災で、それがなによりも有り難く思える。

なにやら胸が熱くなって、先を急ごうとしたとき、土手の前方に人の気配を捉《とら》えた。追憶から戻って目を向ければ、夕七つの寝そべった陽が逆光で、しかとは捉えられぬが、十間ほど向こうの正春寺《しょうしゅんじ》の裏手辺りに人が横たわっていて、その懐に中腰になった男が手を入れているかに見える。

それが正しくどういうことなのかは分からぬものの、ともあれ尋常ならざるものを感じて早足になると、中腰の男はさっと顔を上げ、寺の脇の路地へと消えた。

その素早い仕草に引かれるように、晋平は駆け出した。もはや、土手に横たわる者がなぜ倒れたかは自明に思えた。

着くと、立ち去った男は追わず、仰向《あおむ》けになった男に声を掛ける。が、その無事を問う声は、途中で掻き消えた。

問うても答が戻ってくるはずもなく、そして、間近で目を注いだ男の顔は、先刻までずっと想《おも》っていた、友のものだった。

「七、八間離れていても、左頬の黒子《ほくろ》が見て取れたんでござんすね」

半四郎は言った。

「ああ、おまけに逆光だった。それでもはっきりと、黒子と分かった」

晋平は日頃、半四郎とは距離を置いている。けれど、この町で早々に罪人《つみびと》を突き止めようとすれば、この男に頼らざるをえない。

「そんじゃあ、殺《や》ったのは手前《てめえ》でございと置き書きを残していったようなもんだ」

店頭、半四郎の営む損料屋《そんりょう》は重宝院に近い上町《かみちょう》にある。損料屋は布団《ふとん》や枕などの夜具を旅籠屋に貸し出す商いだが、半四郎の店は店頭の会所を兼ねていて、宿場では防《ふせぎ》と呼ばれている子分がいつも十五、六人ばかり詰めており、男の臭《にお》いで溢れ返っている。

「炙《あぶ》り出すのに、そんなに手間暇はかからねえと存じやすよ」

「雑作《ぞうさ》をかける」

「先生に頭を下げていただくようなことじゃあござんせん」

半四郎は晋平を先生と呼ぶ。晋平がまだ四十を幾つか過ぎたばかりの頃、大縄地にあった空き道場を使って剣術を教えていたことがあった。人に頼まれての片手間だったし、忠也《ただなり》派一刀流の遣い手として少しばかり知られていたとはいえ、指南免状を許されたわけではなく目録止まりだったので、人を導くには半端《はんぱ》に過ぎると五年で辞してしまったが、その五年のあいだに誰よりも熱心に通ってきたのが半四郎、というよりも、当時は旗本、秋山豊後守《あきやまぶんごのかみ》の家侍《いえざむらい》だった梶原《かじわら》半四郎だった。

「人を殺《あや》めた盗人《ぬすっと》を野放しにしていちゃあ、女郎商いにも差し障《さわ》りが出ます。内藤新宿はおちおち路も歩けねえなんて評判を立たせるわけにゃあいきやせん」

その頃の半四郎はまだ二十歳そこそこの若侍で、背丈は五尺八寸の晋平よりもまだ頭一つ高く、肩幅は広く、それでいて切れ長の目が涼しげな美丈夫《びじょうふ》だった。十余年のあいだにどういう曰《いわ》く因縁があってそこに至ったのかは知る由《よし》もないが、内藤新宿が再開した六年前、店頭として乗り込んできた半四郎を見たとき、直ぐにあの梶原半四郎と気づき、晋平は己の目を疑ったものだった。

「それでなくっても、この町での旅籠屋商いはめっぽうきつうございやす」

そう半四郎が言ったとき、晋平たちのいる座敷の襖《ふすま》の向こうから声が掛かって、さきほど橋本屋の前で会った手代が茶を運んできた。湯呑みを置きながら、ちらりと晋平に目をくれると、怪訝《けげん》な顔を浮かべて引き下がる。

やはり、昔の縁繋《つな》がりということなのか、半四郎は晋平と顔を合わせるのを心待ちにしてくれているようだが、晋平のほうは敢《あ》えて応《こた》えず、あくまで己を大久保百人町大縄地の一住人と戒めている。自分が清濁併せ呑んでも、濁らずにいられるとは思っていない。だから子分たちは、晋平が何者なのかを知らない。

「土地持ちの家主は、宿場の年貢であるお上への運上金《うんじょうきん》を一切払っておりやせん。払っているのは店子《たなこ》で、もっぱら旅籠屋の負担になっておりやす」

若い頃は路往《い》く人が振り返るほどだった顔立ちが、四十を過ぎた齢に紗《しゃ》をかけられて、むしろ、いい様子になっている。

「おまけに、家主がまるごと支払うのが筋の宿場の伝馬役経費まで半分が旅籠屋持ちだ。他の宿場ではこんなことは金輪際ございやせんよ」

半四郎は問屋場に五人いる御上納会所掛《ごじょうのうかいしょかかり》の一人でもある。幕府に納める運上金の分担金を、旅籠屋や茶屋から取り立てる。

「それもこれも、岡場所の衆が、おおっぴらに女郎を百五十人まで置いていいっていう餌《えさ》に喰らいついたからでございやすが、さすがに目端の利く奴《やつ》は直ぐに間尺に合わねえのに気づいて途中で下りた。だから、廃宿前と同じ五十二軒が商うはずだったのに、半分にもならねえ二十三軒しか見世《みせ》を張っておりやせん」

半四郎は茶を含む。若い頃も酒は苦手だったが、いまも変わらないらしい。町の〝いい顔〟の店頭に、二十歳の梶原半四郎が微《かす》かに覗《のぞ》いた。

「二十三軒で五十二軒分の分担金を背負《しょ》うんだから、きつくないわけがねえ。この上、そいつのために客足が細ったら内藤新宿が成り立ちやせん。上町《かみちょう》、仲町《なかちょう》、下町《しもちょう》、内藤新宿三町《さんちょう》のぜんぶの溝板《どぶいた》ひっぺがしても鼠《ねずみ》を引っ立てて、御供養《ごくよう》にさせていただきますよ。なあに、でっかい目印、あっさり晒《さら》すような半端野郎だ。苦もねえ業《わざ》と存じやすぜ」

半四郎の言葉に嘘《うそ》はなく、科人は三日後には捕えられ、伝馬町《でんまちょう》の西牢《にしろう》送りになった。渡り中間《ちゅうげん》崩れの無宿人で、名を八五郎《やごろう》と言い、齢は三十四。晋平が目にしたとおりの、金を目当ての犯行だった。その数日前から、上町の居酒屋で羽振りのよさを見せつけている佐吉を見て、目をつけていたらしい。武家のようだが、小柄で、齢も喰っている、おまけに、いつも脇差一本だから、どうとでもなると踏んだようだ。

あまりに通り一遍の犯行に、あらためてやり切れなさが込み上げて、どんなときにもそれだけは手を抜くことがなかったサツキの世話さえ億劫《おっくう》に思える日々が続いた。元気でいるときから、佐吉もまた己の突っ支い棒であることは弁《わきま》えているつもりだったが、失ってみれば、そんな用心などなんの役にも立たず、気持ちのどこかが欠け落ちたかのようだった。

馴染んだ者が白帷子《しろかたびら》に包まれるほどに、目の前で移り変わる光景が色を失い、乾いた音を伝えてくる。それでも、なんとか己を追い立て、ようやく花後の植替えを終えた頃になって、さながら戸板がゆっくりと返るように、一時《いちどき》に不審が湧《わ》き上がってきた。

挙げていけば切りがないが、佐吉が一人で居酒屋の暖簾《のれん》を潜《くぐ》っていたのがまず解《げ》せない。まったく酒が呑めないわけではないが、めっぽう弱く、燗徳利《かんどっくり》一本空けるだけで直ぐに真っ赤になる下戸《げこ》である。それに、佐吉は、寸暇を惜しんでサツキと向き合う暮らしを続けていた。時間さえあれば園芸書を読み、庭に立ち、山野へ向かった。その甲斐《かい》あって、サツキ栽培を始めた時期こそ晋平に後れたものの、上達ぶりは凄《すさ》まじく、三年と経たぬうちに、晋平のほうから迷ったときの処し方を尋ねるようになった。ここへ来て、その暮らし振りが変わったようには思えない。

おまけに、佐吉は支払いの際に小判を取り出して、店の者を困惑させていたという。小判などというものは婚儀とか出仕とか余程の物入りの際に初めて用いるもので、日々の暮らしのなかで使う金ではない。二朱銀とて滅多には目にしないほどで、暮らし回りであれば、すべて銭で事足りる。それに、そもそも晋平と同じ三十俵二人扶持の伊賀同心が小判なんぞを持ち歩けるわけがない。ところが、八五郎が佐吉から盗み取った財布のなかには、七両が入っていたと聞く。

考え出してみれば考えるほどにありえないことばかりで、しかし、その割には初願《しょがん》忌《き》のときに誰もそれを口に出さなかったのが思い返され、勘兵衛や太一はいったいどう考えているのだろうと、揃って番のない五月十三日の、日も上がり切った朝四つ、子供の頃に餓鬼大将役だった勘兵衛の、百人町中通り南にある組屋敷を訪ねた。勘兵衛の庭にいれば、直ぐに、二軒西隣の太一もいそいそとやって来るはずである。互いに、いきなり佐吉の話から入る気にもなれず、去年、勘兵衛が患った心の臓の具合などで唇を滑らかにしているあいだに、案の定、太一が顔を見せた。頃合いと見た晋平は、そろそろ本題に持っていこうと、頭のなかで言葉を組み立てる。けれど、勘兵衛は太一の姿を認めるなり、心の臓の話を止《や》め、急に険しい顔つきになって、藪《やぶ》から棒に言い放った。

「今日は、しかと、火の始末をたしかめてきたか」

「ああ、大事ない」

面倒そうな様子を隠さずに、太一が答える。

どういうことかと目で問う晋平に、勘兵衛は言った。

「この前、あろうことか、こいつは小火騒《ぼや》ぎを起こしたのだ。女房殿が実家の厄介事で家を空けているあいだに、埋《うず》み火の扱いにしくじってな。放っておいたら百人町が灰になるところだった」

勘兵衛は、いかにも昔の餓鬼大将らしく、細かいことにはこだわらない気質だが、こと火が絡むとなると、途端に持ち前の大雑把さが消えて、顔つきまで別人になる。子供の頃、遊びに行っていた四谷伊賀町《よつやいがちょう》の親戚《しんせき》の家で大火に遭い、九死に一生を得たせいらしい。

むろん、内藤新宿とて幾度か火事には見舞われていたものの、少なくとも、自分たちが物心ついてからは大火と呼べるほどの火事は経験しておらず、勘兵衛から見れば、百人町に暮らす者は皆が皆、火の用心が足らないのだった。

「いつまでも、しつこいぞ。この前といっても、もう三月《みつき》も前の、春のことではないか。なのに、顔を合わせる度に同じことを言い立てる。それに、小火などではなく床板を焦《こ》がした程度だ。言うのが、誰よりも火が怖いお前でなければ、捨て置かんところだ」

勘兵衛の肩ほどの背丈しかない太一が嚙《か》みつく。

佐吉と同様に太一も小柄だが、気性《きしょう》は佐吉とは随分とちがう。ざっくりと言えば、佐吉は穏やかで、太一は強い。いついかなるときでも怯《ひる》まず、小柄で童顔の見た目を鵜呑《うの》みにして、下手にちょっかいを出すと大怪我《おおけが》をする。晋平が仕合った相手のなかで、七本のうち二本取られたのは太一だけだ。

おまけに気持ちが強過ぎて、言葉を挟む間もなく弾《はじ》けることが、ままある。さすがに五十の声を聞いてからは随分と丸くなったが、それも昔に比べればの但《ただ》し書き付きで、そんな太一の傍らにいて、なにかあったときに一呼吸置かせるのが餓鬼大将、勘兵衛の役回りだった。

四人はいつも共にいたが、付け加えるなら、晋平は佐吉との、そして勘兵衛は太一との繋がりがより濃かったと言ってもよい。少年から若者へと変わる頃になって、晋平と佐吉の二人がサツキ栽培に本腰を入れ始めると、その図式はよりくっきりとするようになった。

「佐吉のことなのだがな」

まだ、火の始末について言い足りなそうな勘兵衛を制するように、晋平は唇を動かす。もとより、火事は百万の民が寄せ集まって暮らす江戸にとって最大の敵ではあるが、今日は火の備えの話をしに来たのではない。

「振り返ってみれば、解せぬことがある」

「解せぬこと……」

二人は春の小火騒ぎから、夏の庭に戻る。

江戸市中から外れた百人町大縄地の組屋敷は広いのが取り柄で、異様に細長い短冊《たんざく》形の地取《じど》りではあるものの、坪数じたいは、狭くて七百六十坪余り、最も広い屋敷は四千二百坪を越える。だからこそのサツキ栽培でもあり、庭へ出て、元は鉢を置く台だった長い床几《しょうぎ》に思い思い腰を掛ければ、ふっと家人《かじん》の目は掻き消えた。頭の上には、強過ぎる陽から挿し芽を守る葦《よしず》も張られている。

「いろいろと解せぬが、最も解せぬのは佐吉が小判を財布に入れていたということだ。それも七両も」

二人は黙って頷《うなず》いた。

「元より、我々が簡単に手にできる額ではない。なぜ、佐吉がそんな大金を持っていたのか……。金の出処《でどこ》など詮索《せんさく》したくはないが、あの金が事の引き鉄《がね》になったかと思うと、なぜかという気持ちがどうしても拭《ぬぐ》えん」

「ああ……」

勘兵衛がふっと息をついて、言葉を探す素振りを見せたとき、老いても童顔が消え切らない太一がやおら口を開いた。

「知らんのか」

勘兵衛が目を向けて制したように思えたが、太一の唇は止まらなかった。

「佐吉は同心株を売ったのだぞ」

どうしんかぶをうった……晋平は直ぐにはその意味を摑《つか》めない。
「もうあと幾日かで、百人町を出ていくばかりだったのだ」
急に言葉の意味が輪郭を結んで、晋平は己が耳を疑った。

当世、御家人株を売って金を手に入れ、武家を捨てるのは珍しくもない。安永の世ともなれば、それぞれの役の相場だってでき上がっている。鉄砲百人組の同心株ならば七、八十両だ。

晋平の四軒東隣は市中の富沢町《とみざわちょう》にある古手屋の三男坊で、そのまた六、七軒向こうは柳原《やなぎわら》土手の煮売り屋の次男坊である。鉄砲百人組伊賀同心から、櫛《くし》の歯が落ちるように伊賀者が欠けていく。そんなことは晋平とて承知している。けれど、佐吉はそういう在《あ》り来《きた》りの例の一つに数えられてよい男ではない。

大久保百人町のサツキ栽培が多少なりとも世の中に知られるようになった背景には、紛れもなく佐吉の技があった。サツキは種でなく挿し芽で増やす。その挿し芽の育て方を、粘り強く周りに導いたのが佐吉だった。

さして込み入った中身でもない問いを幾度も繰り返す同僚に、飽きることなく説き続ける姿を傍らから見ていて、よくも癇癪《かんしゃく》を起こさぬものだと感心したことは数え切れない。晋平とて、乞《こ》われれば極力応えるように心掛けてはいたが、佐吉が導く様子を目にする度に、己の堪《こら》え性《しょう》の不足米《たらずまい》を思い知らされたものだった。自ら編み出した技こそ少ないものの、既に定まってはいるけれど広まってはいない技を丹念に拾い集めて、皆が使える技にしていった。なにかを世に広めるには、そういう伝道者が欠かせない。地道な役回りを厭《いと》わぬその姿を日々目にして、あらためて晋平は、佐吉の篤実《とくじつ》な人となりを理解した。子供ながらも常に穏やかで、取り乱すということがなかった佐吉がそのまま大人になったようで、平《たいら》かな気持ちにもなれたものだ。

どんなに時代が移ろうと、最後の一人になるまで大縄地の広い庭にとどまって、サツキの挿し芽に目を注ぎ続けるのが、晋平の知る川井佐吉だった。その佐吉が百人町を出て行こうとしていたと知らされて、思わず、晋平は言葉を失った。しかも、それを勘兵衛と太一が知っていて、佐吉と近かったはずの自分が聞いていない。なんで、俺だけに言わなかったのか……。疑念は晴れるどころか、逆に膨らむばかりだった。

「晋平」

勘兵衛が床几から腰を上げて、苗箱に移し替えた活着苗《かっちゃくなえ》に目を遣りながら言った。

「挿し芽に葉水《はみず》をするのは何月までだったかな」

「七月までだ」

発すべき言葉を見つけられないまま、晋平は答える。

「まだ発根《はっこん》がよくないものは、日に二、三回葉水をして、土のほうは乾かし気味にする」

それどころではないはずなのに、サツキのことを問われると知らずに唇が動いた。

「そうだった。七月だったな」

勘兵衛は続けた。

「何度聞いても直ぐに忘れてしまう。俺たちのサツキは素人《しろうと》とさして変わらん」

思わず、目の前に並ぶ勘兵衛の苗箱を見遣ると、花芽が出てしまっている苗が目立った。おまけに、下葉も落ちている。これでは新芽が想うように伸びない。

百人町大縄地の住人の例に倣《なら》って、勘兵衛と太一の二人もサツキを育ててはいたものの、いまひとつ腰が据わらずにここまで来た。昨年、勘兵衛が心の臓に持病を抱えてから、目の前の庭でできる内職ということで、ようやく以前よりは身が入るようになったのだが、やはり、火の周りに向けられるような気働きは、庭には注がれていないようだった。

「その点、お前と佐吉のサツキは並の植木職を遥《はる》かに凌《しの》ぐ。俺たちから見れば、植木職など通り越して本草《ほんぞう》の学者のようだ。思うに、だから、ではないかな」

「なにがだ」

「いや、だから、晋平には言い出しにくかったのではないか」

床几に座ったままの太一がなにかを言おうとしたが、構わずに勘兵衛は続けた。

「お前を裏切ったようでな」

葦を透かした陽が、勘兵衛の横顔に縞模様をつくっている。

「言おう、言おう、と思いながら、徒《いたずら》に時だけが経って、ますます言い出せなくなったのではないか。強くもない酒を口にしたのも、そういうことなのかもしれん」

言い終わると勘兵衛は、ゆっくりと目を挿し芽から晋平に移した。

「なぜかは言っておったか」

ふっと息をついて、晋平も目を合わせた。

「うん？」

「ここを出ていく理由だ。なにか言っておったか」

晋平は、自分一人が知らされなかった理由を、ひとまず棚に上げた。いま、明らかにすべきは、なぜ、自分だけに告げなかったのかではなく、なぜ佐吉が百人町を出ていこうとしたのかだ。尋ねたくても、佐吉はもういない。もはや、勘兵衛と太一に、教えてもらうしかない。

「俺たちも詳しくは聞いておらん」

即座に、勘兵衛は答えた。

「多くを語る話でもないし、根掘り葉掘り訊《き》く話でもない。しかし、な。伊賀を目にしてみたいとは言っておった」

「真《まこと》か」

想いもかけぬ言葉に戸惑う晋平に、先ほどから口を閉ざしていた太一が声を掛けた。

「先刻、佐吉がもうあと幾日かで百人町を出ていくばかりだったと言ったがな。あれは御伊勢《おいせ》参りへ旅立つということだったのだ」

「御伊勢参り……」

「それは、ま、口実だろう」

直ぐに、太一は言葉を繋げた。

「どうとでも口実の立つ御伊勢参りを表に出して、その実、ほど近い伊賀へ寄るつもりだったのだろう」

「伊賀、へな」

晋平が覚えている限り、佐吉との二人の会話のなかに伊賀が出てきたことはない。そもそも、晋平はことさらに己を伊賀者と心に留めたことがない。

三代遡《さかのぼ》っても、生まれはこの大久保百人町である。祖父母の代の頃でさえ、既に伊賀は遠かった。もしも晋平が伊賀衆たらんとして育つとすれば、それは周りの薫陶《くんとう》を得てということになるのだろうが、父の清十郎は百人町大縄地の誰にも増して、奥多摩や秩父《ちちぶ》の山野に親しんだ男だった。

清十郎の口から語られることはなかったが、鉄砲百人組組士としての射撃の腕前は片手の指に入り、忠也派一刀流の門を叩《たた》いた剣も、晋平よりも二段上の取立免状まで上がったと父の朋輩から聞いている。にもかかわらず、清十郎が最も目を輝かせた場は山野であり、子供の晋平の目にも、サツキの新種を探して山深くを歩く父は、いかにも生気が横溢《おういつ》して映った。清十郎が秩父の谷間《たにあい》にあの渓香を見つけたときも共に居て、初めて見る白と朱鷺色《ときいろ》の交わりの美しさに身震いし、自分も父のように、まだ見ぬ花弁を探し歩いて生きてゆきたいと願ったものだった。

そのように植木職さながらの暮らしに親しむ一方で、清十郎は鉄砲百人組組士の御役目をも大切にしていた。誰もがこぞって不満を口にする三十俵二人扶持の禄《ろく》にしても、清十郎には過分なのだった。月に僅か五日程度の御勤めで、山野を踏破する暇《いとま》を存分に与えられ、山の恵みを取り込める広い庭をも授かっている。その上、禄さえ頂いているのだから、けっして感謝を忘れてはならぬと、晋平はことあるごとに説かれた。

父の口からも、伊賀という言葉が出なかったわけではない。けれど、その口調には、本来、忍びであるはずの伊賀衆が門番を勤めさせられているという類《たぐい》の屈託は微塵《みじん》もなかった。あたかも、上総《かずさ》の国の出の者が上総と口にしているのと変わるところがなく、そういう父とずっと山歩きを共にしてきた晋平にしてみれば、己を伊賀者と意識しようもなかったのである。

程度の差こそあれ、百人町大縄地のあらかたの住人にとっても、伊賀は遥かに霞《かす》んでいた。だから晋平は、伊賀を上総と同様に捉えるのは自分に限ったことではなく、皆、同じと思い込んでいて、とりわけ自分よりもサツキを能《よ》く育てる佐吉とは、気持ちが重なっていることを疑わなかった。その佐吉が、伊賀を訪ねるつもりだったという。

「佐吉の口から伊賀という言葉が出たときは、俺も驚いた」

太一は続けた。

「お前と佐吉は、誰よりもこの百人町大縄地の庭に根を下ろしていたからな。お前らに限っては、伊賀衆であることの尻尾《しっぽ》も残していないものとばかり思っていたのだ」

並び置かれる棚のあいだを風がゆったりと渡った。五月も半ばにかかろうとするこの時期にしては少し乾いている。サツキを軸に暮らしを編んできた晋平の肌は、風が孕《はら》む湿気の具合に独りでに気を張るが、太一はまったく気を取られることなく唇を動かし続けた。

「俺たちは伊賀を知らぬ伊賀者だ。慶長《けいちょう》の世にこの土地に配されて以来百七十余年、すっかり門番の御勤めに馴《な》れ切って、いまでは己を伊賀者と気に留めることもない。しかしな、まったく忘れ去っているわけでもない。意外ではあったが、佐吉とてそうだったということなのだろう。だとすれば、伊賀へという気持ちも分からぬではない」

ひとつ息をついてから、太一は言った。

「皮肉なことに、株を買った余所者《よそもの》がこの町に増えるに連れて、己が伊賀者であることを意識するようになった。それが元々の伊賀の習俗だったのかは知らぬが、この町にはこの町の、誰もが了解してきた習いがある。それを呆気《あっけ》なく破られれば、おのずと奴らと我らとの境目に気が向かわざるをえん。それに町人出の鉄砲同心が徒に増えていくばかりでは、まるで鉄砲同心など誰でもよいと言われているようなものだ。伊賀同心など、なんの価値もないことになる」

「ようなもの、ではなく……」

再び床几に腰を下ろしていた勘兵衛が言葉を継いだ。

「そう、言われているのだ。誰でもよい、とな。なのに、常に戦備《いくさぞな》えを保つがゆえの縛りは昔のままで、組頭の許しを得ない限り、泊りで山歩きに出ることも叶《かな》わん。誰でもよい同心の集まりのはずなのに、その鉄砲百人組組頭はどういうわけか御旗本の御出世の路筋に組み入れられていて、先の大久保吉十郎《おおくぼきちじゅうろう》様は西ノ丸小姓組番頭《こしょうぐみばんがしら》へ上がられた。そんなお偉い組頭に、度々、外泊願いを出せるわけもない。誰でもよい勤めなのに、時間はあり余っているのに、意のままにならん。佐吉ならずとも、それならばいっそ伊賀同心を捨て、市井《しせい》の者になってやろうと思ってもなんら不思議はなかろう」

「元々、伊賀者は誰にも臣従《しんじゅう》しなかったと伝え聞いている」

抑えた声で、太一が受けた。今日の太一は随分と様子がちがう。いつもの、老いても弾けがちな太一ではない。それに、太一や勘兵衛とて伊賀のことなど忘れて育ったはずなのに、まるで子供時分から伊賀衆たらんとしていたかのような口振りだ。いったい、どういうわけなのだろう。玉川上水の土手を駆け回っていた頃から、腹の底では燻《くすぶ》っていたとでも言うのか。

「伊賀衆は伊賀の山中でそれぞれに生きる者であり、頼まれて力を貸すことはあっても、誰の臣下にもならなかった。服部半蔵正成《はっとりはんぞうまさなり》は上忍《じょうにん》の家筋の武将ではあったが、けっして主君ではない。俺たちの軀《からだ》の内には、本来、一人一人が己の想うがままに生きようとする血が流れている。上意下達の遵守《じゅんしゅ》が武家の背骨であるとすれば、伊賀衆は武家ではないと言うべきだろう。だからこそ、あの篠寺《ささでら》の事件も起きた」

百七十五年前の慶長八年に江戸幕府が開闢《かいびゃく》したとき、神君家康公の伊賀越えを助けた服部半蔵正成は鬼籍に入って既に七年が経《た》っていた。伊賀衆は跡を継いだ嗣子《しし》の半蔵正就《まさなり》に預けられたが、正就はといえば自分の家来と認めたらしい。握り飯一つで十日喰い繋げというような扱いで、己の家の用を強いた。想ってもみなかった臣従を迫られた伊賀衆は、ある者は四谷の篠寺に立て籠《こも》り、そしてある者は伊賀へ帰ろうとした。その戻ろうとした伊賀衆と間違えて、半蔵正就は幕臣二名を斬る。結果、正就は御役目を解かれ、伊賀衆も首謀者十人が斬罪《ざんざい》になって、残りの者は足軽に組み入れられた。

「俺たち鉄砲百人組伊賀同心は、篠寺の残党の末裔《まつえい》だ」

苦いものを嚙むようにして、太一は続けた。

「罪を得ただけに、罰が未《いま》だに残る。世の中から見れば、見分けもつかぬほどの些細《ささい》なちがいではあるものの、俺たち伊賀同心と、甲賀組と根来組の鉄砲同心はけっして同じ格ではない。さすがに晋平とて、それは弁《わきま》えておろう」

「ああ」

鉄砲同心といえば、禄は三十俵二人扶持《ぶち》と了解されている。けれど、根来組だけは三十俵三人扶持で五俵多い。すべてを俵に直せば四十俵に対する四十五俵。根来組の組士のなかにはその五俵を、さながら五百俵のごとく認める者も居る。

そして、なによりも、甲賀組と根来組は譜代場《ふだいば》だが、青山組と二十五騎組の伊賀同心は抱場《かかえば》だ。譜代場は御公辺《ごこうへん》から正式に家督相続を許されるが、抱場は本来、当人一代だけの御勤めで、子に禄を譲ることは許されていない。

「むろん、いまとなっては形の上だけのことだ。実質は、なんのちがいもない」

今度は勘兵衛が話を継いだ。

「が、実質が変わらなければそれで善しとするのは町人の了見だ。武家にとって、形は実質と変わらずに重い。抱場をあてがわれた俺たち伊賀同心にしてみれば、甲賀衆と根来衆は武家だが、自分たちは武家ではないと言われているのに等しい。それも、これも、元はと言えば、篠寺の事件に由来している。百七十余年が過ぎても、こういう形で、臣従を拒んだ伊賀衆への罰は続いているのだ」

太一と勘兵衛の口調が熱を増すほどに、しかし、晋平の気持ちは、甲賀組や根来組との溝から離れていく。

溝は、気を注ぐほどに、深く広く見えてくるものだ。そのままにしておけば、やがては溝の向こうで棲《す》み暮らす人間を憎み出す。いったん憎めば、あとは勝手に憎しみが膨らんでいきかねない。数歩、足を動かすだけで視野から消えるくらいの溝ならば、足を動かしたほうがよい。

むしろ、晋平の気は青山組に向く。同じ伊賀同心であるにもかかわらず、互いに差を見つけ出して上に立とうとする心根が、なんともやりきれない。

青山組の伊賀同心も、大久保二十五騎組の伊賀同心も同じ三十俵二人扶持の抱場である。本来であれば気持ちが通じ合ってもよいはずなのに、青山組は江戸市中に大縄地を拝領しているとして、百人町の大久保組を下に見ようとする。大久保組は大久保組で、自分たちがサツキで潤《うるお》って見えるが故の青山組の妬《ねた》みとする。もしも、太一の言うとおり、伊賀衆の一人一人が己の想うがままに生きる者であるとすれば、どちらも伊賀衆の考えることではあるまい。

幾つ齢《とし》を重ねても、人はどうしようもなく稚気《ちき》を抱え続ける。その稚気の、あれやらこれやらを振り返りながら、あるいは……と、晋平は思った。あるいは、佐吉は、我慢が利かなくなったのかもしれない。

鉄砲百人組を預かりながら、組のことなど眼中になく、次の御役目にしか気が行かない組頭の許しをいちいち気に懸けずに、想い立ったときに山へ入りたくなったのかもしれない。僅か五俵のちがいを鼻にかけ、呆《あき》れるほどに人を見下した様子で番を引継ごうとする三十俵三人扶持を、相手にするのが面倒になったのかもしれない。

齢を喰えば人は丸くなるというのは嘘だと、晋平は思う。逆に、若い頃はできた我慢が、できなくなる。額に皺《しわ》が刻まれるに連れて、己に我慢を強いる意味が見つけにくくなっていくのだ。

右も左も分からなかった頃は、とてつもなく重く受け止めた諸々《もろもろ》が、土地勘を得るほどに取るに足らぬことであることが分かってくる。呆れるほどに瑣末《さまつ》な事柄にいちいち心を動かしていた己が、いかにも幼く、小さく思い返される。そういう時を五年、十年、二十年と送ってゆけば、六十に近づく頃には、己に我慢を強いる意味のあらかたを失う。

むろん、そのあいだには、人のなかで己を処する技も覚える。意識せずとも、唇は言葉を選び、顔の筋は場の空気を感じ取って動く。人はその技で、我慢の利かなさとの帳尻《ちょうじり》を合わせる。けれど、そのうちには、技ではどうしようもなく抑えが利かぬ頃合いがやってくる。己に埋め込まれた技を腹立たしく思う折りが重なって、やがて弾ける。

晋平とて、その頃合いが、傍らに訪れているのを感じるときがある。嫁《か》したとはいえ千瀬が居て、やがては千瀬の産む孫を抱けるかもしれない晋平とて、なぜ我慢せねばならぬのか、分からなくなるときがある。

佐吉は世帯《しょたい》を持つと立て続けに二人の男子を得て、まだ若かった晋平を羨《うらや》ましがらせた。が、いずれも七歳を迎えぬうちに、疱瘡《ほうそう》と麻疹《はしか》に命を奪われた。にもかかわらず、変わらぬ穏やかな顔つきでずっと挿し芽と向き合ってきたが、それはそう見えただけで、あるいは、抑えが利かぬ頃合いなど、とっくに過ぎていたのかもしれない。

それでも……と、晋平は思う。それでも、我らの居る場所は、やはりここではなかったか。どんなに意識から遠ざけようとも我らがどうしようもなく伊賀衆であり、本来、伊賀の山中でそれぞれに生きる者であるとすればなおさら、一人一人の想いを受け容《い》れる山に近く、その山の恵みを存分に取り込める広大な庭のある、この大久保百人町大縄地が、やはり我らの、終《つい》の住処《すみか》ではなかったか。誰よりも佐吉は、それを、分かり抜いていたはずだが……。

一応の得心はいったものの、胸のくすみは残った。佐吉が百人町を出ようとした理由は話されたことだけではなかろうし、あるいは、勘兵衛と太一も、まだ口にしていないことを腹に収めている気がした。とはいえ、強《し》いてもこれより先へは進まぬことも、また明らかに思えた。

「よいか、太一」

ひと区切りついたと見た勘兵衛が、また火の始末の話を蒸し返す。

「お前は、人の注意を聞く耳がおざなりだ。そんなことではまた火の始末にしくじる。だから、俺も繰り返し言わなければならんのだ。俺たちが火を出して、どうする。聞き流すのではなく、ちゃんと心に留め置け」

「また、それを言うか。いま、念押しすることでもなかろう」

風がまた渡って、こんどは少し湿っぽい。

◆◆◆

大手三之門の泊番が明けて、四谷大木戸を潜り、内藤新宿下町にある理性寺《りしょうじ》の前辺りまで戻ったとき、問屋場へ出向いていた半四郎から声を掛けられたのは、それから四日が経った十七日の朝四つのことだった。

「先生にお知らせしなきゃあなんないことがござんした」

背後に控えた、雀茶色《すずめちゃいろ》の地に店頭半四郎の白文字を染め抜いた法被《はっぴ》を着た手代も、晋平を認めて会釈《えしゃく》を寄越す。目の色が味方と告げているのは、半四郎からなにか晋平のことを聞かされたのだろう。

「あの野郎、早々とくたばりやしたよ」

近づくと、やおら声を潜めて、半四郎は言った。半四郎からそう言われれば、「あの野郎」というのは、佐吉を殺めた八五郎しかいない。

「くたばった……」

八五郎が捕えられてから今日でまだ十日、人の命を奪って七両奪った重罪人とはいえ、御裁きから鈴ヶ森までが随分と短い。

「いや、なにね。手前の耳にもつい三日ほど前に入ったばかりなんでござんすが、どうやら、あの野郎、伝馬町までは行き着かなかったようで」

「それは、どういうことだ」

まさか自害したわけではあるまい。ならば、病か。

「こいつは、なかなか大っぴらにはできない話らしくて……」

半四郎はさらに声を落とす。

「そこんとこ腹に入れておいていただきたいんでございやすが……」

「承知」

きっぱりと、晋平は言った。

「ならば、ついそこに知った茶屋があるんで、ちっとお付き合いねげえますか。往来での立ち話じゃあ、どこに耳があるか分からねえもんで」

半四郎ならば、宿場中の茶屋という茶屋が知った茶屋だ。理性寺の斜向《はすむ》かいの路地を抜けて、茶屋と言うには大層な普請《ふしん》の一軒に足を向けると、仲居が先刻承知の顔を浮かべて奥の座敷の戸を引いた。半四郎に先を譲られて上がってみれば、直《す》ぐ前を玉川上水が流れている。ここなら、瀬の音が、話し声をうまく消してくれそうだ。

「御案内のように、内藤新宿ってのはおかしな宿場で、女郎屋が建ち並ぶくせに、めっぽう朝が早うございやす」

勝手知ったる風で腰を下ろすと、直ぐに半四郎は話を戻した。

「なにしろ、多摩や近在から馬で青物を運び込む百姓なんぞで朝っぱらからごった返しやすから、あの野郎を伝馬町へ送るときも、往来が込み合う前に早いとこ厄介払いしちまおうって算段になりやした」

余計な回り路をして、時を費やさぬのがありがたい。

「で、西牢からの受け入れの知らせが届いた十日の暁七《あかつきなな》つ、早速、唐丸籠《とうまるかご》に乗せたんでございやすが、どうやら大木戸を越え、四谷塩町《しおちょう》の二丁目に差し掛かった長善寺《ちょうぜんじ》の辺りで、何者かに斬《き》られた、というよりも籠の外から割竹越しに突かれたようで」

半四郎の言葉はあまりに意外過ぎて、晋平は一瞬、言っていることが摑めなかった。

「殺された、ということか」

「さようで。よおく話を聞いてみると、取り決めどおり、夜明け前でも油断をせずに籠には筵《むしろ》を掛けていたようでございやす。というより、駕籠《かご》人足たちが科人《とがにん》の姿を目にしたくなかったんでございやしょうな。にもかかわらず、背後からやってきて籠を追い抜きざま八五郎の心の臓を一突きにして、そのまま歩み去ったようで。おまけに、猫が歩いても分かりそうなあの時刻に足音ひとつ立てず、人足たちはなにが起こったのか分からなかったと言いやすから、まるで、読本《よみほん》にでも出てくるような話でございやすな」

首を傾《かし》げて、突いた男の腕を量ろうとしている半四郎の顔つきに、百人町の道場に通って来た頃の若い梶原半四郎が重なる。けっして筋が頭抜けているとは言えなかったが、真っ当な、けれんみのない剣で、晋平はその太刀筋を好ましく思っていた。

「先生には語弊のある物言いですが、重い科人とはいえ、事件そのものは盗み目当ての独り働きで、格別の裏もねえってんで、駕籠人足の他は、伝馬町との引き継ぎのために代官所の下役が一人ついていただけだったようで」

障子の向こうから声が掛かって中年増《ちゅうどしま》の仲居が顔を出し、心得た風で急須《きゅうす》と湯呑みを置くと直ぐに下がった。

「ま、それはそういうもんで、落ち度というわけでもなかったんでござんすが、それでも、江戸市中で護送中の科人を殺されたとあっちゃあ、御代官通り越して御勘定奉行の責めにも及びかねねえってえわけで、どうやら、科人は病ということで始末されるようでございやす。なにしろ、いまの御勘定奉行、石谷備後守《いしがいびんごのかみ》様は、御老中、田沼《たぬま》主殿頭《とのものかみ》様の勝手方《かってがた》の懐刀《ふところがたな》で、南鐐《なんりょう》二朱銀にしろ株仲間にしろ、田沼様がおやりになったとされている仕事はすべて石谷様の企てのようでございやすからな。たかが盗人一人ごときのために、石谷様に疵《きず》はつけられねえってことでござんしょう」

半四郎が茶を注ぐ。昔も感じ入った覚えがあるのだが、この大柄な男は実に細やかに手を捌《さば》いて旨《うま》い茶を淹《い》れる。

「しかし、未明でまともな警護の者もいなかったとはいえ、なんでまた、そやつはそんな危ない橋を渡ったんでございやしょうな」

晋平も、まさにそのことを思案していたところだった。

まともに考えれば、そこまでやる理由は口封じくらいしか思いつかない。しかし、となると、八五郎は金目当てではなく、何者かに頼まれて初めから佐吉を殺めるつもりだったということになる。つまりは、佐吉が、命を狙《ねら》われるだけの、なんらかの事情を抱えていたということだ。

馬鹿《ばか》な……と思う一方で、仮にそういう事情があれば、佐吉が晋平にも告げずに百人町を出ていこうとしていた理由もきれいに説明がつくことになるのだろうとも思う。

佐吉は百人町を出ていきたかったのではなく、出ていかざるをえなかった……。

なんらかの理由で佐吉が、大きな借財を抱えていたとする。返済で追い詰められたりすれば、ふだん呑まない酒に逃げることもあるかもしれない。いよいよ、どうしようもなくなって同心株を売るが、それでも借財はきれいにならない。事情が事情だけに晋平にも告げずに逐電しようとしていたところを、見せしめのために殺された。八五郎が奪ったとする七両は佐吉から奪ったのではなく、佐吉を仕留める報酬だった……。

いや、ちがう、と、晋平は茶を含みながら思う。たしかに、きれいに説明はつくが、きれい過ぎる。半四郎ではないが読本のようで、いかにもつくりものっぽい。

それに仔細《しさい》に考えれば、説明のつかないことも多々ある。仮にも人から殺しを請け負うような男があっさり捕まるのもおかしいし、その男を口封じのために殺すのも、借財の見せしめくらいの理由にしては大仰《おおぎょう》過ぎる。それなりの報酬を支払って、わざわざ人を二人雇うなど、どう考えても間尺に合わない。

そして、なによりも佐吉はそういう男ではない。そんなどこにでも転がっているような話で、語られていい男ではないのだ。

佐吉は追い込まれて、百人町を出ていかざるをえなかったのではない。自らの意思で、出ていこうとしていた。誰よりも晋平には、それが、はっきりと分かる。いちいち理由を挙げるまでもないことだが、求められれば、証拠だってある。

庭だ。

通夜《つや》の前に、晋平は佐吉の組屋敷の庭を一人巡った。庭の広い百人町大縄地のなかでも、佐吉の屋敷はとりわけ広い。その広大な庭に、よくぞここまでという程にサツキの苗箱が並び、どの箱に目を凝らしても元気に新芽を伸ばしていて、その日までしっかりと水を得ていたことを伝えていた。

挿し芽だけでなく、二年生苗の芽かきも佐吉ならではの技でことごとく丁寧に施されていたし、十年を越えた成木《せいぼく》だって、花枯れを起こしやすい樹種に限って、剪定《せんてい》と同時に鉢の植替えが行われていた。

遊びではなくサツキ栽培に向き合った者ならば誰でも、その庭の語る声を聴くことができる。単に手入れが行き届いていたというだけでなく、手入れする者の、尋常ではない集中力が注ぎ込まれていたということだ。

片時もサツキから目を放すことなく、ひと箱、ひと鉢、一本一本の枝に至るまで、佐吉の目が配られている。追い詰められ、明日にも逃げようとしていた男に、つくり出せる世界ではない。

佐吉が百人町を出ていこうとしていたことと、八五郎が殺されたことは、繋がっているようで繋がっていない。それを、佐吉の庭が物語っている。サツキの世界では知られた川井佐吉の名を、丹精した庭が守っている。

しかし……と、晋平は思う。口封じでないとすれば、誰がなんの目的で八五郎の命を奪ったのだろう。

それが分からなければ、佐吉が百人町を出ていこうとしていた理由も分からないままになる。

「それに、八五郎を襲った奴でございやす」

己の考えに没入していた晋平を、半四郎の声が引き戻す。

「こっちのほうが輪をかけて読本のようで。この刀を差さない武家も珍しくなくなった安永の江戸に、あんな芸当ができる奴がほんとうに居るんでございやしょうか」

耳から消えていた玉川上水の瀬音が座敷に届く。塩梅《あんばい》のいい音を立てる流れに目を向けたまま、半四郎は続けた。

「鎮《しず》まり返った未明に足音ひとつ立てずに籠に近寄り、筵で隠された八五郎の心の臓をひと突きにして、再び足音もなく掻《か》き消える……むろん、代官所の下役や駕籠人足が、言い逃れのために話を膨らませてはいるでしょうが、話半分としたって、並の人間にできることじゃねえ。相当に手練《てだれ》のお武家様だって、自分の足音を消すってのは、また別の技でござんしょう」

「たしかに」

近頃の道場での竹刀《しない》剣術ではもっぱら摺《す》り足ばかりで歩み足を使わない。道場という僅《わず》かな間口と奥行きのなかでの結び合いでは、歩み足を使うまでもないからだ。たとえ使ったとしても、音にまで気は配らない。半四郎の言うとおり、広い大路で足音ひとつ立てずに籠に近寄るためには、剣術とはまた別の鍛錬が要る。

「恐ろしく剣ができる上に、そういう稽古まで重ねている。いったい、どういう奴でございましょうね」

口封じでなければ、残る動機は復讐《ふくしゅう》か。現実にはそうそうあることではなく、もっぱら読本や芝居の上で果たされるが、さりとて、他の理由は想《おも》い浮かばない。

恐ろしく腕が立って、足音を立てずに獲物に近づくことができ、そして、復讐を企てても不思議はないほどに縁の深い者……。思わず、晋平の脳裏に、横尾太一の顔が浮かぶ。

老いても弾けがちな太一ならば、襲撃もありえなくはなかろう。つい四日前も、百人町を出て行こうとした佐吉に、伊賀衆としての共想いを示したばかりだ。それに、青空の下で形稽古《かたげいこ》に励んだ自分たちの世代ならば、少なくとも歩み足は使える。けれど、太一の老いた童顔は直ぐに消える。幼馴染《おさななじ》みというだけで復讐に結びつけるのは、どうにも無理がある。

芝居ではないのだ。腰を痛めるほどに重い刀を抜いて、たっぷりと血を蓄えた人の軀に突き立てる。やはり、佐吉と太一を結ぶ糸は太さが足らない。

もっと、糸の太い者。さらに頭を巡らせて、ふっと一人の人物に思い当たったとき、いつの間にか玉川上水の流れから戻していた半四郎の目と合った。

思わず、四十男にしては澄んだ瞳《ひとみ》の奥を覗《のぞ》くと、半四郎も同じ者を的に据えているように見える。

そうか、と、晋平はようやく気づく。

きっと半四郎は、最初からそういうつもりだったのだろう。四谷大木戸の直ぐ外の、問屋場《といやば》の前で出逢《であ》ったのも、たまたまではなく、張っていたのにちがいない。

声を掛ける前から、八五郎を殺《や》ったのはこの山岡晋平と目星を付けて、茶屋の座敷に誘い入れたのだ。

元より、動機が復讐であるとすれば、最も疑わしいのは自分である、と晋平は思う。

それに半四郎ならば、内藤新宿で最も腕の立つ武家は自分くらいに思い込んでいるかもしれない。

百人町の空き道場での頼まれ指南とはいえ、自分は師であり、半四郎は若い弟子だった。二十歳を越えたばかりの梶原半四郎にとっては、師との技倆《ぎりょう》の開きはあまりに大きく、猫が虎《とら》にも見えたことだろう。

そして、止《とど》めは、自分が伊賀同心であることだ。一帯の人間のあらかたは、大久保百人町の大縄地に暮らす鉄砲同心を単なる門番としか見ていない。けれど、半四郎ならば元々は伊賀衆で、忍びだったことを知っている。むろん、それは百七十余年も昔のことで、忍びの技など受け継がれているわけもないのだが、その辺りが曖昧《あいまい》なままの半四郎ならば、いまも晋平たちが技を隠していて、鎮まり返った未明に足音ひとつ立てず籠に近寄ることができると見なしているかもしれない。

はてさて、これから半四郎は自分をどうするつもりなのだろうと、晋平は湯呑みを茶托《ちゃたく》へ戻して、目の前の大柄な男を見遣《みや》った。

既に八五郎は病死として始末されることが決まっているにもかかわらず、手を抜かずに真相を突き止めようとする半四郎。

自分のことをさて置けば、滅多には得られない、頼もしい店頭《たながしら》ではあると妙に感心して目を離さずにいると、半四郎は慌《あわ》てた風で右手を振りながら、「いえいえ」と言った。

「先生を疑ってなどおりやせん。滅相もないことで」

さらに言葉を繋《つな》ぐのかと思ったが、それだけ言うとなぜか半四郎は唇を閉ざして玉川上水の流れに目を預けた。再び口を開いたときには、蟬《せみ》が半鳴きするあいだほども経っていただろうか。

「先生に、ちがって見られたままってのは勘弁願いたいんで……」

いかにも言い辛《づら》そうに、半四郎は唇を動かした。

「小《こ》っ恥《ぱ》ずかしいことを、口にさせていただきやすが……」

と言いながら、半四郎はまた口を噤《つぐ》み、ふーっと大きく息をしてから、ようやく話し始めた。

「手前が先生を疑っているように見えたのも、十手持ちでもねえのに、変に事件に肩入れしているからじゃねえかと存じやす。御不審も尤《もっと》もで、店頭は店頭らしく、女郎屋のことだけ目配りしてるのが分《ぶん》ってもんでござんすが、敢《あ》えてその分を食《は》み出しちまってるのは、その、先生に、ただの宿場の店頭じゃあねえってところを、ご覧に入れたいのかもしれやせん」

茶をひと口含んでから、半四郎は続けた。

「今年は戌《いぬ》で、手前がこの稼業《かぎょう》に入ったのも明和三年の戌。ちょうど、ひと回りいたしやした。さすがに、もう餓鬼じゃあねえんで、誰彼なく、手前がただの店頭じゃあねえなどと吠《ほ》えまくったりはいたしやせん。この稼業もそれほど緩かねえんで、そんな子供じみた素振り見せたら、たちまち店頭の法被を脱がされちまう。店頭狙ってる奴《やつ》はわんさとおりやす。ですが、昔を知られちまってる先生だけは別でございやす」

目を伏せたまま、半四郎は続けた。

「二十歳ばかりの頃に、先生に稽古を付けていただいた毎日は忘れようたって忘れるもんじゃござんせん。本来ならば一刀流の嫡流《ちゃくりゅう》でありながら燻っていた忠也派一刀流にあって、先生はひときわ光彩を放っていらした。剣術雀の勝手な言い草とはいえ、先生の遣われる忠也派ならば、間宮《まみや》派や溝口《みぞぐち》派はむろん、小野《おの》派や中西《なかにし》派をも凌ぐだろうという評判がもっぱらでございやした。なのに、先生は忠也派の指南免状も取られないし、ご自身で一派を興《おこ》そうともされない。そのなんとも欲のねえ俊傑《しゅんけつ》に、内藤新宿で直《じか》に稽古をつけてもらえると聞いたときは、己が耳を疑ったもんでございやす。お陰で五年のあいだ、平凡《へぼ》は平凡なりに、剣術にのめり込ませていただきやした。そういうわけで、あん頃を見知っていただいている先生が相手となると、もうとっくに縁が切れたはずの見栄《みえ》ってやつがぶり返してきて、つい、そんじょそこらの店頭じゃあねえってとこをひけらかしたがっちまう。ま、そういうことでございやす」

聞きながら晋平は、買いかぶりだと思うと同時に、こそばゆい気持ちを味わっていた。そのうちには、済まないという気さえした。

六年前、店頭として内藤新宿に戻った半四郎と再会するまで、晋平は半四郎のことを忘れていた。というよりも、四十幾つかの自分が剣術を教えていたことじたい思い出すこともなかった。剣にも、想いがなかったわけではない。けれど、日々、道場に躯を運び、山野から遠ざかる日々が続いてみれば、どうにも気持ちが落ち着かず、稽古着に汗が滲《し》みるほどに、自分の居場処は道場にはないことに気づかざるをえなかった。閉めたときは、よく五年持ったと、振り返ったものだ。そのような師であったにもかかわらず、半四郎のほうは二十年のあいだずっと、弟子のままでいてくれたらしい。

たしかに、半四郎は「そんじょそこらの店頭」とはちがう。並の十手持ちよりも遥かに十手持ちらしく、店頭の上がりだけで、妓楼《ぎろう》の外で起きた事件の始末にも真正面から向き合う。八五郎の一件でも、このとおりだ。再開なった内藤新宿が、四谷大木戸の外であるにもかかわらず、それなりの収まりを見せているのは、半四郎の十手持ちとしての筋のよさのお陰と言ってもいい。しかし、そのことに、自分が関わっているとは晋平は想ってもみなかった。

「それともうひとつ、照れ隠しは承知で、申し添えさせていただくと、この座敷へお付き合い願ったのは、もしかしたら先生が、請負の隠密《おんみつ》のことをご存じないか、お聞きしたかったからでございやす」

「請負の隠密……」

「あるいは、お耳に入っているかとは存じますが、近頃は、巷《ちまた》の落首《らくしゅ》でも、街に隠密が溢《あふ》れていると挙げつらわれておりやす。どこもかしこも隠密を雇って、敵方の様子を探っておると。なかには隠密を見張る隠密さえ居ると言われておりやすから、昨日今日の話ではないということでござんしょう」

晋平の耳にも、その手の話は入ってはいた。けれど、まともには聞いてこなかった。伊賀同心にしてみれば、己の出自を慰み物にされているようで愉快とは言えず、仲間内でもその話題は避けるのが常だった。

「これが、あながち謂《い》われのねえことばかりにも思えねえのは、市井の者の目にも、御城の内外に疑心暗鬼の種が転がって見えるからでございやす。八代《はちだい》様が側衆《そばしゅう》を重用し、御三卿《ごさんきょう》を設けられてから、力の所在が込み入って、互いが互いの動きに気を配らざるをえなくなった。おまけに、御老中の田沼様は商いをこの国の屋台骨にされようとしているらしく、ころころと世の中の仕組みが移ろいやす。おっとり構えていると、知らぬうちに足下の土が崩れているやもしれねえ。疑念なんてもんは、質《たち》のわるい腫《は》れ物のようなもんで、いったん疑い出すと、次から次へと別の疑いが湧《わ》いてめえりやす。こういうことには、上も下もねえ。いまや御堀の内外は不信で埋め尽くされて、配下に隠密を持たねえ者も隠密を使わざるをえなくなっちまっている。つまりは、隠密働きが請負の商いになって、繁盛《はんじょう》を極めているというわけでございやす」

晋平たちが隠密商いの噂《うわさ》に耳を塞《ふさ》いでいるあいだに、世の中はそこまで変わっているらしかった。

「噂は噂。むろん、手前は、その隠密とやらに遭ったことがございやせん。ほんとうに居たとしても針小棒大というやつで、雑働きに毛が生えた程度だろうと高を括《くく》っておりやしたが、今度の八五郎の一件で、あるいは、と考えるようになりました。足音ひとつ立てずに籠に近寄り、筵で隠された人の心の臓をひと突きにして掻き消える……もしかしたら、そんな凄《すご》い本物の、請負の隠密だって居るんじゃねえかと。それで、まっこと失礼とは存じやしたが、先生にお尋ねしてみたかったんでございやす。いや、ですから、先生を疑ったんではございやせん。なにやら、藪蛇《やぶへび》でございやすが」

半四郎はしきりに手拭《てぬぐ》いを動かして、顔の汗を拭《ふ》く。ほんとうは、隠密の話を聞くなら隠密の血筋の者に、と言いたかったのだろう。うっかり口を突きそうになって、慌てて言葉を呑《の》み込んだのにちがいない。

「もう、疑われているとは思っておらんよ」

晋平は軽く受けてから続けた。

「で、お主は、八五郎を仕留めたのは、その本物の、請負の隠密と見ているのか」

「いや、あくまで手口からすれば、そういうことにもなるという話でごぜえやす。ちっとばっかり裏を覗かせてもらった手前でも、こんな芸当をいともたやすくやってのける手合いは聞いたことすらございやせん。本物の請負の隠密なんていう、芝居じみた道具立てを持ち出したほうが、かえって筋が通るような気もいたしやして」

「お主がそう言うなら……」

もはや、耳を塞いではいられないのだろうと思いながら、晋平は言った。

「そういうことなのかもしれん。生憎《あいにく》、いまの俺には請負の隠密とやらの心当たりがないが、あるいは、周りになにかを知る者も居るかもしれぬゆえ、心掛けておこう」

襲ったのが請負の隠密であるとすれば、八五郎の一件はまた別の話になってくる。あるいは、そこには、自分が想いもつかなかった暗がりが待ち受けているのかもしれぬと感じつつ、晋平は言った。

「お手数をおかけいたしやすが、よろしくお頼申《たのもう》します。それと、先生も身辺には十分にお気をつけなすってください」

「気をつける？」

「先生が昵懇《じっこん》にされているお方が八五郎に襲われて、今度はその八五郎が明らかに素人《しろうと》とはちがう者《もん》に襲われる。敢えて縁起でもねえことを申し上げやすが、今度は先生が狙われたっておかしくはございやせん。それで、くれぐれも用心していただかなきゃなんねえと思ったのも、お声掛けをさせていただいた理由でございやす。元より先生ならば心配はねえどころか返り討ちとは存じますが、八五郎のときのように薄暗い刻《とき》の頃に背中からとなると、用心するに越したことはございやせん。あるいは、ほんとうに、凄腕の隠密が居るのかもしれねえ。どうぞ、周りには、十分に気を配られてくださいませ」

「心配り、痛み入る」

そういうことになってもおかしくはないのだろうが、心当たりは皆目ない。とはいえ半四郎の気持ちは伝わって、自然と頭が下がった。

「滅相もねえ。手前こそお引き止めいたしやして、お手数でござんした」

そそくさと腰を浮かす様子が、晋平の暮らしには立ち入らないという半四郎の意思を伝えた。

追分までは、甲州道中に戻らず、そのまま玉川上水の縁《へり》を行った。街道の人波を避けて、考えを巡らせたかった。

請負の隠密については不案内と、半四郎には言った。偽りではなかった。けれど、茶屋を出る頃には、二人の男の顔がはっきりと晋平の脳裏に浮かんでいた。

そして、半四郎と別れて一人になってみれば、そのうちの一人が八五郎を始末したのではないかという疑念も湧いて、歩を進めるほどに、抑えられなくなっていった。けれど、そうと考えるに至った理由を、世の中の物差しで測れば、あまりに荒唐無稽と言うしかなく、果たしてほんとうにそんなことがありうるのかと、一度頭を空にした上で考えをまとめたかったのだ。

ここ数日来、梅雨に入ったにしては晴れ間の広がる日が続いて、その日も雲は遠く、玉川上水の水面《みなも》にはちらちらと陽が躍っている。宿場裏の水辺にも、表通りに負けずに家が軒を接して建ち並んでいて、昔とは随分と様子が変わってしまったが、それでも流れに目を向ければ、一帯を駆け回っていた頃の記憶を手繰《たぐ》り寄せるのはさほど難しくはなく、晋平はその光景のなかに、いつもは昔を思い出すことがあっても知らずに除《の》けてしまう、父子《おやこ》の姿を追った。

子供時分の記憶といえば通常は楽しく思い返されるものと了解されている。けれど、それは楽しくない、くすみの消えない思い出を、楽しい思い出とは別に仕舞《しま》っているからで、晋平とて例外ではなく、その仕舞った記憶のなかに、中森源三、は居た。晋平は流れに目を預けて、ゆっくりと足を運びながら、九年前、ただの流行《はや》り風邪で呆気なく逝《い》った、源三の記憶の埃《ほこり》を払った。

百人町大縄地の伊賀同心が、広い庭で栽培しているのはサツキだけではなかった。鶏も育てれば、日々の膳《ぜん》に乗せるための野菜の類も育てており、大縄地の子供たちは折りに触れて、畑の肥にするための馬糞《ばふん》を内藤新宿まで拾いに行かされた。

けっして、た易《やす》い用ではない。多肥栽培が当り前になった安永では、宿場に落ちる馬糞は銭を払わずに手に入る貴重な肥料であり、遊び回っているときは幾らでも落ちている気がするのに、いざ集めようとすると、あっという間に消えてなくなっている。息急《いきせ》き切って宿場へ走り、競うようにして拾い集めて大縄地へ戻ると、晋平たちが手にする藤箕《ふじみ》にいっぱいになった馬糞を見て、ひどく怒り出す少年が居た。それが、源三だった。

握った拳《こぶし》をぶるぶると震わせて、なんで伊賀者が百姓どもと雑《ま》じって、馬糞などという卑《いや》しいものを拾い集めるのかと声を張り上げる。晋平たちが、お前も拾え、と返すと、言葉を挟むこともなくしがみついてきたが、組み合うと、痩《や》せた鶏のような感触が掌《てのひら》に伝わって、投げる間もなく転がった。

源三の家の庭は雑草で埋まっていた。大縄地で庭に野菜をつくっていないのは中森の家だけだった。野菜だけでなく、サツキも育てなかった。三十俵二人扶持で親子五人が暮らして、サツキも野菜もつくらなければ、痩せた鶏のようになっても無理はなく、弟と妹は源三が十二になる前に、名前もつかないような病で逝っていた。いつしか母親の姿も見えなくなったが、その辺りの記憶は曖昧模糊《もこ》としていて、母親が居なくなったから庭が草で埋まったのか、草で埋まったから母親が居なくなったのかは定かではない。

ただ、子供ながらに、尋常ではなく美しい女《ひと》だったことは覚えている。大縄地の路《みち》でその女と擦れ違うときは、思わず自分の顔に赤みが差すのが分かった。さながら森の深くで、そこには居ないはずの生き物に遭ってしまったような感覚があって、だから、大縄地から消えたと分かったときも、居るべき場処に戻ったのだという気がした。

おのずと、源三と晋平たちとのあいだには、溝のようなものができていって、いつも一緒というわけではなかったが、共に遊んだ記憶だってなくはなかった。

源三も入れた五、六人で、重宝院裏の土手で虫取りをしていたとき、目の前の路にミチオシエが止まっていたことがある。

近寄ると路から飛び立って、直ぐ前の路に止まる。また近づくと、同じことを繰り返して、切りがない。

まるで路案内をしているようなのでミチオシエ。よく見ると、いかにも他の虫を餌《えさ》にしていそうな恐ろし気な顔をしているが、カミキリのような軀を染める青と橙の斑《まだら》は艶々《つやつや》と輝いて美しく、目の前に姿を現わせば、子供なら捕まえないわけにはゆかない。

その日もいつものように皆で追いかけ回したが、気配を察知すると直ぐに飛び立つので、触ることすらできない。追い続けるのにも疲れ果て、半ば諦《あきら》めかけた頃になって、ようやく勘兵衛が掌に包《くる》んだときには、歓声が上がったものだった。

見せて、見せて、と皆が集まって、青と橙の斑《だいだい》に視線が揃《そろ》う。

なかの一人が見るだけでは我慢が利《き》かなくなって、触らせて、と手を延ばしたとき、背後から「駄目だ！」というきつい声がした。

一斉に振り向くと、源三がすっくと立っていて、叫ぶように続けた。

「そいつはハンミョウだ。すっごい毒を持っているぞ」

源三は毒草とか毒虫とかをよく知っていた。紫陽花《あじさい》や夾竹桃《きょうちくとう》や福寿草や、他にも周りに当り前にある草木に実は毒があることを教えて、その点では皆から一目置かれていた。源三に言わせれば、伊賀者ならばそんなことは知っていて当り前なのだった。

でも、今度はどう見たって、勘兵衛が指で挟んでいる虫はハンミョウなんぞではなく、皆で幾度も追ったことのあるミチオシエなのだった。

「毒なんかないわい」

勘兵衛は言った。

「それなら喰ってみろ」

源三が言い返した。

「死んじゃうぞ」

勘兵衛は足をばたつかせているミチオシエに目を落とすと、やおら口のなかに入れた。そして、目をきつく瞑《つむ》ったまま、顎《あご》を大きく動かした。

「勘兵衛！」

晋平は叫んだ。源三だって、慌てていたにちがいない。

「吐き出せ。吐き出せ」

皆で声を張り上げた。

けれど、勘兵衛は嚙《か》むのを止《や》めず、程なく呑み下してから、目を見開いて言った。

「ほら、見ろ」

勝ち誇ったようだった。

「毒なんか、ないわい」

あとから分かってみれば、勘兵衛も源三もまちがっていた。あるいは、どちらも正しかった。

ミチオシエはやはりハンミョウだった。ただし、ハンミョウはハンミョウでも、ナミハンミョウというハンミョウで、毒を持っているマメハンミョウやツチハンミョウとはまた別の種類だった。ナミハンミョウではないほうのハンミョウを呑み下していたら、ほんとうに勘兵衛は死んでいたらしい。

二人とも正しく、二人ともまちがっていたけれど、その後の大縄地での二人の立場はまったく異なっていた。

勘兵衛は死をも恐れない度胸のある奴になって一団を率いることになり、源三は内藤新宿によく居る半可通《はんかつう》の子供版ということになって、いよいよ誰からも相手にされなくなった。

源三の記憶を辿《たど》ると、なんにつけ、最初は子供らしい思い出で始まっても、最後はそういう結末になってしまう。

あくまで、いまになってみればの話だが、思い返す度に、子供ならではの酷《むご》さへの悔恨が湧く。いっときは熱中しても、想うようにゆかぬと直ぐに飽きる。源三に対しても、精一杯受け入れようとしながら、結局は面倒になって突き放した。

源三だって、好きで毒草や毒虫に詳しくなったわけではなかろう。ほんとうは晋平や勘兵衛と一緒になって、街道で馬糞を拾い集めたかったのかもしれない。

大縄地の庭に野菜を、サツキをつくらなかったのは源三ではなく、源三の親父《おやじ》だ。酒ばかり喰らって百姓の真似事《まねごと》をせず、源三たち三人の子供をいつも痩せた鶏のようにさせていたのは、己を伊賀者であると遠吠えばかりしていた親父の中森佐内《さない》だ。食い物で腹を満たせなかったから、源三は己の腹に伊賀の忍びを棲まわせて、空《す》きっ腹を忘れるしかなかったのだろう。

長じてから晋平は、しばしばサツキの苗木や野菜の種を源三の家へ持って行った。源三の子供たちには、源三のような想いを味わわせてはいけないと思い、庭へ出て共に草を抜き、育て方を説いた。

とりわけ長男の征士郎《せいしろう》には、山岡の家に男子がいないこともあって、いっときは息子のように接したものだ。あの頃は剣にも本腰を入れて精進し、征士郎を指南した。

征士郎は才に恵まれた少年で、祖母譲りの端正な顔形は嫌でも人の目を引き、剣にしても、晋平が教えたいことの勘所《かんどころ》を忽《たちま》ち己のものにした。晋平はこの打てば響く少年と出逢うことで、剣を導く面白さを知ったものだ。

晋平がやり切れないのは、それでも中森の家の庭が間もなく、草で埋め尽くされてしまったことだ。

晋平は、源三の家が野菜もサツキも育てないのは、あくまで親父の仕業とばかり思い込んでいた。親父の姿が消えれば庭から草も消えて、周りと見分けがつかぬ、どういうこともない百人町大縄地の組屋敷になるのだろうと思っていた。けれど、佐内が亡《な》くなり、源三が鉄砲同心を継いだあとも、草が刈られて、広い庭にサツキの苗箱が並ぶことはなく、家人が庭に立って鍬《くわ》を持つ姿も、ついぞ目にすることができなかった。

征士郎への剣の指南も、征士郎が十一になったときに源三から止められた。以降は、忍びとしての体術の稽古に専念させるから一切構わぬようにと釘《くぎ》を刺された。断わるための口上に過ぎぬと思ったが、その後も幾度か覗いてみると、征士郎が庭に渡した綱を渡ったり、トンボを切ったりしていた。まるで、鳥になるために羽ばたきの稽古をしているのを見せつけられているようで居たたまれず、慌てて目を逸《そ》らして足早に立ち去った。いまから振り返れば、それで気持ちの張りをなくしたことも、晋平が頼まれていた道場主を辞した理由に含まれていたと思えなくもない。

気づけば、源三は、親父の佐内以上に、己の内なる伊賀者を煮詰めていた。佐内はあくまで屋敷の垣根の内側で、己一人で吠えていただけだったが、源三は自己流とはいえ大真面目《おおまじめ》の風で忍びの技を拾い集め、息子の征士郎に鍛錬を課したし、また、広く大縄地の住人にも、伊賀衆の自覚を持つことを求めた。慶長の昔の、あの篠寺のときのように、伊賀の忍びの誇りを取り戻すべく、檄《げき》を飛ばした。

むろん、住人たちは、誰も相手にならなかった。享保《きょうほう》より後の御公辺で、隠密の御勤めを担《にな》うのは、八代将軍吉宗公が紀州から連れてきた御庭番《おにわばん》である。当初の十七家に、新規に召し出された四家を加えた二十一家で、緩《ゆる》みなく御庭番家筋《おにわばんけすじ》を固めており、他の家筋が入り込む隙間《すきま》はまったくない。隠密とはいえ、いまでは二十一家のあらかたが御旗本であり、門番に過ぎない鉄砲同心が隠密として名乗りを上げるなど、笑止千万も極まった。

伊賀衆の自覚など、持てば持つほど空回りするばかりであることを、百七十余年の大縄地での暮らしのなかで弁《わきま》え尽くしている住人は、相手にならないどころか、あいつは危ないという構えになり、源三は子供の頃よりもさらに孤立した。そして、晋平の目が届かぬあいだに息子の征士郎もまた、中森佐内から源三が育ったように齢《とし》を重ね、内なる伊賀者を肥《ふと》らせていったのだった。

三年前に百人町を出たその中森征士郎へ、意識が向かおうとしたときには、追分の重宝院の甍《いらか》が迫っていた。

理性寺の前で半四郎と顔を合わせたときにはまだ背後にあった陽が、額を照らしている。

急に空腹を覚えて、重宝院の前で評判を取っている蕎麦《そば》屋が頭に浮かんだ。宿場が再開して二年程経《た》ってから開いた店で、この季節でも辛味《からみ》大根を絞った汁《つゆ》の蕎麦切りを出す。

冬場の鼠《ねずみ》大根よりは僅かに甘いが、比べなければ十分に辛く、ものを喰う気が萎《な》えたときでも胃の腑《ふ》が動き出す。今日のような明け番の午《ひる》などにはとりわけ具合がよい。

晋平はいよいよ強くなる陽から逃れるように、暖簾《のれん》を潜《くぐ》った。刻はまさに午九つで、一階の入れ込みは客で埋まっており、二階の小座敷に上がる。

「失礼する」

先客の顔をたしかめぬまま断わりを言って、腰を下ろそうとしたとき、その先客から声が掛かった。

「父上！」

目を向けると、千瀬の連れ合いの、宮地平太の若い笑顔があった。

「やはり辛味大根ですか」

平太が人懐《なつ》っこい笑みを寄越す。

「ああ、傍《そば》まで来たら急に喰いたくなった」

「傍に蕎麦ですか」

「そんなのではない」

晋平も笑顔を返す。いつもと変わらずに屈託のない平太の顔を見て、なにか救われた気がした。

「私もです。万年青《おもと》の御礼かたがた百人町へお邪魔しようと思って参ったのですが、ここの前に差し掛かったら、どうにも寄らないわけにはゆかなくなりました。なにしろ、下谷《したや》の無極庵《むきょくあん》や浅草《あさくさ》の翁蕎麦《おきなそば》でも、この時期では辛味大根を置いていません」

平太の言葉が終わらないうちに、その辛味大根の蕎麦切りが二枚運ばれてくる。

「どうぞ」

その一枚を、平太が晋平の前に置く。

「いいのか」

「もちろんです。もう二枚、頼めばいいだけのことですから。二枚、行きますよね」

「ああ、こいつは助かる。辛味大根の蕎麦切りはいったん喰いたいとなると、いっときの我慢も利かなくなる」

「そうだと思いました」

平太はまた気持ちのよい笑顔を浮かべて、二枚を追加した。

初めて会ったときから、平太とは相性がよかった。

場所は四年前の青梅の山中で、朝は晴れ渡っていたのだが、山懐《やまふところ》に分け入った午過ぎになって不意に空が掻き曇り、まずいと思った途端に、それこそ空が壊れたかのように大粒の雨が落ちてきた。

今日は降らぬと見切って雨具の用意を怠った上に、祠《ほこら》でもあればと見渡しても目に入るのは草木ばかりだ。ともあれ、どこか雨を避けられる場処を探さねばと、山路を下っていたとき平太と出くわし、予備に携えていた合羽ほどの大きさもある油紙を分けてもらったのだった。

それがきっかけで共に山野を歩くようになり、互いの家へも行き来するようになったのだが、なぜか晋平は三十もの齢の差も、御勤めのちがいも意識させられることなく、昔から馴染んだ友のように、対することができた。

「あの、この前、父上から頂戴《ちょうだい》した万年青ですが……」

縁、と言うべきなのだろう。共に草木の栽培で活計《たつき》を助け、山野に親しんでいるからといって、合わないものは合わない。

「やはり、永島でした」

「真《まこと》か」

「間違いありません。おそらくは、永島連の連中に貸し与えた株が、なんらかの事情で外へ流れ、野に戻ったのでしょう」

だから、ほどなく千瀬と平太が近しく口をきくようになり、顔を見知るようになって一年も経たないうちに、きちんと人を介して縁組の話が持ち込まれたときも、端《はな》から反対するつもりはなかった。

宮地平太が勤める御掃除之者は、その名のとおり城内紅葉山《もみじやま》や吹上御《ふきあげお》庭《にわ》、そして千《せん》駄ヶ谷《だがや》焔硝蔵《えんしょうぐら》などの掃除に当たる。禄《ろく》は十俵一人半扶持《ぶち》で、まさか千瀬が、三十俵二人扶持の鉄砲同心よりもさらに低い禄の家に嫁に行くとは思ってもみなかったが、万年青やアオキの栽培の腕は晋平から見てもたしかなものだったし、それに、商家出の母方の縁で多少の余禄もあるようで、暮らし向きさえ立ち行くのであれば、その他のことは気にもならなかった。元より山岡の家にしても、家柄を云々《うんぬん》するような家格ではない。それに御掃除之者は、禄こそ低いものの、れっきとした譜代場《ふだいば》だった。

「永島連は連のなかでは縛りが緩いほうなので、私が株を増やして商っても問題はなかろうと思われます。実際、王子や染井でも、まだ数は少ないですが、明らかに連のものとはちがう永島が出回り始めています。万年青の株分けは春と秋の彼岸ですが、もう春は過ぎてしまったので、秋の彼岸の頃に株分けさせていただくことにしました。真に、ありがとうございました」

「いや、役に立ててなによりだ」

晋平の胸のどこかには、反対しなかったどころか、千瀬と平太が世帯《しょたい》を持つのを、待っていた気持ちさえなくはなかった。

その頃より、千瀬と中森征士郎が、路の脇《わき》で話をしている様子を幾度となく認めていたからだ。たまたま出逢って挨拶《あいさつ》を交わしているという風ではなく、互いの目を捉《とら》えながら笑みもなく唇を動かしている。想いを切って、それとなく千瀬にたしかめると、別に込み入った話でもないという趣旨の答が返ってきたが、晋平の不安は拭い切れなかった。

二十三になった征士郎の容姿はますます磨きがかかって、錦絵《にしきえ》から抜け出てきたようだった。いまは店頭になっている半四郎も美丈夫ではあったが、美形の質がちがう。出逢ったあとに、頰を緩めて思い返すのが半四郎なら、征士郎は、蒼《あお》く深い淵《ふち》を縁から覗いたような気にさせられる。どうということもない話とはいえ、度重なれば、千瀬がその淵に魅入られてしまってもおかしくはなかった。

若い二人の気持ちに、水を差したくはない。しかし、成り行きに任せるには、あまりに長じた征士郎のことが分からなすぎた。

十一を越えた頃から、征士郎は、大縄地の住人とはほとんど言葉を交わさなくなった。それでも晋平には、路で出逢えば時候の挨拶くらいは寄越したが、それも源三が逝った九年前までで、以降は、軽く頭を下げるだけで足早に遠ざかるようになった。

その胸の内まで、蒼く深い淵のようで、なにを考え、次にどう出るのかがまったく予測がつかない。できれば一人娘の千瀬は、そんな憂《うれ》いとは無縁な、ひたすら陽の差す場処へ送り出したかった。たかが鉄砲同心の家とはいえ、千瀬に婿《むこ》を取らずに絶家《ぜっけ》を覚悟したのは、一刻も早く大縄地から出して、征士郎と切り離したかったからだ。

千瀬とのことさえ別にすれば、いつかは征士郎の背中に声を掛けなければならんと思った。大縄地の住人を拒んでいるその背中に自分のほうから声を掛けて、征士郎の硬い殻を打ち壊さなければならない。いまなお雑草で埋め尽くされている中森の屋敷の庭土に陽を入れ、サツキの花弁を開かせなければならない。

けれど、晋平の唇は動かなかった。大久保百人町大縄地は異様に広い。とりわけ南北の端から端は見渡すのが難しく、健脚自慢が息を切らせて歩いても優に四半刻《しはんとき》はかかる。その広い大縄地を、北、中、南の三本の通りが分けており、晋平の屋敷は北通りの北に、そして中森の屋敷は南通りの南にあった。同じ大縄地でも遠く隔たっていることを口実にして、そのうちに、という文句を己に繰り返し、気づけば、十一の征士郎は二十三になっていた。

有り体に言えば、怖かった。佐内から源三へ、そして源三から征士郎へと、三代に渡って、彼らの内なる暗い庭で育てられた、伊賀者の姿を直視するのが怖かった。それを目にしたら、己の内にも見知らぬなにものかが巣くっているのを突きつけられるような気がして、足はぐずぐずと、大縄地の南へ向かうのを拒んだ。

晋平は、父の清十郎をなぞるように暮らしてきた。鉄砲百人組組士の御役目を大事にして、剣も能《よ》くし、植木職さながらにサツキを世話して、伊賀衆とは無縁の日々と和んできた。とはいえ、たとえば山上の群落で風に吹かれたときなど、ふと、この穏やかな日々が父からの借り物なのではないかと感じることもなくはなく、とりわけ征士郎と目を合わせたときは知らずに、自分は父のようには得心し切れていないのではないかという疑問が湧いてくるのだった。

「永島連は、そういうわけで、まあ、よいとして……」

平太は器用に、蕎麦を手繰りつつ話す。

「昨今は、こいつはさすがにどうかなと危惧《きぐ》される連も少なからず目につきます」

「どうかな、とは？」

「門外不出の縛りがきつ過ぎて、規則を破った者に対する仕置きが、御奉行所として見過ごせないものになっているようです」

「勝手仕置き、ということか」

「はい、とりわけ福寿草なんぞの連に多いらしく、断わりなく株を連外に貸した者のなかには、家を取り壊された例もあるそうです。留守のあいだにではなく、家人が居るときに鳶《とび》を雇って押し掛けてきて、目の前で大槌《おおづち》を振るっていったようで」

「ほう」

結局、征士郎と膝《ひざ》を詰めて話をする機会を持たぬまま時は過ぎて、千瀬と平太が祝言《しゅうげん》を上げたその年に、征士郎は同心株を売って大縄地を出ていった。

いま、どこに居て、なにをしているかは誰も知らない。あるいは、誰も知ろうとしない。佐内も源三も、そして征士郎も、そんな人間は大縄地には居なかったと、皆が思いたがっている。

晋平とて、同じだ。この前、千瀬が百人町に戻ったとき、帰りしなに、三、四日前に両国橋の西詰め辺りで征士郎を見かけたと口にしたのだが、晋平は聞こえなかった振りをした。千瀬と征士郎が、再び繋がるかもしれない糸を見たくなかった。

「私たちのように草木の栽培で活計を補っている者にとっては、そういうあまりに過激な連が出てくると差し支えが出ます」

「もっともだ」

「花や枝葉を楽しむことじたいに水を差されかねない。ところが、連の激しさは衰える気配を見せません」

「そうなのか」

「つい先頃、隠れ念仏の宗門が警動《けいどう》を受けましたが、こういう行きづまった御時世になると、わけの分からん宗門が雨後の筍《たけのこ》のように出てきます。そういう新興の宗門が連と繋がって、おかしなことをやらかしてくれる。収まるどころか、もっとおかしな連も出てくるかもしれません。昨今は、門徒が市井《しせい》の者ばかりでなく武家に、それもかなり大身《たいしん》の武家にまで及んでいるというから厄介です」

先刻、半四郎から請負の隠密の話を聞かされても、直《す》ぐに源三と征士郎の顔が蘇《よみがえ》ったわけではなかった。

最初は、もやもやと雑草で埋まった庭が浮かび、そして、ようやく茶屋を出る頃になって、楽しくはない想い出を仕舞う箱が不意に開いて、まず源三が、そして征士郎が浮かび上がった。

そのとき、晋平は、口封じでも、復讐でもないのだと思った。

二人が、百人町の住人に、檄を飛ばしているのだ。

忍びらしく、しんと鎮《しず》まり返った未明に音も立てずに籠《かご》へ近づき、筵《むしろ》の上から心の臓をひと突きすることで、伊賀衆の技を見せつけている。

なんで、伊賀衆の仲間が殺されても、仇《あだ》を討たないのかと問うている。

自らが伊賀衆の一人であることを、ほんとうに忘れ去ることができるのかと糾《ただ》している。

そして、なにをされても、なにもできぬ奴らなのかと、脅している。

あるいは征士郎は、半四郎の言う、本物の、請負の隠密になっているのかもしれない。

草に埋まった庭で積み重ねた、綱渡りやトンボを切る稽古《けいこ》が、ようやくいまになって実って、中森の男三代の想いを遂げたのかもしれない。

征士郎は、羽ばたく稽古を重ねて、鶏から鳥になった……。

「元はといえば同好の士が集まって、互いの足らぬ技を補い合い、好きな草木をさらに楽しむものだったのに、随分と物騒な集まりに変わってしまったものです」

「まったくだ」

二人は二枚目の蕎麦に取りかかる。夏の辛味大根なのに、今日は随分と辛い。

◆◆◆

明日、永島を採集した田無の森へ案内してくれないか、という宮地平太の頼みを、晋平は断わった。

一刻も早く、中森征士郎に会わねばならぬと思ったのだ。平太には地図を書いて、永島のあった場処を教えた。

征士郎に会いに行くとはいっても、直ぐに会えると思うはずもなかった。手がかりは、両国橋の西詰めで見かけたという千瀬の言葉だけだ。腰に大小はなく、髷《まげ》も町人髷だったが、たしかにあれは征士郎だったと、千瀬は言った。

その言葉のみを頼りに、江戸随一の盛り場である両国橋西詰めで一人の男を捜し出すのは、地面にばら撒《ま》いてしまった博多白の種から一粒の渓香の種を見つけるようなものかもしれぬと嘆息したが、ともあれ、大縄地でじっとしているわけにはいかなかった。

翌朝五つ半、挿し芽に水を遣り、陽除《ひよ》けの葦《よしず》を丹念に整え終えると、晋平は百人町を出て、四谷大木戸を潜り、とりあえず塩町へ足を向けた。

もう数十年来、通い馴《な》れた路なのに、御勤めではない向きで足を運ぶと、またちがった景色に映る。己の用で御府内に入るのは、去年の秋、平太と千瀬に誘われて芝増上寺の錦色《きんしょく》に染まった紅葉山《もみじやま》を巡ったとき以来だから、もうかれこれ一年近くも、御勤めでしかこの路を歩いていない。

見知らぬ通りを見るように足を送り、塩町の三丁目から二丁目に差し掛かった辺りで、ひとまず歩みを停めた。半四郎から教えられた、八五郎が襲われた場処である。

いつもは足早に通り過ぎるだけのそこに立って、ゆっくりと辺りを見回す。なんの確証もないが、もしも、ほんとうに自分の想《おも》ったとおりだとしたら、征士郎の気配の痕跡《こんせき》が残っているような気がした。

ゆっくりと巡らせた視野に、長善寺の山門が目に入る。

以前からこういう造りの門であったかと、目を凝らした瞬間、晋平は、愕然《がくぜん》とした。

半四郎と話を交わしていたとき、自分はいったいなにを聞いていたのだろうと思った。

百人町大縄地の住人の一人として、ずっと意識から遠ざけてきたが、半四郎が言った長善寺とは、篠寺のことである。

慶長の昔、伊賀衆が服部半蔵正就への臣従を拒んで立て籠《こも》った、あの篠寺だ。

その寺の門前で、八五郎は突かれた。それを偶然と言えば、事実を直視するのを拒んでいるに等しい。

もはや、疑う余地はなかった。

伊賀衆に縁のない者が、どうしてわざわざ篠寺の門前を選んで、伊賀衆を殺《あや》めた男を襲撃しよう。そして、この安永の世で、本気で伊賀衆であろうとしている伊賀衆など、たった一人しか居ない。

八五郎を仕留めたのは、征士郎である。親子三代に渡って信じた、伊賀衆一統として、忍びならではの技を見せつけ、伊賀の仲間を手にかけた男を誅殺《ちゅうさつ》した。

晋平は追い立てられるように足を踏み出して、両国橋西詰めを目指した。目を真っ直ぐ前に据えて、大股《おおまた》で歩を進める。なんとしても、征士郎に会わなければならない。会わなければ、戻れない。

ずんずんと、晋平は歩み続けた。夏の山歩きでもかかぬ汗が、やがて額を伝う。その汗を左手の甲で拭ったとき、ふと、晋平は思い当たった。

きっと、征士郎も待っているのだ。

敢《あ》えて、他のどこでもなく、篠寺門前で八五郎を襲ったのは、百人町の住人たちに檄を飛ばしているだけではなかろう。考えを巡らせさえすれば、それが自分の仕業であると、気づかせるようにしたのにちがいない。

そうして征士郎は、招き寄せている。

伊賀衆の誅殺と気づいた伊賀衆が、自分を訪ねてくるのを待っている。

どのような糸に掛かるのかは分からぬが、たぶん、これから自分は征士郎と会うことになるのだという予感を、晋平は抱いた。

そのまま四谷忍町《おしまち》を行き、伝馬町を行って、四谷御門で外濠《そとぼり》を越えた。麹町《こうじまち》の十丁目から一丁目まで、脇目も振らずに歩き、半蔵門《はんぞうもん》に突き当たる。

いつもならば、門を潜って左へ折れ、代官町《だいかんちょう》へ出て、竹橋《たけはし》御門から大手三之門へ詰める。今日は逆に右へ足を向け、御城の曲輪《くるわ》を南手沿いに回って常磐橋《ときわばし》御門へ抜けた。あとは本町《ほんちょう》、大伝馬町と真っ直ぐに歩き通し、浜町《はまちょう》堀を緑橋《みどりばし》で跨《また》いで、通塩町《とおりしおちょう》、横山町《よこやまちょう》を突っ切れば、両国橋西詰めの広小路に辿り着く。思わず晋平は足を早めたが、しかし、緑橋を渡り、横山町の二丁目辺りまで来て、その足は止まった。

広小路まではまだ一丁あるのに、そこから溢れた人の波がわっと押し寄せてきて、真っ直ぐに歩くのが難しい。内藤新宿の喧噪《けんそう》とて相当なもののはずだが、人が湧いてくるようなその賑《にぎ》わいとは比べものにならない。

忘れかけていた本物の盛り場の人波に肌を馴らして、晋平は再び足を踏み出す。どうにか人のあいだを縫って、最後の横山町三丁目を通り抜け、ようやく広小路は西端の吉川町《よしかわちょう》に着いた。

端とはいっても、そこは、天下の両国橋西詰めの広小路で、河岸《かし》にはびっしりと水茶屋が貼《は》り付き、向かいには、芝居小屋や見世物小屋が、押し合うように建ち並んでいる。晋平はふうと息をついて、この時期にしては珍しく、藍《あい》を刷《は》いたかに青く澄み渡った空にはためく幟《のぼり》を見上げた。

赤や黄や、緑の地に、軽業や手妻や浄瑠璃《じょうるり》や、はたまた女相撲や蟹娘《かにむすめ》や熊女《くまおんな》やらの文字が染められている。そのまま視線を下ろせば、どの小屋の前も人だかりがして、想うように足を捌《さば》くのも難儀なほどだ。

はてさて、この人の海のなかから、どうやって征士郎を捜し出そう。

これから征士郎に会うことになるだろうという予感は、人いきれに包まれても消え失《う》せることはなかったが、その見えぬ糸をどう手繰り寄せればよいのかは、まったく見当がつかず、ともあれ、まずは両国橋を渡って、回向院《えこういん》の門前へ参ってみようと、晋平は右へ折れた。橋の上からは、玉川上水から分かれた神田川の河口も、大川の右岸に見えるはずである。

川のない内藤新宿の住人の目には、あまりに両国橋は壮大で、よくも人にこれほどの大普請《ふしん》ができるものだと、訪れる度に舌を巻く。それでも、広小路を埋める人々が、皆で渡って歩を止めれば、両国橋とて重みで落ちる。橋の上で立ち止まるのは厳に御法度《ごはっと》で、晋平は欄干近くを歩きながら神田川の注ぎ口に首を回し、そこから遡《さかのぼ》れば、内藤新宿の熊野十二社権現《ごんげん》へも辿り着くのだと認めつつ、東詰めの橋番所に差し掛かった。

ゆっくりとだが流れてはいた人波が、そこへ来て俄《にわか》にぐずつき出す。目を遣《や》れば、橋番所の周りに、大脇差を落し差しにした町奴《まちやっこ》らしい風体の男が数人、たむろしているのが見えた。その一角を避けようとして、束の間《つかま》、人々の足が止まるらしい。誰もが、薄ら笑いを浮かべながらしゃがみ込んでいる、胡乱《うろん》な男たちと関わりにならないようにしているのだ。

人波に押し出されるようにして、晋平が男たちの直ぐ脇を通ると、なかの一人が目を止めて、嘲《あざけ》るような視線を寄越した。どうやら晋平を、田舎武士と見たらしい。

その日、晋平は山歩きのときと同じ身支度をしていた。汚れが目立たぬ藍鉄《あいてつ》の木綿を着け、同じ色の野袴《のばかま》を穿《は》き、自分でタモの木を削った杖《つえ》を突いている。おそらくは終日、歩き回ることになるとも思ったし、それに、征士郎のほうから自分を見つけることがあるとすれば、それがいちばん自分と分かる格好に思えた。その山支度が、町奴たちの獲物を狙《ねら》う網に、掛かってしまったようだ。

「爺《じい》さんよ」

さて、どう出てくるのか、と思っていると、やはり、男は行く手に立ちはだかって、声を掛けてきた。

「駄目だよ。橋を渡ったら、ちゃんと橋銭《はしせん》を払わないと」

武家と分かりながら、町人言葉で挑発する。

「橋銭、とな」

齢は三十の前後か。他も似たりよったりで、数えてみれば四人だった。

「そうそう。江戸の大きな橋ではね。渡るのに橋銭が要るの」

その限りでは男の話は偽《いつわ》りではなかった。大川に架かる四つの橋のうち三つでは、たしかに二文の橋銭が求められる。ただし、それは町人だけで、武家は必要ない。

「いかほど、かな」

「まあ、爺さんは、江戸は初めてそうだから、一分にまけておこうか」

「ほほう」

一分あれば、辛味大根の蕎麦を毎日食べても優にふた月は持つ。近頃は、武家にちょっかいを出す町奴の類《たぐい》が増えていると聞いたが、これがそうか、と晋平は思った。

「ここは両国橋であったな」

「ご明察だねえ。ここが天下一の両国橋さ。こんな立派な橋を一分で渡れるなんざ、ありがたいねえ。なあ、爺さん、そうは思わねえか、ええ」

「両国橋ならば、御公辺の御入用橋《ごいりようばし》。町人も武家も、橋銭は不要のはずだが」

そこより下流の新大橋と永代橋、そして上流の大川橋の三つは、町人請負で七千両からの金を呑む橋の架け替えをする。そこに、二文の橋銭を取る根拠がある。けれど、両国橋は唯一《ゆいいつ》、幕府が自らの費用で架け替えをする御入用橋だ。

「おっ、すげえなあ、爺さん。物知りだねえ。いやー、見上げたもんだ。でもね、変わったの、御法度が。ほらっ、ほらっ、早く払ったほうがいいよ」

残った三人が嫌な笑いを浮かべながら近寄ってきて、晋平を取り囲んだ。喰っていくための凌《しの》ぎが癖になったのか、最初からそういう手合いなのか、明らかに人を嬲《なぶ》ることを楽しんでいる。

「そんじゃあ、爺さん。ちっと、向こう両国見物と洒落《しゃれ》ようか」

回向院のある両国橋東詰めは、向こう両国とも呼ばれる。背後に回った男が晋平の背中を軽く押して、東詰めへ追い立てようとした。回向院脇の、人目につきにくい路地へ連れ込むつもりらしい。

強《し》いられて足を運びながら、言われるままに一分を払ってしまう武家もおそらく居るのだろうと晋平は想った。

往来で武家が町人に辱《はずかし》めを受けたままでいれば、腹を切らねばならない。後になって仕返しを果たせば、切腹こそ免れるかもしれぬものの、相応の処分は残る。腕に覚えがある者でも、その場で殺めたら、斬《き》り捨て御免は建前だけだ。

とにかく面倒を避けようとして、なけなしの金をはたくのも無理からぬ遣り口である。武家の面子《めんつ》と法度を人質に取って、質《たち》悪く脅す。町へ出るのを控える武家も居るという昨今の噂《うわさ》も、あながち戯《ざ》れ言ではないのかもしれない。

さて、どうしたものかと、足取りを緩めつつ、晋平は思案する。その晋平の目に、遠巻きに様子を見ようとする群衆が映った。ここで、ひと立ち回りすれば、人々の視線を集めることができる。そのなかには、征士郎の目だって含まれているかもしれない。糸は絡《から》みついてくるのを待つだけでなく、自ら手繰り寄せるものだろう。

「おっらあ、手間かけんじゃねえよ、爺《じじい》。さっさと歩きやがれ。こっちが甘い顔をしてりゃあ……」

背後の男が焦《じ》れて、やおら口調を変え、晋平の背中を強く押そうとする。けれど、男は最後まで唇を動かすことはできなかった。振り向いた晋平が、右手に持った杖の柄の先を鳩尾《みぞおち》に見舞ったからだ。

呆気《あっけ》に取られた残りの者が大脇差に手を掛ける間もなく、反転した晋平の杖が三人の脛《すね》をしたたかに打つ。束詰め脇の柳の枝が浜風に揺れて戻ろうとするあいだに、橋の上には四人の町奴が盛大な呻《うめ》き声を上げて転がっていた。

晋平は直ぐにその場を離れようとするが、いまの呆気ない立ち回りでは、僅《わず》かな人目しか集めていないと思い直す。

移り気な人の目は直ぐに離れる。なにしろ、ここは、ありとあらゆる見世物で溢《あふ》れ返る両国だ。征士郎の目に止まるためには、もっと時間を繋《つな》がなければならない。

晋平は、男たちの仲間が加勢に来るのを待つことに決めて足を踏み出し、東詰めの回向院前に移った。橋の上で立ち回れば、取り巻く群衆で橋が落ちかねない。それに、江戸随一の救済の寺、回向院の周りは岡場所で埋まっている。半四郎とは真逆《まぎゃく》の店《たな》頭《がしら》だって巣くっているだろう。きっと、昼なお仄暗《ほのぐら》い路地から、地回りが湧《わ》き出してくるはずだ。

案の定、十を数える間もなく、六、七人が駆け寄ってくるのが見えて、晋平は薄く息を吸って丹田に送り、杖を柔らかく握り替えた。目を遣れば、先頭の一人は既に二尺近い大脇差を抜き放ち、猛々《たけだけ》しい形相を見せているが、束《つか》を握る右手はといえば強《こわ》張《ば》って、すっかり固まっている。これでは、せっかくの大脇差も刃筋《はすじ》が立たずに棒になる。先頭が先頭だけに、従う残りの面子も似たり寄ったりで、物騒なのは風体だけのようだ。

晋平は周りの視線を感じながら一歩を踏み出す。今度は少し時間を引き延ばさなければと思いつつ、先頭の男が振り下ろしてきた大脇差の鎬《しのぎ》を払った。軽く逸らしたつもりだったのに、それだけで男の指は解《ほど》け、大脇差が地に転がる。そんなことでは、間が持たんではないかと案じながら、出《で》鱈目《たらめ》に脇差を振り回してきた二人目の男の手首に、さらに柔らかく杖を当てたのだが、男は大袈裟《おおげさ》な悲鳴を上げて後ろへ逃れた。

さすがに、残りは脇差を握り締めて遠巻きにするだけで、かかってはこない。どうやら、これで人の目を繋いでおくことができると、ふっと息をついて、周りの人波のなかに征士郎の気配を感じようとしたとき、男たちの背後から、新たな加勢が押し寄せて来るのが見えた。

ざっと目で測ると、十人は超えている。咄嗟《とっさ》に、晋平は逃げると決め、やおら西詰めに向かって駆け出した。さすがに、その人数に囲まれたら、杖では無理で、本身《ほんみ》を抜かなければならない。殺めるのを避けようとすれば、峰を返すことになるが、しかし、峰で打てば折れるのを覚悟する必要がある。

折れず、曲がらず、なおかつ切れる刀を鍛えるのは難しい。だから、僅かな重ねと幅のなかで、柔らかい心鉄《しんがね》を硬い皮鉄《かわがね》で包《くる》む。それでも、折らずに遣おうとすれば、斬り抜いて斬撃《ざんげき》を抑えなければならない。峰打ちなどは以《もっ》ての外《ほか》。刀は抜いたら最後、相手を斬ることしかできない道具である。こんな茶番で、鯉口《こいくち》を切るわけにはゆかない。

背後で「あの爺だ」という声が上がって、幾つもの雪駄《せった》の音が続く。一気に橋を走り抜けようとしたが、橋央《はしなか》の番所近くにも数人が居て、大脇差を抜き放って立ちはだかろうとした。

そこで足を停めれば、囲まれるのは見えている。晋平は勢いを緩めずに、正面に立った男に向かう。杖を左上段に振りかざし、あらん限りの声を絞り出して、「退《ど》うけえー」と叫んだ。

思わず怯《ひる》んだ相手の脇を擦り抜けて橋を渡り終え、路なりに柳原通りへ向かう。走り比べならば、街場《まちば》の者たちに後れを取ることはないと思うが、もしも行く手にも仲間が待ち受けていたとしたら、今度こそ抜く羽目になるだろう。思わず、晋平は首を回し、追っ手の姿がまだ見えないのをたしかめてから、差し掛かった見世物小屋の角を左に折れて路地に分け入った。

軀《からだ》を横にしたほうが通りやすいほどの狭さで、そこならば、たとえ行き止まりだったとしても、一度に一人ずつを相手にすればいい。江戸随一の盛り場だ。そのうちには騒ぎを聞きつけて、町方もやってくるだろう。征士郎の耳にだって、届くかもしれない。

果たして駆け抜けようとしてみれば、やはり、そこは行き止まりだった。

覚悟を決めて通りへ向き直り、杖を構えようとする。

と、そのとき、突然、小屋の脇に架かっていた筵《むしろ》が開いて、晋平はなかへ引き摺《ず》り込まれた。

「こちらへ」

女の声が言った。

なかの暗さに目が追いつかず、声の主をたしかめることはできないが、この状況では黙って従うしかない。仄暗い通路をためらうことなく歩を進める女の背中を、晋平は追った。

角をせわしなく二つ曲がり、暖簾を分けて通されたのは三畳ほどの蓙《ござ》を敷いた部屋で、高く開けられた明かり採りから陽が斜めに差し込んでいる。

女は隅に除《の》けてあった座布団《ざぶとん》を部屋の奥に敷き、晋平に勧めながら、柔らかい声で「あたしの楽屋なんですよ」と言った。人の気持ちを包み込むような、なんとも騒いだ気持ちが鎮まる声だった。

思わず、目を向けると、しかし女はいかにも若かった。鶴市《つるのいち》という文字が染め抜かれた浴衣《ゆかた》姿の腰つきが少女のように華奢《きゃしゃ》で、両の肩もあくまでほっそりとなだらかである。顔にも首筋にも化粧は見えず、抜けるように白く肌理細《きめこま》かい肌が、明かり採りからのささやかな光を返して、うっすらと輝いている。

「ほとぼりが冷めるまで、ここで休んでいっておくんなさい。あたしもここを出るまで半刻《はんとき》ばかりあるんで、そのあいだお相手させていただきましょう。そんだけ経ちゃあ、もう表に出てもよござんしょう」

「かたじけない。助かり申した」

晋平は頭を下げた。

「いえいえ、あたしらのほうこそ久々にいいもん拝ませていただいて。いえね、ずっと幟を立てる楼の上から、座長と二人で拝見してたんですよ。お武家様にはなんですが、ここらではよくあることでしてね。抜かなかったら情けないし、抜いたら抜いたで厄介だし、やれやれってことで目を外そうとしたら、これがどうです。長包丁を抜くまでもなく、さらりとかたづけてしまわれた。旦那《だんな》くらい、できりゃあ、ついお腰の物を試したくなるものを、なんとも粋《いき》に運びなさいます。逃げっぷりも上々。土壇場《どたんば》であんなにすっときれいに始末つけるなんざ、よっぽど腹が据わってなきゃあ適《かな》うもんじゃないって、座長と舌を巻いてたとこだったんですよ。あ、座長は山本仁太夫《やまもとじんだゆう》と申します。芸の名は鶴市」

女の浴衣を目にしたときから、ずっと鶴市の文字が気にはなっていた。大木戸の外で暮らす晋平とて、鶴市と山本仁太夫の二つの名前は伝え聞いている。

鶴市は団十郎《だんじゅうろう》の声色《こわいろ》で江戸中の評判を取っている芸人であり、そして山本仁太夫は乞胸《ごうむね》という辻《つじ》芸人の一団を統《す》べる頭《かしら》だった。どうやら、二つは同じ人物の、ちがう顔の名前らしい。

「あたしは仁太夫の娘で、そうですね、サツキとでも呼んでください」

「サツキ？」

ここでサツキかと、晋平は思った。

「自分のほんとの名が好きじゃあないんですよ。ですから、なんでもいいんですけどね。レンゲでもタンポポでも。けど、サツキが一等好きなんで、よければサツキって呼んでいただければ」

「サツキ殿か。申し遅れたが、拙者は山岡と申す。山岡晋平」

「山岡晋平様。お名前、頂戴して、ありがとう存じます」

背筋を伸ばして、名前を復唱すると、サツキは深く頭《こうべ》を垂れた。

「されば、サツキ殿」

「どの、はなくって、ただのサツキで」

サツキはくっくと笑った。

「このようにしていただいて、そちらに迷惑がかかりはせぬか」

武家においてすら、いかにして厄介事と距離を置くかに腐心《ふしん》して、日々を遣り過ごしているご時世だ。芸人がその筋の者たちと揉《も》めれば、ただでは済むまい。

「さあ、あたしはよくは分かりませんけど、座長はもう山岡様をお助けするんだって、張り切って。いまはちょうど出番で、お目にかかれないのを、それは悔しがってました」

「いずれ、あらためてご挨拶を」

「そんな。乞胸風情《ふぜい》にいちいち律儀《りちぎ》通さずともよござんすよ」

あくまで軽やかに、サツキは言った。

「けど、乞胸も元はと言えば浪人だったんです。ご存知ありませんよね」

「しかとは」

「浪人が喰えなくなって、芸人になったのが乞胸。普化宗《ふけしゅう》の虚無僧《こむそう》はまだ武家に戻ろうとしてるから元武家だけど、あたしたち乞胸はもうとっくに未練断ち切ってるんで、元浪人なんです。虚無僧はいまも浪人だけど、乞胸はもう浪人ですらないんですよ。でも、五年前にお上から禁じられるまでは、みんな舞台の上でも脇差を差してました。

なんだかんだ言って、腰の脇差が元浪人の突っ支《か》い棒だったんです」

ころころと笑ってから、サツキは続けた。

「それが、安永二年の御奉行様の御触れで、まかりならんってことになりましてね。武家の尻尾《しっぽ》が残ってる虚無僧が物騒な動きするもんだから、その取締りの巻添え喰ったんですよ。乞食《こじき》とおんなじ辻芸人という世間の目に、脇差一本でなんとか堪《こら》えていたのに、その杖を取り上げられちまって、座長はよけいに元浪人の想いを煮詰めていったんでしょう。きっと、山岡様の御振舞いは、座長の想うとおりの武家の姿だったんじゃありませんかね。だから、なんとしても、お役に立ちたかったんですよ」

サツキの話を聞くうちに、晋平は他人事《ひとごと》とは思えなくなっていた。

武家に戻る路《みち》をとうに断ち切った乞胸。それは、隠密《おんみつ》になる路から目を背けるようになった伊賀衆と重なる。そして、腰の脇差をずっと気持ちの杖としてきた乞胸のように、己のうちに隠密を杖として棲《す》まわせてきた大縄地の住人も居たのだ。その内なる伊賀衆を最も肥らせたのが、中森源三であり、そして征士郎だった……。

そうだ、と晋平は思った。この両国広小路で小屋掛けしている鶴市の一座ならば、あるいは征士郎と袖《そで》摺り合っていてもおかしくはない。駄目を承知で尋ねてみようと、思い切って唇を動かしかけたそのとき、サツキの背後の暖簾《のれん》が割れて、湯呑《ゆの》みを二つ乗せた盆を手にした娘が入ってきた。

「お藤なの？」

サツキが振り返って、盆を受け取る。

「ありがとう。もう、いいわよ」

錦絵から抜け出てきたかのような美しい娘だが、優しい笑みを浮かべて辞去の会《え》釈《しゃく》をしたとき、前に合わせた両手には、どちらも二本の指しかなかった。

「表の看板に蟹娘と謳《うた》ってますでしょう」

晋平の前に湯呑みを置きながら、サツキは言った。

「いまのお藤が、その蟹娘です。なぜかは、もうお分かりですよね。ここには、いろんな者《もん》が居るんです」

今度は、サツキは笑わなかった。

「座長は乞胸の十代目の頭になるけど、最初の頃はほんとうに浪人だけだったそうです。でも、途中からは、表の世の中に加われない者で、乞胸十二の家業をやる気のある者はみんな受け容《い》れてきました。綾《あや》取《と》りに浄瑠璃《じょうるり》、操り、物読《ものよみ》……乞胸の家業は、お上から全部で十二と決められているんです。でも、それはお上がお訊《たず》ねになるから、しょうがなく形をつくっただけでしてね。実んとこは、一人一人ができることで喰いつなぎます。いまのお藤のようにです。十二も家業があるってことは、なんでもやるってことなんですよ。いろんな者が辻で、舞台で、それぞれに、自分の力で活計を立てていく。お藤も自分の力で生きてるんです。でも、お藤一人では難しい。そういう、一人では難しい者たちが集まって汗かいて、お客に喜んでいただくのが見世物小屋です。お藤はお藤の芸で、あたしはあたしの芸で銭を稼ぐ。ただし、それはお藤が、あたしが、皆が、乞胸として共に居るからできることなんです」

そこまで話すと、サツキはふっと気づいた様子を見せ、慌《あわ》てて言った。

「すいません。一人で勝手に長話しちまって。お耳汚しでしたね」

「いや」

掛け値なしに、晋平は言った。

「話の先を伺いたいものだ」

五日前に横尾太一が言った、伊賀衆は伊賀の山中でそれぞれに生きる者であるという言葉を、晋平は肌でなぞれた気がしていた。あのときは理に走っているように思えた言葉が、すっと軀に入っていく。

服部半蔵が伊賀衆の主君ではなかったように、鶴市とお藤もまた、頭と手下ではなく、あくまで、共に居る者らしい。

元浪人も、そうでない者も、一人では生きていきづらい者たちが、共に居て、かといって互いに凭《もた》れ合うことなく、一人一人が己の力で生きていく。サッキの話を聞いていると、本来、伊賀衆も、そのように柔らかく、強靱《きょうじん》で、開かれた者たちではなかったかと思えた。

「そんなふうに言われると、木に登っちまいますよ」

照れた顔を隠しながら、サツキは言った。

「でも、近頃は、見世物やる者もだいぶ塩梅《あんばい》がちがってきましてね。掛けてる小屋ばかりじゃなく、下谷山崎町《したややまざきちょう》の座長の家まで訪ねてくるお武家様が随分と増えてます。まだ、浪人のほうが少し多いけど、幕臣だって居るし、江戸屋敷の方々も居る。こんなことは、いままでなかったんです。昔は喰っていくために仕方なく乞胸になったのに、いまでは武家に見切りつけて進んで乞胸になろうとする。座長のように団十郎の声色やりたいから弟子入りさせてくれなんて方も居たりします。こっちは面食らっちまいますけどねえ」

「どのように扱うのでござろう。そのような者たちは」

「受け容れてますよ。この世に加われないってことでは、おんなじだって、座長は言ってました」

「好きで禄を離れる者たちが」

「上っ調子の半端者《はんぱもん》みたいですけど、この喰えない世の中で、自分から喰う術《すべ》を捨てるのは生半可じゃありません。あの人たちも、世の中に入り込めないなんかを、気のほうに抱えてるんでしょう。軀とちがって見えにくいだけなんですよ。それに、乞胸は元々、身分とも言えない身分で、なんて言ったらいいのか、こう、垣根があってないようなもんなんです」

「と、申されると」

「いまみたいに家業をしてるときは別の扱いになりますが、家業を終えて通りへ出れば町人身分で町名主の差配を受けます。先ほど、武家への未練を断ち切ったって申しましたが、町人が武家になるように、乞胸が武家になることだって、あくまで路筋としてだけど、ないことじゃないんです」

「入るも出るも、当人の意のままというわけでござろうか」

「さようです。座長は、融通無碍《ゆうずうむげ》の人の連《つら》なりって言ってました。身分の縛りがないってことは、身分に護《まも》られることもないわけで、落ちる者はどこまでも落ちて、いつの間にか姿を消してます。わざわざ、来ようとする者を拒むまでもないんです」

「なるほど」

なぜか、晋平は百人町大縄地のサツキを想い浮かべていた。サツキは百人町で伊賀衆が育てる。けれど、その栽培を身につけたいと申し出る者があれば、伊賀衆でなくとも迎え入れる。サツキに気に入られて、上手になるかどうかは当人の覚悟と精進次第であり、伊賀衆であるか否《いな》かは関わりない。伊賀同心の内職とされている業は、実は最も本来の伊賀衆らしい営みなのかもしれなかった。

「それに、喰うためじゃあなかった者だって、いったん乞胸になれば、それぞれの家業で凌いでいかなきゃなりません。芸を磨かなきゃあ活計《たつき》が立ち行かないのは、みいんなおんなじで、逆に、望んで入った分だけ伸びるのも早いみたいな気もします。その、なによりの証《あか》しが寺島新之助《てらしましんのすけ》で、ご存知でしょうか」

「いや、初めて耳にする」

「軽業をやる若者で、いまでは相当名を売ってるんですが、ほんとうにとびっきりの芸です。ひと口に軽業っていったって、籠抜け、綱渡り、人馬《ひとうま》に乱杭渡《らんぐいわた》りといろいろで、ふつうは籠抜けやる者は籠抜けだけなんですが、新之助はぜんぶやります。おまけに、ぜんぶの芸が別物《べつもん》なんです。正直言うと、あたしも好きで芸人になろうなんて手合いはろくなもんじゃないって信じてました。芸人、みくびんじゃあないよってね。新之助が、そんなのただの思い込みだってことを教えてくれたんです。それはもう、惚《ほ》れ惚《ぼ》れする芸でしてね。実は、あたしも押し掛けで仲間に入れてもらいました。いまじゃ、あたしも寺島新之助一座の者で、今日は座長のよんどころない用事でこっちへ来てますが、これから新之助の小屋へ戻るとこなんです」

急に顔を綻《ほころ》ばせて、サツキは言った。

「新之助は三ツ俣《みまた》の中洲《なかす》で小屋掛けしてるんですが、もし、よろしければ、これからあたしと一緒に中洲まで足を運ばれませんか」

「よろしいのでござろうか」

「よろしいもなにも。山岡様には、是非、新之助の芸を見ていただきたいんです。それに、あたしと一緒に鶴市の法被《はっぴ》引っ掛けて歩きゃあ、たとえ、あいつらに見つかったって気づきっこありませんよ」

そうして晋平は、両国広小路を抜け出た。

三年前の安永四年、大川は三俣の洲に島をこさえて、新たな盛り場ができた。それが中洲だ。

埋立てにはあの二万人近くが仏になった、明和の大火の瓦礫《がれき》が使われたようだが、そんな因縁さえも逆に追い風にして、近頃では両国橋や深川《ふかがわ》にも負けぬほど賑わっているらしい。建ち並ぶ料理茶屋のなかには、江戸随一の評判を取っている店もあると聞いた。

目黒行人坂《めぐろぎょうにんざか》から上がった火の手が三日に渡って燃え続け、西は麻布《あざぶ》から東は小塚原《こづかっぱら》までの一帯を焼き尽くしたのは、六年前の明和九年の三月。ちょうど、内藤新宿が宿場として再開するひと月前だった。そのとき百人町の住人は口々に、江戸市中でなくて助かったと言い合ったものだが、中洲は未曾有《みぞう》の大火さえも、産み落とされるための滋養にしたようだった。

両国広小路から、その中洲へは、地回りの影が濃い大川端を避け、武家地を縫うように伝って、浜町河岸へ抜けた。浜町堀の南の端に架かる川口橋《かわぐちばし》に着いたときはまだ八つ半で、ようやく視野に入ってきた中洲には、両国広小路と同様に赤や黄や緑の幟が風にはためいている。中洲に限らず埋立地は、まずは見世物小屋を集めて多くの客を呼び寄せ、その足で盛った土を踏み固めさせる。翻る《ひるがえ》幟は、赤子《あかご》の町の、徴《しるし》でもあった。

晋平は、中洲は初めてだった。サツキに導かれて島へ続く橋を渡り、まだ十分には固まっていないのであろう土の上を歩くと、三歳の町は、まさに育ち盛りだった。

往来はそれほどの混雑もなく、やはり両国の熱気には及ばないと思ったのだが、それは中洲で遊ぶような客は舟を使ってやって来るからで、僅かに足を運んでみれば、噂をも上回る賑わいだ。

岸通りには両国橋西詰さえ霞《かす》むほどにびっしりと水茶屋や料理茶屋が貼り付き、市中の大路並みに五間を取った通りの両側には、煮売りや煮魚、卵焼き、胡麻《ごま》揚など、直ぐに腹に入るものを商う屋台店や行商人がひしめいて、売り声を張り上げている。

垂れ流されるその匂《にお》いを認めると急に腹も鳴り出して、その音を聞きつけたサツキが「寄っていきますか」と、笑みを含んだ目で水茶屋を示した。そういえば、町奴との騒ぎで、午《ひる》を摂《と》っていない。

頷《うなず》くとサツキは、「じゃ、あたしは支度もあるんで、ひと足お先に小屋へ行ってますんで」と言って、晋平に小屋の場処を説いてから、ほっそりと様子のよい後ろ姿を見せた。

見送ってから、岸通りにあった一軒の水茶屋の床几《しょうぎ》に腰を下ろし、玉蜀黍団子《とうもろこしだんご》と茶を頼んだ。大川の河口はもうすぐそこで、川とも海ともつかぬ水景色《みずげしき》が広がる。目を水面《みなも》に預けて、串《くし》を一本腹に入れ、人心地ついたところで、晋平は己の失態に気づいた。

小屋に入る前のサツキは町人のはずだが、それでも芸人が意のままに、茶屋の床几に座れるわけではなかろう。自分が茶屋に寄ると言えば、サツキは「ひと足お先に」と答えるしかなかったにちがいない。晋平はふっと息をついて、二本目の団子を取った手を置き、勘定を頼んだ。

立ち上がって、目を往来に向け、サツキに教えられた小屋への路筋を追う。目星をつけて足を踏み出し、大路へ出ると、向かおうとしていた方角へ動く人波を認めた。流れに交じって寺島新之助の小屋を目指したが、人の波は動いては止まってを繰り返す。一向に進まぬ行列にうんざりしたのか、傍らの四十絡みの男が「お武家様も新之助目当てで？」と声を掛けてきた。

「いかにも」

晋平は答えた。

「もしかすると、皆、そうなのか」

「そりゃあ、もう。いまや江戸で新之助といったら、役者なんぞじゃなく寺島新之助のことで」

男は、江戸でも熟した界隈《かいわい》の町人らしく、練れた話し振りが人を逸《そ》らさない。

「ところが、花見んときに十日ばっかりここで演《や》っていたと思ったら、直ぐに上方《かみがた》へ行っちまいやしてね。それがようやく中洲へ戻ってきたってえわけで、あんとき見逃した客がわっと詰めかけてるんでさあ」

「ほう、それほどのものか」

応《こた》えながらも、晋平は路行く人の顔に目を凝らす。両国と中洲は隣どうしと言ってもいい。あるいは征士郎が紛れているかもしれない。

「いや、てえしたもんですよ、新之助の軽業は。人気に火が着くのもあたりめえです。なにしろ、将軍様にも直々《じきじき》に御披露したってえんだから」

「真《まこと》か」

「いや、将軍様といっても御世継《およつぎ》様ですがね。あっしも去年、浅草寺の御成跡《おなりあと》一日開帳へ行ってきたんですよ。ほらっ、将軍様か御世継様が観音詣《もう》でをされると、その日一日だけは、戻られた後で、あっしらもふだんは秘仏の開帳参りができるんです。その観音詣でのときにね。実は、将軍様がたは浅草寺裏の奥山見物もされるんだそうです。なんか、嬉《うれ》しくなりますがね。我々下々《しもじも》の見世物を、将軍様がたが御覧になるってえのを聞くと。その去年のやつは、なんでも御当代様の御世継の家基《いえもと》様が御内密で御成あそばしたとかで。そんとき、新之助を直々にご所望されたようですよ。お武家様は、もう新之助は……」

「いや、見ておらん」

十七歳になられる家基様は御世継にもかかわらず、度々、巷《ちまた》に御成になって、世情にも通じていると噂されている。あながち眉唾《まゆつば》ではないのかもしれぬと思いつつ、晋平は答えた。

「そうかあ。それは一度は見ておかなくっちゃね。ま、一度見たら二度見たくなるけどね。なにしろ、御世継様のお名指しなんだから。そりゃ、見といたほうがようがすよ」

どんな様子の芸人なのかを尋ねようかと思ったとき、男は、知った顔を見つけたと言って、傍らを離れた。気づくと、さらに人の出が増えている。

あとは我慢を決め込んで、人の流れに身を任せて、ようやく木戸に辿《たど》り着いたときには、四半刻ばかりが経《た》っていた。

なかに入ってみれば、その日は全員が立ち見のようで、立錐《りっすい》の余地もなく、晋平は刀の束を腹に寄せて、鞘《さや》を腿《もも》に添わせた。

舞台の上の天井はやたらと高く、たとえてみれば五重塔の四層分くらいはあって、そこに三層分ほどの土台の付いた板塀のようなものが、客席ではなく、舞台の袖を向いて据えられている。

いったい、なにに使うのかと思ったとき、拍子木《ひょうしぎ》が鳴って、ふと晋平は、サツキの芸を聞いていないことに気づいた。迂闊《うかつ》を悔いたが、いまさらどうにもならず、あの華奢《きゃしゃ》な軀つきからすれば、やはり軽業ではあるのだろうと目星をつけて舞台へ目を遣る。

まずは、さっきの板塀と関わりなく綾取りが始まって、男が鎌《かま》で練馬《ねりま》大根をすぱすぱと切った。鋭い切れ味を見せつけてから、その鎌でお手玉を始める。初めは二丁。直《す》ぐに三丁になり、やがて四丁になり、最後はしくじって指を切り落とし、血が噴き出すが、これは、ま、手妻である。

次は、舞台に大きな石臼《いしうす》が運ばれる。若い衆が客席から力自慢を募って持ち上げさせるが、むろん、ぴくりとも動かない。そこに、緋色《ひいろ》の紬縞股引《つむぎじまももひき》を穿き、上の半身をサラシで巻いた若い女が登場する。愛嬌《あいきょう》を振り撒くわけではないが、化粧顔の流し目がいかにも艶《つや》っぽく、形のよい唇の紅も鮮やかで、客席の男たちからやんやの喝采《かっさい》だ。

女は石臼に立ち向かうが、やはり微動だにせず、苦悶《くもん》の表情を浮かべるばかりだ。これはどうやら半ば色が混じっているらしく、苦しげに吐息をつくほどに男たちの興奮は増す。仕舞いになって、女は遂《つい》に石臼を持ち上げるのだが、その頃になると釘付《くぎづ》けになった目に涙を浮かべる男も居る。

時折、浮かべる表情がサツキと重なる気もするのだが、いくら女は化粧次第とはいえ妖艶《ようえん》に過ぎるし、あの華奢なサツキが石臼を持ち上げられるわけもない。出番はやはり軽業だろうと思い直して、目を戻した。

石臼女が終わっても、まだ、寺島新之助は現れない。

手裏剣、謎《なぞ》解き、と彩々《とりどり》の芸が続く。そうして手妻が終わったところで、小屋内《こやうち》がざわつき出した。幾度も新之助を見ていて、演目の手順を知っている客の昂《たかぶ》りが伝わっていくらしい。

舞台では、長さ一丈ほどもある巨大な鰻《うなぎ》のモジリのような竹籠《たけかご》が運び込まれて、人の胸ほどの高さに据えられる。新之助！　の掛け声があちこちから上がる。若い女の客も多く、掛け声は次第に悲鳴に近くなる。

突如、舞台の袖から、トンボを切って男が現れる。

客席の興奮は最高潮に達するが、男は媚《こ》びを見せず、観客に顔さえ向けない。真顔を崩さずに、気を集めて竹籠との間合いを測っている。

顔は化粧をしているが、身に着けているのは地味な筒袖に裁付袴《たっつけばかま》と素っ気ない。それでも、若い女たちが我を忘れて声を絞り出しているのは、その男、寺島新之助の横顔が大芝居の役者が恥じ入るほどに美しく、その美しい男が、これまでで最も長い記録である八尺を一気に二尺上回る、一丈の竹籠を跳び抜けようとしているからだ。

はっ、という掛け声とともに、やおら、新之助は足を高く踏み出す。

意外に助走は緩く、柔らかい。竹籠の手前、四、五尺でふわりと宙に浮いたと思ったら、次の瞬間には竹籠を抜けて、猫のように音もなく着地していた。

どっと湧く喚声に応えるでもなく、いつの間にか渡されていた綱に新之助は向かう。高さは新之助の背丈の五倍ほどもあり、下には落ちても受ける仕掛けがない。裏に返った悲鳴のなか、竿《さお》も持たずにすっと一歩が出た。むしろ無造作な風で足を動かし、袖から袖へと渡り終える。これまでの軽業を知らずとも、別物の芸であることが分かる。

仕上げは、あの三層の高さの板塀である。

袖からもう一人、やはり錦絵《にしきえ》張りの若い男が出てきて、これも客席に構わず、新之助とふたこと、みこと、笑みもなく言葉を交わす。

頷き合ってから、二人して舞台の右袖に移り、板塀に向き直ると、例によって新之助が柔らかく跳び上がり、男の双の肩に両足を乗せてすっくと立った。どうやらこれが、人馬、という芸らしい。

直ぐに、新之助を肩に乗せたまま男が走り出す。そうして板塀の手前、やはり四、五尺で二人が同時に膝《ひざ》を屈《かが》めたと思ったら、次の瞬間には、新之助が高い天井の間近に浮き上がっていて、板塀を難なく越えると、空中で幾度もトンボを切って着地した。

息を呑んで鎮《しず》まり返っていた客席がどっと沸き、舞台は我も我もと投げ入れられるお捻《ひね》りで危ないほどだ。

ほどなく、拍子木が鳴って、幕切れが告げられるが、客席の興奮はまだ冷めやらず、無人の舞台に目を預け、放心したように立ち尽くしている客の姿も見える。

晋平も感じ入っている。そして、安堵《あんど》している。

半端な技ではない。心に濁りがあれば、あれほどの高みには達しない。全霊を傾けて鍛錬を重ねているからこそ、あの域に届く。御世継、徳川《とくがわ》家基様が直々に名指しされたというのも尤《もっと》もな芸だ。

どういう経緯で、中森征士郎が山本仁太夫の門を叩《たた》き、軽業師、寺島新之助になったのかは分からぬが、佐内から源三へ、そして征士郎へ、三代に渡って煮詰めた内なる伊賀者の行き着いた先としては、これ以上を望むべくもない。

三年前、征士郎が黙って大縄地を出たときは、その行方を想《おも》って、暗澹《あんたん》たるものがあった。けれど、舞台を目の当《ま》たりにすれば、むしろ、鉄砲同心を捨てたことで、佐内と源三の呪縛《じゅばく》から解き放たれたのは明らかに見える。

征士郎はようやく、伊賀者にならずとも、生きていくことのできる路と出会えたのだと判じても、おそらく、早合点ではあるまい。

唯一、引っ掛かるのは八五郎の件だったが、それは征士郎自身が、これからずっと抱えていく枷《かせ》と思えた。

舞台をたしかめてみれば、征士郎が仕留めたことは疑いようもなくなった。襲った場処が篠寺前と知ったとき、間違いないとは思ったが、果たして征士郎にそれだけの技倆《ぎりょう》があるかだけが曖昧《あいまい》としていた。その唯一の疑問が、舞台を見て消えた。

中森征士郎はまだ、軽業師、寺島新之助には収まり切らず、内なる伊賀者はいまなお脈を打っているということなのだろうが、この芸の高みからすれば、中森征士郎が寺島新之助になり切るのも、遠いことではなかろう。

征士郎がなにを思っているかはともあれ、卓越した芸のほうが、請負の隠密なんぞになるのを許さないはずだ。そのとき、征士郎のなかで、八五郎の一件がちがう記憶に変わるにちがいない。

襲ったのが征士郎と分かったことで、川井佐吉の死にはなんの裏もないこともはっきりした。出て行くことをなぜ自分にだけ告げなかったのかは疑問のまま残るが、それは、ま、そういうこともあると思うしかないのだろう。生身の人のすることだ。すべてがこうと、説明がつくわけもない。

十一歳の征士郎を見放した自分がいま為《な》すべきは、このまま百人町へ帰って一切を忘れることだろう。今宵《こよい》は無理でも、明日の朝、起きて挿し芽に水を遣る頃には、きれいさっぱり忘れていることだ。御公辺だって、八五郎は病死だとしている。

晋平は征士郎の消えた舞台に軽く頭を下げて、背中を返した。楽屋にサツキを訪ねなければとは思ったが、今夜は寺島新之助の芸を目に残したまま幕を引きたかった。また日をあらためて礼に参ることにして、鼠木戸《ねずみきど》へ向かった。

表に出ると、いつにはない疲れが滲《にじ》み出して、普段は呑まない酒を軀が求めた。近くの煮売屋か蕎麦屋《そばや》で一本だけ腹に入れて帰ろうとして木戸を出たが、表に立てば、さすがに五月の長い陽も落ちて、空は藍《あい》に染まっている。戻る路の遠さを考えるとそれも億劫《おっくう》になって、どうしたものかと足を停めたとき、小屋の若い衆がすっと近づき、声を潜めて、山岡様で、と言った。

「いかにも」

晋平は答えた。

「寺島新之助から言いつかっております。もし、山岡様のお時間が許せば、一献《いっこん》差し上げたいと」

「お受けする」

なぜか、考える間もなく、唇が動いた。

「それでは、ご案内させていただきます。新之助は追って伺いますんで」

言葉は町人のものだが、その横顔には武家の名残りが見て取れた。


若い衆に導かれて着いたのは、四季庵《しきあん》という料理茶屋だった。江戸の料理茶屋といえば、有名処《どころ》は深川に集まっているが、近頃は中洲がぐんぐんと伸《の》していて、なかでも深川州崎《すざき》の升屋《ますや》宗助《そうすけ》を凌ぐという評判を取っているのが四季庵らしい。

その料理だけでなく、萩寺《はぎでら》のやつしを模したという造作も評判の内で、二間続きの二階座敷に通されてみれば、柱の釘隠しの一つまで趣味倒している。庭と山野に軀が馴染《なじ》んだ晋平にはそれがどうにも鬱陶《うっとう》しく、思わず間戸《まど》際《ぎわ》に寄って障子を開いたとき、廊下から足音が伝わって、襖《ふすま》が引かれた。

「お連れ様が見えられました」

仲居の声に、男の声が続く。

「お待たせいたしまして」

振り向くと、そこに三歳齢《とし》を加えた二十六歳の中森征士郎が居る。

「御無沙汰《ごぶさた》いたしております」

下座に座すと、直ちに畳に両手を突いた。化粧を落とした中森征士郎は、化粧をした寺島新之助よりもさらに美しい。元々の端麗な顔形が、どっぷりと江戸らしい掘割沿いの町の水に磨かれて、五月も半ば過ぎの温い浜風さえ冷やりと感じた。

「息災でなにより」

「大縄地の皆様はその後お変わりなく」

「というわけにもゆかぬが、ま……」

「話は追々《おいおい》。たいしたことはできませぬが、まずは腹のほうをよくしていただいて」

頃合いを見計らっていたように料理が運び込まれる。

「この月は石鯛《いしだい》やキジハタもなかなかですが、なんといっても一番はカサゴです」

呆《あき》れるほどの大皿に盛られたカサゴの煮付けが出るが、直ぐには何尾と分からない。まるで鰯《いわし》でも盛るかのように、大振りなカサゴが皿の絵を隠している。

「まずは、飽きるまで旬《しゅん》を味わっていただきたいと思いまして。どうぞ、直箸《じかばし》で。冷めぬうちに」

自ら箸を延ばすと、征士郎は目の後ろの、食べやすい身だけを掬《すく》った。残った身には目もくれずに捨て鉢に入れ、また箸を延ばす。

「恐れ入りますが、気兼ねのないよう、酒は互いに手酌で」

「それがよい」

晋平もカサゴに箸を付ける。端午《たんご》の節句には欠かせぬ魚で、とりわけ武家ではその勇ましい姿が好まれたが、むろん、中森の家で出ることは一度たりとてなかっただろう。

「直ぐに、お気づきになりましたか」

征士郎は舞台とは打って変わって、四季庵の設《しつら》えに溶け込む銀鼠《ぎんねず》の紬《つむぎ》を着流している。

「ああ」

舞台では地味な衣裳《いしょう》の割に、顔は仮面のように厚く化粧されていたが、最初に出てきた新之助をひと目見たとき、即座に征士郎と分かった。というよりも、鶴市の小屋でサツキに寺島新之助の話を聞いたときから、そうではないかと想っていた。きっと、これが、糸なのだろうと。

「なんで芸人になどなったのかと、お尋ねになりたいのではありませんか」

まだ、ほとんど残ったままのカサゴの大皿から、征士郎は手を引く。あいだを置かずに、鱸《すずき》の洗いとタイラギの刺身、そして青鷺《あおさぎ》の木の芽焼きが運ばれる。

「いや、さような気はない」

カサゴと同様に、尋常ではない量だ。

「遠慮なさる必要はないのですよ。気兼ねなく、お尋ねくださって結構なのです。なにしろ……」

ひとつ息をついてから、征士郎は続けた。

「わたくしは芸人ではないのですから」

晋平は征士郎に目を遣《や》る。

「そこは気づいていただけませんでしたか」

「さて……」

晋平は征士郎の意図が分からない。

「あれは芸などではない、ということでございますよ」

「芸、ではない」

「お分かりになりませんか。わたくしが舞台の上でやったことを御覧になっていて」

言われるままに、晋平は思い返してみる。籠抜けに始まり、綱渡りに移って、最後は人馬という板塀越えで締め括《くく》った。どれも、サツキから聞いた軽業の芸の内に収まっている。取り立てて、変わったことはないはずだ。

「あれは稽古《けいこ》でございますよ」

「稽古……」

「隠密働きの稽古でございます」

晋平は口に持っていった杯を膳に戻した。

「わたくしだけでなく、他の者の演物《だしもの》も思い起こしてくださいませ。化《ば》かしも入れてはおりますが、鎌の綾取りがあり、手裏剣があり、手妻がございましたでしょう。すべて、隠密働きのための稽古です。手妻は錠前の類《たぐい》を開けるときに役立ちます。今日はあれだけですが、他にもいろいろございますよ。見世物の形を借りれば、いつでも堂々と稽古ができるのです」

ひと箸のカサゴを入れただけの晋平の腹が重く、硬くなる。言われてみれば、たしかにすべてが忍びの稽古として成り立つ。

客にまったく媚びを売らず、けっして歯を見せなかったのも、芸ではなく、稽古をしていたからということか。

「おおっぴらに稽古ができるだけでなく、なにしろ表向きは辻芸人ですので、どこへ行くのも勝手です。ありがたいことに、芸人は人ではないので、関所の通行手形も要りません。わたくしたちがつい先頃まで上方へ行っていたのはお耳に入っておりますか」

「ああ」

「実は上方ではございません。ま、通りがよいように上方ということにしておいたのです。世の中というものは、通りがよいと直ぐに受け入れる。受け入れにくい真よりも、受け入れやすい嘘《うそ》を好みます」

「ならば、どこぞへ」

「それは、いまは申し上げられません。隠密御用に関わることですので」

晋平も征士郎も箸を取らない。鱸とタイラギ、青鷺の盛付けはまったく崩れていない。なのに、また芝海老《しばえび》と慈姑《くわい》の卵貝焼《たまごかいやき》と、子持鱸《こもちすずき》、そして雲雀《ひばり》の焼物が運ばれる。

「山岡様、いまは良い時代でございますよ」

まるで、喰えなかった頃の仇《あだ》を取っているようだ。

「その昔は、伊賀衆らしく、忍びとして生きたくとも、御内々御用《おないないごよう》は吉宗が引き連れて来た御庭番で占められていました。それで仕方なく大縄地の皆様方も、門番や庭師の真似事《まねごと》をせざるをえなかったのでしょう」

晋平はふっと息をつく。話を聞くほどに、遠からず、寺島新之助になり切ってくれるであろうという淡い期待が萎《しぼ》んでいく。

「ところが、いまは幕府のちっぽけな禄《ろく》になどしがみつかなくても、隠密御用はいくらでもあります。吉宗は我らの御役目を奪った仇敵《きゅうてき》ですが、なにしろ了見の狭い男なので、後々、疑心暗鬼の種になるようなこともいろいろとやってくれました。出来のわるい息子の家重《いえしげ》可愛《かわい》さに側衆《そばしゅう》を重用したのもそうなら、得意の質素倹約に真っ向から反旗を翻した尾張の徳川宗春《むねはる》憎さに、絶対に紀州の他には将軍職がゆかないよう、自分の血筋のみの御三卿《ごさんきょう》をでっち上げたのもそうです。吉宗が毒を撒《ま》き始めてから六十余年、いまや江戸は疑いで埋め尽くされて、つまりは、隠密御用が山ほどあるというわけです。ようやく、伊賀衆が伊賀衆として、生きていける世の中が到来したと言えましょう」

そこまで聞けば、もはや、晋平も、寺島新之助が中森征士郎の仮の衣装であることを認めざるをえなかった。

「おまけに、世の中はますますカネがすべてになって、おかしなことが、おかしくなくなっている。失礼ながら、今宵のこの料理、いったい、いかほどとお考えですか。

笑わせてくれることに、四両です。真っ当な女中奉公なら二年分の給金が、ひと晩のたかが喰い物に消えていく」

二人のあいだを埋め尽くす、厚い漆で塗られた膳の数々を、征士郎は唾棄《だき》すべきもののように見た。

「喰い物なんぞ、所詮《しょせん》、喰い物。これほどまでに手をかけ、凝り倒す必要がどこにありましょう。くだらん、と思って当然なのに、あの十八大通《じゅうはちだいつう》などと呼ばれて得意がっている蔵前の札差《ふださし》どもが通い詰めることもあって、通だの、粋だの、ともてはやします。本来なら憎むべきなのに、一生、カサゴ一匹喰えない奴《やつ》らまで、料理茶屋番付なんぞに目を凝らし、一緒にカネの神輿《みこし》を担《かつ》いで、世の中をますますおかしくしている。ここまで馬鹿《ばか》げてくると、身分を問わず、おかしさに耐え切れない奴らが出てきて、我々におかしな注文を出してきます。それも、ありがたいことに、忍びの御用になっているのですよ。なかには、山岡様に関わりのありそうな御用もございます。ひとつ、ご案内しましょうか」

「聞こう」

そうと話を向けられれば、乗らないわけにはゆかない。

「草木を愛《め》でる集まりに、連《れん》というのがございますね」

「ああ」

思わず、昨日の宮地平太の顔が蘇《よみがえ》った。

「ある連の頭《かしら》が、門外不出の株を、高貴な家筋ということで、特別に貸し出したのです。ところが、いつまで経《た》っても戻ってこないし、どうなっているのかの返答もない。再三、催促した揚句、ようやく返ってきた答は枯れてしまったというものでした。だから、もうないと」

「ほう」

「これだけならば、ま、ありがちな話。おかしな世の中というのはこの先で、連の頭が、借り手の命を取ってくれろと我々に注文してきたのです。連の決まりだから、と。御用なので名前は出せませぬが、本来なら、どうあっても手を出せぬ相手のはずなのです。それを平然と、たかが植木ひとつのために、殺してくれろと言ってくる。世の中の決まりよりも自分たちの決まりのほうが先と、ごくごくふつうに考えているのです。お陰で、我々の軀《からだ》は、幾つあっても足りません」

「受けたのか、その注文を」

「まだ返答はしておりませんが、おそらく受けることになると思われます」

「それでは隠密とは言えず、暗殺になるのではないか」

「暗殺もまた、隠密の御用の一つでございますよ。それに、その高貴な家筋の借り手というのは、我々としても仕留め甲斐《がい》のある相手なのです」

「そこまで話して、俺が、恐れながらと、目付に訴え出ることを考えないのか」

「山岡様はそうはされませんよ。しないことは、誰よりも山岡様が御承知でございましょう」

料理はまだ運ばれてくる。四の膳、五の膳……どこで仕舞にするつもりなのだろう。

「それにしても……」

征士郎はふっと息をついてから続けた。

「よく、八五郎を殺《や》ったのが、わたくしと気づかれましたな」

「そうと話した覚えはないが」

「そうでなければ、わざわざ両国くんだりまで、わたくしを捜しには来られないでしょう。しかし、ま、よく、ひと立ち回りしていただきました。大川端界隈では、早くも武勇伝になっておりますよ」

「あれで、よかったか」

「さすが、山岡様でございます。なにを為せばよいか、よくご存知でいらっしゃる。八五郎の件も、お察しのとおりです。渡り中間《ちゅうげん》崩れが伊賀衆を殺《あや》めるなど、あってはならぬこと。元々、誅殺《ちゅうさつ》するつもりでおりましたが、その場処を篠寺の門前にすれば、山岡様なら必ずわたくしに目を向けてくれると信じておりました」

「俺の目を引き付けるため、と？」

「さようで」

「しかし、なんで、そんな手の込んだ真似《まね》をする」

「むろん、いまのわたくしをご自身の目でたしかめていただくためでございますよ。こちらからいきなり出向いて、いまは軽業師として名を上げ、一座を率いている。こんな馬鹿げた席を設けられるほど稼いでもいる、などと申し上げても、信じてはいただけませんでしょう」

言われてみれば、頷くしかない。話だけで、御世継の家基様から名指しされたなどと人に伝えたら、法螺《ほら》と受け止められるのが関の山だろう。己が目で見たからこそ、話が話として通る。

「喰うや喰わずだった中森の家の子供が、これだけ贅《ぜい》を尽くせるようになったと、自慢したいわけではございませんよ。見て、信じていただいた上で、山岡様に力を貸していただくためです」

「力を貸す……」

「山岡様には、我々がそれなりの備えで隠密を御用にしていることがお分かりいただけたかと存じます。しかしながら、これはまだほんの小手調べにすぎません。我々はまだまだいくらでも大きくなることができる。世の中の疑念の嵩《かさ》だけ、大きくなれるのです。互いの不信こそが、我々の親。ありがたいことに、この親は子想いらしく、齢を経るほどに元気になる一方なので、これからも、子はいよいよ大きく、逞《たくま》しく育つばかりと申せましょう。とはいえ、そのためには人が要ります。追い風を捉《とら》えるも捉えぬも、すべては人次第。つまりは、山岡様に、手伝っていただけないかということでございます」

切れ長の征士郎の瞼《まぶた》が大きく開かれて、晋平に向いた。

「無理だ」

即座に、晋平は答えた。

「俺はもう六十二だ。跳《と》んだ、跳《は》ねたはできん」

「山岡様に跳んだ、跳ねたをやっていただこうと思ってはおりませんよ」

さらりと、征士郎は言った。

「跳んだり、跳ねたりする者の指揮を執っていただきたいのです」

「よけいに無理だ」

顔を正面に向けて、晋平は唇を動かした。

「一介の鉄砲同心だ。人を指図する御役目になど一度も就いたことがない。あらかたの時を山野と庭で、一人で送ってもきた。一人でできる枠の内のことを、一人ですることに慣れている。俺では役に立たん」

「そうとも言えますまい」

征士郎は動じない。

「人を動かすのは技ではなく器です。山岡様ならば、十分に人は動きます」

「なんで、そうと言い切れる？」

「それは……」

征士郎は一呼吸置いてから言った。

「このわたくしが動いたからでございますよ。わたくしは山岡様に動かされて、この隠密御用の備えを築いたのです」

「なんと？」

一瞬、征士郎が征士郎に見えなかった。この若者はいったいなにを言いたいのだろう。

「わたくしは物心ついた頃より、父の源三に伊賀者たれと仕込まれてまいりました。

やがて自分が伊賀衆を再興するから、お前はその跡を継がねばならぬと」

　征士郎の口調に、微《かす》かに素《す》が覗《のぞ》いた。

「子供ながらに、まともに受け止めてはならぬと戒めたものの、日々、繰り返されれば、終《しま》いには用心も麻痺《まひ》するものです。面倒になって聞き流しているうちに、いつしか、わたくしは忍びの伊賀衆が復活することを信じるようになっていました。そこは、やはり血なのでございましょう。己の内に、伊賀衆の復活を拒めない己が居たのです。聞く振りをしていただけのはずなのに、いったん信じてみれば、できない理由はなにもないと思えるようにもなりました。なにしろ、わたくしたちは紛れもなく伊賀衆なのです。生まれついての忍びなのです。意を決して己を変えずとも、皆がありのままに振る舞えば、それだけで伊賀衆が蘇ると信じることができるようになりました」

　晋平は、あの草深い百人町大縄地の庭で、トンボを切る稽古を積んでいた征士郎を想い浮かべた。

「しかしながら、わたくしは、酷な物言いではありますが、伊賀衆の復活を本気で考えるに連れて、父では無理だと思うようになりました」

　素は次第に広がっていく。

「もしも、伊賀衆を再興できるとしたら、そのお方は、誰よりも見事にサツキを育て、忠也派一刀流を自在に操る山岡様の他にないと信じて疑わなかったのです」

晋平はただ、聞くしかなかった。

「十一になるまで、山岡様には剣術とサツキの育て方を教えていただきました。中森の家に生まれ育ったわたくしにとっては唯一《ゆいいつ》、心弾む時でございました。わたくしはただの子供になってその束の間《つかま》を楽しみつつ、同時に思い知りました。なにかを為す者は、できぬことを声高に叫ぶ者ではなく、できることを人知れず積み重ねる者であることを。そうして、いつしかわたくしは、山岡様が伊賀衆を再興して、迎えに来てくれると信じるようになったのです。あの雑草で埋め尽くされた庭から、山岡様が連れ出してくれるのを心待ちにしながら、中森家の惣領《そうりょう》をこなしました。もはや子供ではなくなり、元服を終えた後になっても、わたくしは待ち続けました。いつ、山岡様が伊賀衆一統を束ねるのかと、それればかりを考えておりました」

晋平の腹の底で、苦いものがじわじわと湧《わ》き出していった。

「時折、わたくしと千瀬殿が話し込んでいたのは、わたくしが千瀬殿に山岡様のご様子を尋ねていたのです。山岡様の準備がどこまで進んでいるのか、わたくしはいつも気になって仕方ありませんでした。これは口外しないでくれと頼んだので、千瀬殿は山岡様に問い詰められても、事実を言えなかったのでしょう。それで、山岡様は勘違いをされたのだと思われます。千瀬殿には、ほんとうにご迷惑をおかけしました」

互いの目を捉えながら笑みもなく唇を動かしていた千瀬と征士郎。あの光景が晋平をして、絶家の怖《おそ》れを引き受けてまで、千瀬を早く大縄地の外へ出すことを覚悟させた。

「そうこうするうちに、世の中では隠密《おんみつ》を生業《なりわい》にする機が熟してまいりました。もはや、時期を逃すわけにはゆかぬと、三年前、百人町を出ましたが、想いはいまも変わっておりません」

征士郎はもはや、十一の少年に戻ったかに見えた。

「先刻、山岡様に手伝っていただきたいと申しましたが、実は、本心は別にございます。わたくしは、再興した伊賀衆を指揮するのは、山岡様と存じております。わたくしではございません。手伝うのは、わたくしのほうなのです。言ってみれば、わたくしは山岡様をお迎えする用意を整えるために、ひと足先に出たのです。山岡様がわたくしに、この隠密御用の備えをつくらせたのですよ」

「征士郎」

晋平は敢《あ》えて、征士郎の独白を遮った。

「あの頃の己を振り返ると、忸怩《じくじ》たるものがある。十一のお主を見放した悔恨はいまだに消えん。しかし、だからといって、加わるわけにはいかん。これは俺の性分だ。伊賀衆という枠のなかに、己を囲われたくはない。どこまでいっても俺は伊賀衆だ。が、伊賀衆ならば、隠密をせねばならんということではなかろう。俺はサツキの世話上手の伊賀衆で十分だ」

ここが堪え処《こらどころ》だと晋平は判じた。語るのが辛《つら》くとも、曖昧にしてはならない。

「お主もまた、そうあってほしい。心底、感じ入ったが、寺島新之助はそれは大きな芸人だ。多くの人々の魂を、震わせることができる。そんな巨星は、何十年かに一度、出るか出んかだろう。お前はそういう選ばれた者なのだ。暗殺など、もっての他。お前には一刻も早く、寺島新之助になり切ってほしい。芸で多くの人を幸せにする、伊賀衆であってほしい。言っておくが、さっきの舞台は断じて隠密働きの稽古などではない。この上ないほど見事な、至高の芸である。源三はそういう希有《けう》な伊賀衆を育てたのだ」

「そんなわけにはまいりません」

征士郎は泣き笑いのような表情を浮かべて続けた。

「ようやく、用意が整ったのでございます。いつまでも、お待ちいたしますよ。とりあえず夏いっぱいは中洲に居ります。お気持ちが固まったら、いつでもいらしてください」

こっちだって待つと、晋平は声には出さずに言った。暗殺については、踏みとどまると信じた。そんな戯《たわ》けを許してしまうような、生易しい芸ではなかった。

よしんば、連の頭から頼まれた暗殺の標的が想いもつかないほどの大物で、罷《まか》り間違って、御当代様の徳川家治《いえはる》様であったとしても、営みの重みそのものは、寺島新之助の芸のほうが遥《はる》かに上と受け止めることができた。

秤《はかり》にかければ、どちらの皿が沈むかは明らかだ。それに、芸の乗る皿には、サツキだって居ると思った。

いちばん近くに、いちばんいい芸の師が添ってくれている。おまけに、その芸の師は、征士郎を想ってさえくれているのだった。

◆◆◆

それから十日後の五月二十八日は大川の川開きだった。平太と千瀬に、舟を仕立てたからと誘われていたが、遠慮した。

おそらく、両国の町奴《まちやっこ》が覚えているのは、街では目立ったであろう山支度だけではないかとは思った。顔形は曖昧なはずであり、千瀬が川開きの日のためにと仕立ててくれた本塩沢《しおざわ》でも着流して行けば、目に留まることはあるまいと判じたが、それはあくまで自分の了見で、万が一、一人でも覚えている者と出くわせば、とばっちりが娘夫婦に及びかねない。

同じ理由で、サツキと山本仁太夫へ礼に行くのも、ほとぼりが冷めるまで控えることにした。

こっちのほうは、下手をすれば彼らの小屋掛けにも差し支えが出る。もっとも町奴どもにしたって、たかが棒切れで打たれた程度のことをいつまでも根に持っていては凌《しの》ぎにならないので、ま、ひと月も間を置けば、振出しに戻ると思った。その間、不義理をすることになるが、そこは仁太夫たちも素人《しろうと》ではないので、言わずとも承知してくれるだろう。

そういうわけで、中洲《なかす》から戻ってからの晋平はいつにもましてサツキの世話に励んだ。

五月下旬からの季節は、まだ花が咲き残っている鉢と、花が終わった鉢が混在する。どちらかによって、扱いがまったく変わる。

花が残る鉢は、花弁が濡《ぬ》れると病を得やすくなる。外へ出るときなどは、家を空けているあいだに不意の雨に打たれぬよう、軒の下に移さなければならない。とはいえ、常に軒下に置いて陽を遮ってばかりいると、次の花芽が出る頃合いを逃してしまう。だから、朝夕は陽の下に戻して簾《すだれ》で調整し、こまめに陽に晒《さら》す必要がある。一方、花弁を落とした鉢は、逆に、庭の棚に置き放す。陽にも、夜露にも、雨水にも当てて、自然に馴れさせ、強い木にする。

朽ちた花柄《はながら》は木に悪さをするので、残った花柄を丹念に摘んで焼き、その後で剪定《せんてい》をかける。ヤゴ枝を、懐枝《ふところえだ》を、徒長枝《とちょうし》を除いて、新芽も二、三枚を残して掻《か》き取り、勇気をもって切り詰める。十日余りもすれば、いっぱいの新芽がきれいに吹くはずだ。

初旬に挿し芽をした苗も、徐々に陽に馴らしていく。水遣りは葉水をもっぱらにして、土を乾かす。土が常に水気を含んでいて、楽をしても水が得られるとなると、根を伸ばそうとしない。

発根すると、白い新芽が誇らし気に上向きになって出てくる。根が四文銭くらいの大きさになるのを見計らって植替えをする。まだ、植替えには少し早いが、時期を逸すると、根は大きくなるけれど、下葉が落ちてしまって植替えたあとの育ちがわるくなる。晋平は毎朝、半刻《はんとき》ほどをかけて、丹念に苗箱を見て回っている。

挿し芽が発根して新芽が吹く様は、たとえようもなく美しい。これから生命を膨らませようとしている新芽の白色は、痛々しいほどの健気《けなげ》さを通り越して、近寄りがたささえ感じられるほどだ。

その白が、中洲から戻って以来、ますます美しく見える。新芽はいつもと変わらないはずだから、変わったのは目のほうなのだろう。

自分でも、サツキの手入れにいっそう身が入るようになったのが分かる。鶴市の小屋で、娘のサツキが聞かせてくれた乞胸《ごうむね》の話のお陰なのは間違いない。

一人では生きていけぬ者たちが共に居て、こうと決めつけることなく、それぞれのできることをする。庭へ出て、手足を動かすほどに、これで構わんのだと思える。これもまた正しく、伊賀衆の仕事なのだと。サツキの一等好きな娘が、六十を過ぎた爺《じじい》に、伊賀衆がサツキを育てる意味を教えてくれた。

自分はおそらく己を、伊賀衆でも、植木職でも、門番でも、そして剣士でもないと感じてきたのだろう。けれど、きっと自分は、伊賀衆でもあるし、植木職でも、門番でも、剣士でもあるのだ。そうと気づいてみれば、父の清十郎も、一つの己に囚《とら》われることなく日々を送っていた。自分は誰でもなかったが、清十郎は、誰でもあった。誰でもあったから、なにごとにも衒《てら》うことなく、正面から向き合うことができたのだろう。そこが父と自分の、ちがいだったのかもしれない。

そう言えば、あれほど夢に出てきた黄花《きばな》のサツキを、近頃はとんと見ない。

今日は、六月に月が替わって二日目。中洲で寺島新之助の舞台を見たのは先月の十八日だから、半月のあいだ、一度も見ていないことになる。

こうはっきりすると、黄花のサツキの夢もまた、くすみの消えない思い出を別に仕舞うための袋だったのかと思える。

千瀬が家に居た頃は紛れていた厄介な思い出が、独りになったことでくっきりと輪郭を結ぶようになった。なんとかしなければならなかったけれど、どうにもならなかった記憶だ。そういう諸々《もろもろ》をいっしょくたにして、黄花のサツキという袋に入れた。汚れたものを見ぬために、きれいなものを夢見た。

なのに、半月前、額を付けるようにして袋の中身を見ることになった。征士郎の内に三代に渡って煮詰められた伊賀衆を見て、征士郎を見放した自分を見た。黄花のサツキを見つけない限り、開かないはずだった袋は立つ瀬がない。おそらく、黄花のサツキは二度と夢に出てくることはないだろう。正体が分かってしまった袋は、底に大きな穴が開く。そして、たぶん、自分はもう、代わりの袋を求めることもないはずだ。

むろん、六十二を過ぎても、なんとかしようとして、どうにもならなかったことは多々出てこようが、これからは肩に背負うつもりだし、たとえそれが無理でも、自分の目の届くところには置くだろう。

夏鳥の腰赤燕《こしあかつばめ》が庭へ来てチイチイと鳴き、大縄地は長閑《のどか》である。

晋平は木鋏《きばさみ》を手に取って、成木《せいぼく》の鉢替えに励んでいる。鉢の内周りに網のように張った根鉢《ねばち》を切り取り、終えると、固まった土と細根を竹箸で掻き取り、根を解《ほぐ》す。代わりの鉢に土を盛りながら、少し手が乱れてきたことを察して、一服しようかと思ったとき、午《ひる》九つを知らせる、重宝院の鐘の音が届いた。その音を待っていたかのように、突然、腹がぐうと鳴る。ともあれ、今日も自分が生きていることを、腹の音が伝える。

あいだを置かずにまた腹が鳴って、晋平は、そうだ、辛味大根の蕎麦《そば》切りを喰いに行こうと思った。

濡れ縁に近い外井戸で手と顔を洗い、仕事着を脱いで、固く絞った手拭《てぬぐ》いで躯を丹念に拭《ふ》く。

気持ちまで小ざっぱりとして、ふっと息をついたとき、箪笥《たんす》のいちばん下に仕舞ってある本塩沢の単衣《ひとえ》が浮かび、着て行こうかと思って、やはり、止《や》めた。

千瀬は川開きが終わったら普段着にと言ってくれているのだが、本塩沢を普段に着るような育ち方はしておらず、なかなか袖《そで》を通すことができない。

結局、晋平は本塩沢ではなく、いつもの着古した小紋の木綿を着けて、大小を差し、追分の蕎麦屋へ向かった。

路々《みちみち》、昔の千瀬との仲を語った、征士郎の話を想った。密《ひそ》かに晋平の様子を尋ねていただけで、そこに男女の結びつきはなかったと明かした。

一人娘を嫁に出すという、山岡の家を絶えさせることになるかもしれぬ己の決断の可否は、いまも折りに触れて、腹の奥底でかさこそと音を立てる。当主としては先祖の手前、申し開きもできない。けれど、その源となった自分の危惧《きぐ》が杞憂《きゆう》であったと告げられても、意外なほどに悔恨は薄かった。あれから半月が経っても、想いは変わっていない。

千瀬と平太の仲は、世帯《しょたい》を持って三年になるのに至って睦《むつ》まじい。縁の始まりはともあれ、結果として我が子が幸せならば、当主としてはともかく親としては、悔やむ謂《い》われはなかった。

それに、嫁《か》した当初、宮地の家についていろいろと気を揉《も》んだ末に落ち着いたこともあって、その例えが適切なのかどうかは分からぬが、晋平としては、二人の縁は、雨降って地固まっているのだった。

話には聞いていたものの、おいおいと宮地の家の暮らし向きが明らかになってくれば、百人町大縄地とは随分と開きがあった。事情が分からなかった当初は、十俵一人半扶持《ぶち》の御掃除之者が、なんでそんな余裕のある暮らしを送れるのか、訝《いぶか》ったものである。

なにしろ、平太と千瀬は、芝神明にある五間七間《ごけんななけん》の相当に広い町屋に、万年青《おもと》とアオキを育てながら暮らしていた。

芝神明で間口五間、奥行七間といえば、沽券《こけん》は相当に値が張る。表の大路には面していないので想うほどではないと言うが、それでも並の表店《おもてだな》よりは随分と高い。なにか、おおっぴらにはしにくい事情でもあるのではと、かんぐらざるをえない住まいだった。

とにかく、直《す》ぐにも千瀬を大縄地の外へ出したかったので、宮地の家の内情については満足に調べもしなかった。とんでもない裏があるようで、やはり、あまりに急ぎ過ぎたかと悔いた。

あとになって、そこが裕福な商家から嫁してきた義母の那加《なか》の持ち物と聞かされたけれど、そうならそうで、なんで那加夫婦が住まないのかと思った。那加は、平太の父の清三と二人で、赤坂新町《あかさかしんまち》に近い稲荷坂《いなりざか》に沿って広がる、御掃除之者の組屋敷で暮らしていた。本来ならば、なににつけ便がよい、芝神明のほうに両親が住まうのが順当だろう。自分が半ば強いたような縁組であるだけに、いったん不審を抱くと、次から次へと疑念が湧いた。

その理由を知らされたのは、だいぶ経《た》ってからで、二人が組屋敷のほうを選んだのは、程近くに、江戸三祖師《そし》のひとつで一帯に刻を鐘で知らせる円通寺《えんつうじ》があるからということだった。二人とも御祖師様《おそっさま》を深く信心していて、どうしても円通寺の側を離れたくないらしい。

御祖師様といえば、最も参拝客を集めるのは、なんといっても青梅道中を使う堀之内の妙法寺で、路筋《みちすじ》の内藤新宿には、柄の長い風車を手にした堀之内詣《もう》での戻り客が馬と同じくらい目に付くから、その辺りの事情はすっと入った。両親が知り合ったのも、厄除《やくよ》けの信心を通じてで、だから、広い町屋を嫁入り道具に持たされるような商家の娘が、十俵一人半扶持の御掃除之者の若者に嫁ぐことになったようだ。

追々《おいおい》と分かってくれれば、母方に余裕があるだけでなく、そこは、浄土宗の大本山にして将軍家の菩提寺《ぼだいじ》である増上寺を、数えるのも億劫《おっくう》になるほどの塔頭《たっちゅう》が何重にも取り巻く芝界隈《かいわい》という土地柄の恩恵で、平太も相当にいい万年青の客筋を摑んでいた。お陰で千瀬は街場暮らしを満喫できる上に、暮らし向きのほうも随分とゆったり過ごすことができるというわけだった。

世の中にそうそうはあることではなかろうが、けっして無理な筋ではなく、直截《ちょくせつ》に尋ねれば、長々と気を揉むこともなかったのだろう。そうは言っても、やはり、他家の活計《たつき》周りのことを男親が無闇《むやみ》に口にするのは憚《はばか》られ、それだけに、疑問が解けたときは安堵したものだった。

もっとも、よければよいで心配事の種は尽きず、こんどは平太の遊びで千瀬が苦労するのではないかと気に病んだ。

植木を扱う人間には珍しく、平太は如才がなく、人の気持ちにすっと分け入っていく。だから、馴染みを得やすいのだが、その人を逸《そ》らさぬ上に財布も自由になる男が、芝神明に住んでいるのだから、遊びに走る条件は揃《そろ》いすぎている。門前町はほぼ例外なく岡場所と重なって、芝神明じたいが遊び場だし、吉原と並び称される品川だって間近である。

しかし、それも、よくよく知るようになってみれば、むしろ、平太は気持ちに強い芯《しん》があって、言葉を交わせば、時折、はっとするほどに考えが深く、遊びも遊里より山野を好んだ。晋平の懸念《けねん》は杞憂で済んでおり、実際、子こそまだ得ないものの、千瀬との仲は至って睦まじく、互いを細かく思い遣る。征士郎の話を聞いても気持ちを乱されずに済んだのは、その積み重ねの故《ゆえ》だった。

活計の余裕は、夫婦の仲を裂きもするし、密にもするが、千瀬と平太の二人は金に乱されることがなく、晋平は余裕も善しとしている。とはいえ、娘は娘、父は父である。娘が切羽詰まった暮らしを強いられていないだけで十分に孝行で、自分まで芝神明に合わせるつもりはない。

平太と気が合うことと、己に合った暮らし振りとはまた別の話で、六十二になった晋平にとって最も旨い喰い物は辛味大根の蕎麦切りであり続けている。

着慣れた単衣の裾《すそ》を大きく捌《さば》いて、辛味大根の汁《つゆ》を想い浮かべながら足を運ぶと、それだけで口のなかに唾《つば》が湧き出た。晋平はさらに歩幅を広げて、追分を目指した。


けれど、晋平は辛味大根の蕎麦切りを腹に入れることはできなかった。

西方寺の角を左に折れ、青梅道中へ歩を進めてみれば、重宝院向かいの蕎麦屋の前には遠目にも長い行列が見えた。行ってたしかめても、一階の入れ込みはむろん、この前、平太と相席した二階の小座敷までいっぱいだ。

近頃は喰物屋にも直ぐに番付が出て、蕎麦屋も例外ではなく、夏でも辛味大根が喰える重宝院前の評判は、四谷、麴町は言うに及ばず、神田、日本橋を通り越して本所《ほんじょ》、深川まで届いているらしい。わざわざ、辛味大根の蕎麦切りを喰うためだけに、江戸市中から足を運ぶ客も珍しくないようだ。

喰えないとなると、よけいに喰い意地が張ってきて、どうしても喰いたくなってくるが、仮にも武家である以上、列に並んでまでの喰い物への執着は持つべきではない。武家が干《ほ》し飯《いい》に文句をつけたら、戦場《いくさば》へは行けない。

かといって、他の蕎麦屋の暖簾《のれん》を潜《くぐ》るのも釈然とせず、どこかの茶屋でまた団子でも喰おうかと、なんとはなしに上町へ足を向けたとき、「先生」という声が掛かった。

内藤新宿で自分を「先生」と呼ぶのは半四郎くらいのもので、思わず声のしたほうに目を向けて姿を探すと、そこに笑みを浮かべて立っていたのは半四郎ではなく、橋本屋の前で倒れていた男をあらためたときに居合わせた手代である。

あのときは、随分と強面《こわもて》をつくっていたが、笑うと人の良さが洩《も》れ出て、やはり下は上に似るものだと思いながら歩み寄ると、手代は「親方からの言付けがありまして」と言った。

半四郎はお上の意向と関わりなく、八五郎を襲った犯人を追っている。あるいは征士郎に絡《から》んだ話が出てくるのかと身構えつつ、続く言葉を待った。

「これから蕎麦を打つので、よろしければご一緒にいかがでしょうか、と」

「店頭《たながしら》が、蕎麦を」

思わず、張っていた気が抜けかける。

「へい、昔取った杵柄《きねづか》ってえやつで、月に一度は蕎麦を打って我々にも振る舞ってくれます。以前、世話になっていた親分に、蕎麦屋を任されていたことがあったようで」

「旨いのか」

十手持ちの副業で、最も多いのが蕎麦屋だ。たぶん、居候《いそうろう》でも決め込んでいたときに、蕎麦屋をやらせられたのだろう。

「そりゃあ、世辞ではなく、なかなかのもんでござんすよ。言っちゃあなんですが、向かいにも負けてません。辛味大根も用意してございます。ま、こいつは向かいから分けてもらったもんですが」

半四郎の損料屋は重宝院の脇《わき》にある。蕎麦屋とは、ほとんど向かいだ。どうやら、店に入れなかったのを見られていたらしい。

「では、ありがたく呼ばれようか」

「じゃ、ご案内させていただきます」

そうして、晋平は、半四郎の打つ蕎麦切りの相伴《しょうばん》に与《あずか》った。つい、いままでの習いで、そこは筋を通さねばと自戒しがちな頭に、乞胸頭の仁太夫が言ったという、「融《ゆう》通無碍《ずうむげ》の人の連《つら》なり」という言葉が過《よぎ》った。

防《ふせぎ》の男たちに混じって箸を動かしてみれば、それは見事な蕎麦だった。果たしてどんなものかと、最初は辛味大根なしで喰ってみたのだが、蕎麦も汁《つゆ》も申し分ない。

素人が打つと、蕎麦がよくても汁が駄目だったり、その逆だったりして、両方揃うことは滅多にないのだが、半四郎の蕎麦切りはどちらもとびっきりで、向かいの蕎麦屋はむろん、無極庵や翁蕎麦にも引けをとらない。

どこで暖簾を掲げていたのかは知らないが、半四郎が預かっていたという蕎麦屋はさぞかし繁盛《はんじょう》していただろうし、そのまま蕎麦屋の親爺《おやじ》でいてくれれば、いちばん頼りになる行きつけになったのにと思った。

そのように感心しただけで、さほど驚きもしなかったのは、半四郎ならばなんの不思議もないからだ。なにをやらせても、半四郎は立派以上にこなす。そして、そのまゆけばさぞかし一角《ひとかど》の者になるだろうと周りが想《おも》っていると、いつの間にか居場処を替えている。内藤新宿の店頭は随分と長く六年続いているが、そろそろ尻《しり》が落ち着かなくなっている頃かもしれない。

「いや、旨かった」

勧められるままに三枚お代わりして、腹がくちくなったあとは、奥の座敷で半四郎から茶を振る舞われた。

「とんだ、お口汚しで」

「蕎麦も玄人《くろうと》なのだな」

相変わらず、茶も旨かった。在《あ》り来《きた》りのものらしいが、湯の加減が絶妙で、香りがいい具合に立つ。

「麹町で鑑札頂戴《ちょうだい》している親分さんのところで、面倒見ていただいてたことがございやして、そんとき、その親分さんの蕎麦屋を手伝わせていただきやした」

「やはり、そうか」

「見様見真似ってやつで」

「それで、ここまで腕を上げるのだから、いや、たいしたものだ。お主のことだから、やるとなると、半端《はんぱ》に済ますのが気色わるいのであろう」

「それで、いつもしくじっておりやすが」

半四郎の腰が落ち着かないのは、詰まるところ、いまの己に固執しないからなのだろうが、程々で済ますことができない性分のせいもあるはずと、かねがね晋平は見ていた。

「で、どんな具合になっている」

そんな程々では収めない半四郎相手に、いつまでも話を逸らし続けても、どうなるものでもなかろうと、晋平は腹を据えることにして言った。

「はっ？」

「請負の隠密の件だが」

「ああ」

半四郎にしては、妙に歯切れがわるかった。

「このところ、ちっとばっかり時間を取られる用ができちまいまして、想うようには。それでも、たしかに先生にお尋ねしたいことがございました」

やはりな、と晋平は思った。

「失礼ながら、伊賀衆には鉄砲百人組の他に、明屋敷《あけやしき》の番に当たっている組がございやすね」

「ああ、四谷伊賀町の大縄地に居る組だ」

「主《あるじ》を失って空き家になっている拝領屋敷の番に当たるのが明屋敷番ですから、つまりは、屋敷を使い放題とも言えやす」

「たしかに」

「江戸市中のあちこちにあって、町方も手を出せないとあれば、請負の隠密御用の根城とするには格好の場処と言えやしょう。で、伊賀町を預かる、その麹町の親分さんにも聞いてみたんでござんすが、そういう話がたしかに洩れ出ているそうでございやす。明屋敷番の伊賀衆のなかに、隠密を請け負ってる者が居るんじゃねえかと」

晋平はふっと息をついた。穏やかではない話ではあるが、向きは征士郎から逸れている。

「で、お尋ねしたいのですが、百人町と伊賀町の伊賀衆は、いまも交わりがあるのでございやしょうか」

思わず、晋平の脳裏に、小林勘兵衛の顔が浮かんだ。火事を誰よりも怖がる勘兵衛。その原因となった大火と遭遇したのは、たしか四谷伊賀町の親戚《しんせき》の家に遊びに行っていたときのはずだ。

「それは、ある者も居るし、ない者も居るという答になるだろう」

半四郎は、百人町の伊賀衆が、伊賀町から請負の隠密御用を回してもらっていると観《み》ているらしい。

「いや、こんなことをお聞きするのは、実は、ひと月ばかり前に、やはり、その親分さんの縄張り内の赤坂今井町《あかさかいまいちょう》で小火《ぼや》騒ぎがありまして」

「小火か」

話はどんどん、勘兵衛に寄ってくる。

「近所の者の話では、たまたま通りかかった二人連れの武家が気づいて消しにかかって、それで小火で収まったようですが、その時分ってえのが、あらかたの者が寝ている九つ半だったそうで。赤坂は赤坂でも岡場所が並ぶ田町《たまち》ならば、その頃でも男二人が連れ立って歩いていても不思議はございやせんが、今井町は盛り場とも言えぬ小ぢんまりした町で、普段はその時分になると人っ子一人通らねえそうでございやす」

「ほう」

「この先を言っていいもんだか、どうなのか……」

半四郎はますます、らしくもなくなった。

「言いかけた話だぞ」

晋平は話の先を促す。

「これはほんとうに手前の勘働《かんばたら》きってやつで、なんの根拠もねえんですが、有り体に申しますと、その二人連れの齢格好《としかっこう》を聞いたとき、小林様と横尾様なんじゃねえかと思い当たっちまいまして。お一人ならば聞き逃していたと存じやすが、背の高い六十絡みと小柄な五十絡みってえことで、どうにもぴんときちまいました。五十絡みってのは、横尾様のほうがお若く見えるからでござんしょう。失礼ながら、六十を回った百人組のお二人が、九つ半に赤坂今井町に居たとなると、これはいかにも尋常じゃあねえってことになりやせんか」

征士郎が的から消えたと思ったら、今度は勘兵衛と太一が出てくる。晋平の頭は、どうやって二人の濡《ぬ》れ衣《ぎぬ》を晴らすかに切り替わった。少なくとも勘兵衛と太一は、八五郎を襲っていない。

「で、お主は勘兵衛と太一が請負の隠密で、八五郎を襲ったと見ているわけか」

「むろん、そんな勘働きだけでどうこう言うのは迷惑な話でございやすし、手前にしても、先生と縁の深い方々を疑うのはどうにも収まりがわるいんで、申し訳ねえとは存じましたが、ここはすっきりさせなきゃなんねえと、十日ばかり前、夜更《よふ》けにまたお屋敷を出たお二人を尾《つ》けさせていただきやした」

そこまでやるかとも思えたが、まさにそこが、程々では収めることのできない半四郎だ。晋平は黙って、次の言葉を待った。

「そしたら、やっぱし行き着いたのは赤坂今井町で、人目につかぬよう身を潜めて、何者かを張っているご様子でございやす。失礼ですが、百人組の御役目で、そういうことはございやすか」

「いや、ないだろう」

どういうことだと、晋平は思った。いったい、勘兵衛と太一の二人はなにをやっているのだろう。

「となると、八五郎の一件はともかく、お二人が隠密を請け負っている目は出てきたんじゃあねえかと」

言われてみれば、佐吉の件で勘兵衛の家に集まったときも、とりわけ太一の口振りはまるで子供の頃から伊賀衆たらんとしていたかのようだった。あのとき、既に隠密御用に手を染めていたとすれば、二人のいつにない様子にも得心が行く。そう言えば、佐吉の話の合間にも、勘兵衛が太一に繰り返し、火の用心を説いてもいた。たしかに、赤坂今井町の小火を消した二人は、勘兵衛と太一なのかもしれない。

「それで、お主はこの先、どうするつもりなのだ」

半四郎の出方によって、晋平の為《な》すべきことは変わってくる。

「いや、手前はもう、これで手仕舞《てじまい》でございやす」

「手仕舞？」

半四郎の答は、晋平の想ってもみないものだった。

「元々、八五郎の件は病ということで片がついておりやす。それでも、しつこくしちまったのは、なんにも見えねえまんま蓋《ふた》をしちまうのが気色わるかったからで。なにがなんでも襲った者を挙げようなんて気張ったわけじゃあござんせん。言ってみりゃあ、手前がここで終わりと思えば、そこが終わりで。で、小林様と横尾様のお二人が夜更けに張るご様子を目にしていたら、ああ、これで手仕舞だと思ったってわけでござえやす。こっから先は手前がどうこう言う領分じゃあねえ。先生にお任せしなきゃなんねえと」

「俺がか」

「別に、先生に始末をつけてくれなんて申し上げているんじゃござんせん。とにかく、もう手前の手は離れたってえことを言ってるんで。これで手前は、この件のことはいっさい忘れやす」

「忘れる？」

「忘れもするし、姿も消しやす。実は、一度っ切り、先生の御屋敷へお邪魔して、ご挨拶《あいさつ》させていただきてえと思っていたんでござんすが、ここの店頭を人に譲ることになりまして」

「譲る？　辞めるということか」

「へえ、もう、あと三日ほどで。先生には、ほんとうにひとかたならぬお世話になりまして、まっこと、ありがとう存じました」

半四郎は両手を突いた。

「いや、まったくなにもしておらず……」

そういうこともあるとは思っていたが、あまりに突然で、咄嗟《とっさ》に言葉が出てこない。

「で、その後はどうする」

「藪《やぶ》から棒に聞こえるとは存じますが、蝦夷《えぞ》に行ってみようかと」

「えぞ？　あの北の果ての蝦夷か」

「へえ。先生は、手前が問屋場《といやば》で御上納会所掛を務めさせていただいてることはご存知で？」

「ああ、御公辺に納める運上金の分担金を、徴収するお役目だな」

「さようで。五人が務めているんでござんすが、その一人に、煙草屋《たばこ》をやってた稲毛《いなげ》屋《や》金右衛門《きんえもん》てえ奴《やつ》が居《お》りました。手前が言うのもなんですが、五十三のいまになっても尻の落ち着かねえ小僧みてえな野郎で、その後、本所で材木屋やったり、伊豆《いず》で炭焼きやったり、新しい商いに手を出しちゃあしくじるの繰り返しで、その合間には狂歌なんぞを詠《よ》んで半端に知られておりやす。平秩東作《へずつとうさく》ってえふざけた名前が、そんときの狂名ってやつですが、ご存知で？」

「名前だけは」

たしか、勘兵衛が狂歌を齧《かじ》りかけた頃、内藤新宿に住む狂歌師として名前を聞いた覚えがある。

「そいつが、いまは鉄砲洲《てっぽうず》に居りまして、今度は蝦夷に熱を上げておりやす。なにしろ、鉄砲洲ってとこは廻船問屋の新宮屋《しんぐうや》や堺屋《さかいや》の根城で、蝦夷や露西亜《ロシア》や抜荷の話なんぞで溢《あふ》れ返っておりやすから、早速、熱くなっちまったんでございやしょう。普通なら、またかってえことで、誰にも相手にされねえとこでござんすが、学はたしかで、若い頃、御勘定奉行、石谷備後守様の御子息に儒学を講じていた縁なんぞもあって、いまも石谷様には喰い込んでおりやす」

茶をひと口啜《すす》ってから、半四郎は続けた。

「そして、これがなによりもおかしいとこなんでござんすが、この金右衛門って奴は餓鬼みてえな野郎だけあって、心底、世の中の役に立ちたいと願っておるんでございやす。だからなんでござんしょう。それが相手に伝わって、普通ならとてもまとまらねえ話がまとまっていく。こんども、どうやら蝦夷を探検して回る費用をお上から取り付けたようで、まずは北の荒海にも耐える舟を造るため、大湊大工《おおみなとだいく》の居る伊勢《いせ》へ向かうことになりやした。話が長引いちまいましたが、手前もその話に乗ったということでございやす。泥舟みてえに危なっかしい話でござんすが、そういう話のほうが駄目んなっても諦《あきら》めがつきやすいと思いやして、踏ん切ることに致しやした」

「さようか」

聞けば、いかにも半四郎らしい転身だった。

「こんな気持ちになれたのも、再び内藤新宿に舞い戻り、先生のお顔をしばしば拝見して、青い頃を思い出させていただいたお陰で、御礼の申し上げようもございません。重ねて、まっことお世話になりました」

半四郎はまた両手を突き、腰を深く折った。その仕草は、旗本の家侍だった二十歳の梶原半四郎のものと映った。

「そういうことであれば、息災でな。航海の無事を切に祈っておる」

しばし、伊勢の話などを聞いて、表に出ると、風が出ていた。江戸の夏ならではの南風だった。舟で蝦夷へ向かうには、どんな風がよいのだろう。それにしても、半四郎は大きく動く、と晋平は思った。

勘兵衛と太一をどうするかは先生の領分と半四郎に言われて、晋平は丸三日考えた。考えた末に、このまま放っておくことにした。

二人が八五郎を襲っていないことは分かっている。赤坂今井町界隈で最近起きた事件は半四郎の言った小火だけのようだから、勘兵衛と太一は八五郎だけでなく、誰も殺《あや》めていないのだろう。もしも、二人が隠密御用を請けていたとしても、見張りや尾行に限られているにちがいない。

征士郎には、中洲で会ったとき、伊賀衆ならば隠密をせねばならんということではなかろう、と言ったが、伊賀衆だから隠密をしてはいけないということでもなかろう。要は、伊賀衆という枠に自分のほうから幽閉されないことだ。伊賀衆の芸人が居てもいいし、伊賀衆の植木屋が居ても、伊賀衆の隠密が居てもいい。

先行きの時間の短さを突き付けられた伊賀衆の年寄りが、たまたま持ち込まれた隠密御用の話に乗り、己の突っ支《か》い棒として見張りや尾行を請けても、なんら責められる謂われはあるまい。

むろん、見張りや尾行とて危険がないわけではない。けっして見られてはいけない顔を見られれば、命さえ狙《ねら》われるかもしれない。けれど、六十を過ぎるまで門番しかやってこなかったとはいえ、二人は伊賀衆だ。そんなことは先刻承知であり、危険と隣り合せだからこその突っ支い棒だろう。

たまたま請けたからといって、覚悟が半端とは限らない。仕事が片手間とも限らない。勘兵衛と太一の二人なら、請けた仕事にはどんな役目であれ手を抜かぬはずだ。おそらくは、危険が迫っても、けっして背中を見せることはないだろう。

危ないから、考え直したらどうか、などというもっともらしい口出しは、そんな彼らの意地や矜持《きょうじ》に気づこうとしない証《あか》しとも言える。少なくとも晋平は、とりあえず並べておけば自分の義理は済んだと言わんばかりの常套句《じょうとうく》を、口にする気はなかった。

口にせぬ代わりに、万が一、彼らに危機が迫ったときには、なんとしても助けようと思った。請負の隠密に加わることはできぬが、いざというときの加勢ならできるし、しなければならない。

川井佐吉の一件の際はなんにつけ頼った、半四郎はもう居ない。代わりの店頭は来たが、晋平は店頭だから頼ったのではない。そこに半四郎が居るから、会所の戸を引いたのだ。その半四郎はいま、伊勢への路上にある。これからは、自分で、なんとかするしかない。無いものねだりは、立ち尽くすことと同義である。

三日のあいだ、庭でサツキに囲まれながら考え続けた晋平は、そうと腹を据えると、やおら濡れ縁へ足を掛け、刀掛けに向かった。

大小を差して、陽が心持ち西へ傾いた庭に下り、左の腰を捻《ひね》って抜刀する。気を丹田に送り込み、新芽を労《いたわ》るようにして、柔らかな手の内をつくった。束《つか》と諸手《もろて》がひとつになるや、両の肘《ひじ》がゆっくりと頭上へ上がっていく。ずっしりと重い古刀の切っ先が、構えの頂きを察するや振り下ろされると、夏の午下がりの寝そべった熱気がたしかにしゅっと起ち上がったが、それは晋平が想うほどの切れを伴わなかった。

素振りに移っても、久々に振る古刀は、六十二の軀《からだ》にはほんとうに重かった。手足の筋はすっかり植木職のそれになっていて、なんとか五十本振り終えると両の腕が固く張った。さらに振り続けようとすれば、両の指が束を放してしまうのは明らかだった。

二人を助けるということは、二人の危険を分かち合うということだった。それはとりもなおさず、刀を遣うのを覚悟するということである。二人が隠密御用はもうよいと見切るまで、これからは毎日、本身で素振りをせねばならぬなと晋平は思った。幸い、筋は、齢に抗《あらが》ってつく。

いつもとはちがう汗を、いつもの井戸端で拭うと、刻は午八つになっていた。晋平は、箪笥のいちばん下に仕舞ってある本塩沢に着替えて、屋敷を出ようとした。中洲《なかす》の小屋に居るサツキに、礼に行くことにしたのだ。ほとぼりを冷ますためのひと月には十日余り足りないが、勘兵衛と太一の力になると腹を括《くく》ったからには、いつ、なにが起きてもよいように用意しておかなければならない。やっておくべきことは、できるうちに済まさなければと戒めたとき、直ぐに頭に浮かんだ義理がサツキで、礼に上がりがてら、征士郎のことも頼んでおこうと思った。両国橋に行ったあの日以来、とにかくサツキが側《そば》に居てさえくれれば、征士郎が取り返しのつかない処《ところ》まで追い込まれることはないという感触があって、日を経ても消えることがなかった。けれど、表へ通じる庭の木戸に向かおうとして、晋平の足は止まった。その木戸が突然開いて、横尾太一の姿が現れたのだ。

昔はともあれ、近頃では、太一が一人で訪ねてくることなどそうそうはない。おまけに、左手には木刀を携えている。思わず、どういう用件かと訝って目を向けると、太一のほうも晋平の本塩沢を認めて、「出るところだったか」と声を掛けてきた。

「ご明察だが、そっちは何用だ」

太一の背後にも目を遣《や》ってみたが、勘兵衛の姿は見当たらない。やはり、一人だけらしい。

「いや、出がけであれば、また出直そう」

答えるが早いか、太一は踵《きびす》を返そうとする。

「待て、待て」

相変わらずの、気の短さだ。

「用件だけでも言ってみろ。その木刀は何だ」

「ああ」

太一は向き直って言った。

「お前に稽古《けいこ》相手になってもらおうかと思ってな」

「ほう、珍しいな」

太一と最後に木刀を合わせたのは、もう何年、いや何十年前だろう。

「浮き木だけでよいのだ」

「うきぎ？　浮木《ふぼく》のことか」

浮木は、一刀流の要技《かなめわざ》の一つである。こちらの剣を押さえ込もうとする相手の力を使って、向こうの上太刀《うわだち》を取る。流水浮木《りゅうすいふぼく》、あるいは浮木流闘《ふぼくりゅうとう》。一刀流の極意は、浮木の語を織り込んで表わされることが多い。いずれも、流れのままにたゆたう木のように、自在に結び合うことを意味する。

「ふぼく、などではない。あれは断じて、うきぎだ」

間、髪を入れずに、太一は言葉を返す。

「水に浮く木のように、力任せに押さえつける相手の剣を軽くいなして起き上がり、守りから攻めへ瞬時に転じるのが、浮き木だ。浮木などと仰々しく呼んだら、まるで石のごとく硬い木のようで、いなすどころかずぶずぶと水に沈みそうではないか。浮木などという重い言い方では、小鳥を包み込む手つきさながらの柔らかな手の内はつくれん。つまりは、意のままに上太刀を取るなど叶《かな》わぬということだ。誰がなんと言おうと、あの技は浮き木だ」

「なるほどな。たしかに、浮き木のほうが軽やかで、相応《ふさわ》しいかもしれん」

言われたことをけっして鵜呑《うの》みにしないのも、昔のままだ。この前、佐吉の件で会ったときには随分と変わって見えたが、今日は、小さな暴れん坊が弾《はじ》けそうだった。

「では、俺たちは浮き木と呼ぶとして、本当に浮き木の相手だけでよいのか。切り落としや乗り突きは要らんのか」

「ああ、浮き木だけでよい」

微《かす》かな迷いもなく答えた太一の様子を認めて、晋平は、これは相手にならなければならんなと思った。太一が浮き木の稽古の向こうに、実戦を見据えていることが、まざまざと伝わってきたからだ。

もしも、本身《ほんみ》で結び合わなければならない事態が迫ったとき、ただひとつの技に絞って稽古を積むとしたら、晋平とて浮き木を選ぶ。実戦で最も忘れてはならない剣技の粋が、その技に凝縮されている。

いかに強く棒で打っても、水に浮く木は沈めようがない。木の右を打てば左が、左を打てば右が、水面《みなも》から起き上がって、打ち据えようとした棒を巻き込もうとする。

これが剣であれば、そこから鎬《しのぎ》を活《い》かして切り落とすも、絞り込んで摺《す》り落とすも自在だ。守りでありながら、同時に、多様な攻めへと変わる。浮き木は単なる技にとどまらず、一刀流の理合《りあい》を含んでいる。

ただし、浮き木が浮き木であるためには、限りなく柔らかい手の内をつくらなければならない。諸手が束を握り締めて、手の内が固まれば、木とて水に沈む。本身を眼前にしても、柔らかさを失わぬ手の内があってこその浮き木だ。だから、実戦で浮き木を遣えれば、手の内はできていることになる。そして、その手の内こそが、浮き木に限らずあらゆる剣技の前提となる。おのずと、剣の理合を分かる者は、実戦が迫るほどに、浮き木だけでも軀に入れておこうという気になっていく。

「分かった。しばし、待ってくれ」

晋平は言う。

「いいのか」

「ああ、これより着替える」

おそらく、太一は勘兵衛の盾となるつもりなのだろう。半四郎が言ったとおり、やはり、二人は隠密《おんみつ》御用を請けているのだ。そして、おそらく、鯉口《こいくち》を切ることも考えなければならない状況になっているのかもしれない。問題は、それがどの程度なのかということだ。自分が請負の隠密の件を知っていることを伏せながら、どうやってそのあたりを聞き出せばよいのか。晋平は、脱いだばかりの木綿の単衣に再び袖を通しながら考えを巡らせたが、これといった案は浮かんでこなかった。

「待たせたな。では、まいろう」

流水浮木ではないが、流れに任せようと思いつつ、晋平は濡《ぬ》れ縁から庭へ降りる。

「されば、お願い申す」

太一が、己の手の内の具合を測るようにして中段に構えた。

浮き木の稽古は、宝暦《ほうれき》以来瞬《また》く間に広まった竹刀《しない》打ちの掛かり稽古ではなく、ずっしりと重い木刀による形稽古《かたげいこ》で修める。初めに技を仕掛ける打太刀《うちだち》と、受ける仕太刀《しだち》があらかじめ流派の定めた形《かた》に則《のっと》って木刀を合わせ、最後に攻防を凌《しの》ぎ切った仕太刀がとどめの一刀を寸止めで振るって仕舞う。真剣に等しい重さの木刀で意のままに打ち合っては命が幾つあっても足りぬゆえ、形に流派の剣技の粋を籠《こ》めたのだ。ひとつ手順が狂えば骨さえ砕けかねない危うい稽古だが、見た目には、同じ動きを延々と繰り返すため、軽い竹刀と防具で剣術遊びをしたい者にとってはなんとも退屈としか映らない。なかでも、浮き木は、さながら二本の木刀が二匹の飛び交う蝶《ちょう》のように上になり、下になって交差するだけの形なので、退屈も極まる。が、そこに理合を見い出すことができる者の目には、その削《そ》ぎ落とされた動きこそが剣の深淵《しんえん》を覗《のぞ》かせる奥義《おうぎ》なのだ。打太刀の晋平が仕太刀の太一の木刀を打つと同時に、太一の木刀が沈み込み、そのまま反転して晋平の木刀の峰を押さえる。言葉にすれば、それだけの動きに、あらゆる剣技に通じる理合が潜んでいると言っていい。

沈み込ませるのではなく、沈み込んでいる。反転させるのではなく、反転している。押さえるのではなく、峰に乗っている。浮き木を己の軀に入れるためには、四肢を動かそうという理を捨てなければならない。理が立った途端に、軀は止まる。沈んだ剣を戻そうとしたときには、もう命を切り裂かれている。動かすのではなく、動いているのだ。太一は、その経絡《けいらく》を取り戻そうとしている。

最初の数本こそぎこちなかったものの、うっすらと汗をかく頃には、さすが太一だけあって、沈み込みと反転がほぼ一体となり始める。そうなってくると、仕太刀が動き出したのが打太刀にも伝わって、押さえる晋平の木刀も動いてくる。流水浮木の始まりである。放っておいても、互いの軀がひとりでに浮き木の形をなぞって、舞うように動く。形稽古でのみ体得できる、理合の奔流に二人は身を委《ゆだ》ねた。

いったい、どのくらい木刀を交えていたのだろう。突然、太一が木刀を納めて「これまで」と言った。

「入ったか」

晋平は問う。

「ああ、入った」

太一が答える。

「ここで留める。これ以上、続ければ、濁りかねん。すまんが、水をくれぬか」

言い終えると、太一は集中を解いたのだろう、精根尽き果てた顔つきを浮かべて濡れ縁に向かい、尻餅《しりもち》を突くように座した。

「さ、水だ」

「ああ」

太一は喉《のど》を鳴らして飲んだ。そして、直ぐにむせた。近頃は、晋平もむせやすい。普通に腹へ送ったつもりが、胸に紛れ込もうとする。六十を過ぎても、剣技はさほど褪《あ》せていないが、軀はしっかりと重ねた齢を刻んでいる。

「どういう風の吹き回しかと思っているのではないか」

むせが治まると、太一はおもむろに言った。

「最初はな」

晋平も傍らに座して答えた。

「そうか。最初だけか……」

太一はしばし思案してから続ける。

「やはり、見透かされていたか。それは、そうだな。忠也派一刀流の俊傑と謳《うた》われた山岡晋平に、浮き木だけでよいなどと言えば、どういうつもりなのか、直ぐに見透かされてしまうな」

「そういうことなのか」

苗箱に目を預けて、晋平は言った。小さな活着苗が風に震えている。この季節には滅多に吹かない、北西からの風だ。これ以上強くなるようなら、風除けを用意してやらなければならない。

「そういうことも、あるかもしれぬと思ってな。用心だ。直ぐに、どうこうということではない」

「差し迫っているわけではないのか。もしも、そうなら俺にも言ってくれ」

「晋平に出張《でば》ってもらうような大層なことではない。あくまで用心だ。ひょんなことから、勘兵衛と二人で、ある御用を頼まれてな。門番に毛の生えた程度の御用だが、それでも用心するに越したことはないので、軀の錆《さび》を落としておきたいと思ったのだ。もう、すっかり、がたついておるのでな」

太一も、隠密御用の件は伏せて喋《しゃべ》っている。けれど、できる限り嘘《うそ》をつかぬようには努めている。晋平も鎌《かま》などかけぬよう、直截に訊《き》いた。

「勘兵衛はどうしておる？」

「元気だ」

間を置くことなく、太一は答えた。あまりに即妙で、むしろ、勘兵衛のことを語りたくて、待ち構えていたようにさえ思えた。

「ここずっと、見たこともないほどに元気だ。心の臓のほうは、はかばかしくないようだがな。気持ちは至って元気にしておる。久々に、生き生きとしてな。まるで、子供時分の、餓鬼大将だった頃の勘兵衛が蘇《よみがえ》ったようだ」

「そうか」

やはり、請け負った隠密御用が、突っ支い棒になっているのだろうか。

「晋平」

「ん？」

「俺は勘兵衛には感謝しておるのだ。恩義を感じておる」

「ああ」

二人の間柄ならば、そういう気持ちにもなるだろう。太一が不意に語っても、唐突とは感じなかった。

「俺のような跳ね返りを笑顔で仲間に加えてくれたお前や佐吉にも感謝しておるがな。勘兵衛はまた特別だ。俺がこんな爺《じじい》になるまで生き長らえることができたのも、あいつがいつも俺の手綱《たづな》を握っていてくれたからなのだ。あいつが制してくれたり、尻拭《しりぬぐ》いをしてくれなかったら、俺なんぞとっくに骨になっていたことだろう」

太一が初めて街の地回りを棒で叩《たた》きのめしたのは十一歳のときだ。遊びに行った赤坂田町でからかわれ、いつものとおりに弾けた。一緒に居た勘兵衛がとどめて直ぐに逃げ帰らなかったら、太一は迷うことなく二人目に向かっていったことだろう。太一と勘兵衛には、そんな話が幾らもある。

「実はな。勘兵衛の絡みで、お前と佐吉にはありがたく思っていることがある」

「あらたまって、また、なんだ」

太一からそんなことを言われる心当たりなど、なにもない。

「あいつをずっと、餓鬼大将として扱ってくれたことだ」

「餓鬼大将に餓鬼大将として当たるのは、当り前のことだろう」

太一は妙なことを言う、と晋平は思った。

「百人町でそんなことを言ってくれるのは、お前らだけだ。十歳になって、道場へ通うようになってから、周りのあいつを見る目はがらりと変わった。お前には言うまでもないが、剣のほうがからっきしいけなかったからだ。街では命令を下していた下っ端に、道場で竹刀を持つところころと負けた。初めて、それを認めたときは、俺は勘兵衛がふざけていると思ったものだ」

それは晋平も同じだった。きっと、ふざけているのだと思った。けれど、何度、竹刀を合わせても、勘兵衛はしたたかに打ち据えられるばかりだった。だからといって、晋平にとって、勘兵衛が餓鬼大将であることはなにも変わらなかった。剣の得手不得手と、餓鬼大将であることとは、ほとんど関わりがない。それが証拠に、自分は餓鬼大将になれないし、太一もなれない。

「子供は残酷だ。実は、弱いと分かった途端に、露骨に侮《あなど》り出す。いままで、子分扱いされているから、なおさらだ。兎《うさぎ》の顔をしていた奴らが牙《きば》を剝《む》く。幸か不幸か、あいつの周りには晋平が居て、俺が居たから、苛《いじ》められることはなかったが、それがまたあいつに余計な負い目を持たせてしまった」

太一が勘兵衛のことを言っているのは分かったが、どうにもぴんとこない。それほど勘兵衛は、細くはなかろう。

「俺は剣のほうはからっきし駄目でな、と自分から笑い飛ばせるようなら、あるいは餓鬼大将のままで居られたのかもしれぬ。けれど、あいつは、餓鬼大将だったくせに守られていると感じてしまった。そして、その負い目を溜《た》め込んだ。お前は守っているつもりなど、さらさらなかっただろうがな。勘兵衛のほうは日々、俺たちにすがらなければならん屈託を煮詰めていたのだ。以来、あいつから輝くものが薄らいだ」

太一は晋平の見ていないものを見ていた。同じ時を生きていても、見える景色はそれぞれにちがう。

「もう、子供ではなくなってからも、あいつはなんとか失ったものを取り戻そうとした。あれは子供の頃のこと、で済ますことができなかった。とはいえ、御役目では挽《ばん》回《かい》できん。御徒士《おかち》ならば勘定所の役にありついて、旗本を目指すこともできようが、百人組同心は一生門番のままだ。で、あいつはいろんなものに手を出した。初めは、サツキだって熱を入れたのだ。けれど、到底、お前らには及びそうもないのが直《す》ぐに分かった。それからは、ほんとうにいろいろだ。居合いもやってみたし、柔術もやったし、漢詩も、狂歌もやった。みんな、ものにならなかった。あいつは餓鬼大将を追われたまま、この齢までずっと門番を続けてきた」

この五十年のあいだ勘兵衛はずっと、十歳の自分に戻るために闘ってきたとでも言うのだろうか。太一の言葉は、素直には晋平の耳に入らなかった。

晋平の知る勘兵衛は、太一の語る勘兵衛とはだいぶちがう。少なくとも自分の前では、勘兵衛は剣が不得手なことなど気に留めていなかった。太一が言ったように、俺は剣のほうはからっきし駄目でなと、自らを笑い飛ばすことができていた。だから、自分たちもずっと変わらずに接することができたのだ。

そうはいっても、最も近くに居た太一の言うことを、否定することはできない。なによりも、太一は自分よりも遥《はる》かに、勘兵衛のことを知ろうとしている。ずっと近くに居ても、知ろうとしなければ、知りえることはほんのわずかだ。

「その勘兵衛が、六十を過ぎたいま、輝きを取り戻しつつある。先刻言った、御用のお陰でな。あいつにも、他の誰にも負けぬものがあったのだ。それが御用に、のめり込ませている。だから、俺としてはなんとしてもあいつに御用を続けさせてやりたい。そういうことだ」

「他の誰にも負けぬもの？」

むろん、勘兵衛には幾つもの誰にも負けぬものがある。が、この流れで太一が語る、他の誰にも負けぬものとはなんだろう。

「語れば、皆、そんなものかと思うだろうがな」

太一は薄い笑みを浮かべながら言った。

「なにもないよりは、よほど良い。少なくとも、俺は勘兵衛のようには、負けぬものを持っていない。あのように御用に、のめり込むことはできない。きっと、今度の御用は、餓鬼大将のあいつの最後の出番なのだろう。だからな、なんとしても御用を全《まっと》うさせてあげたいのだ」

それはきっと、太一なりの、勘兵衛への恩返しなのだろうと晋平は思った。ならば、自分が立ち入ってよい話ではない。その御用は断じて、勘兵衛と太一、二人だけのものだ。

「また、稽古がしたくなったら言ってくれ」

まだ軀の深くで脈を打っている、太一の浮き木を感じながら晋平は言った。

「いつでも相手になろう」

太一の背中を見送ってみれば、やっておくべきことをできるうちに済まさなければならないのは、さらにはっきりとした。

けれど、その日、晋平は、中洲へ出直す気にはなれなかった。一度は、思い切ってみたが、直ぐに萎《しぼ》んだ。

ずっと、勘兵衛の話を聞いていたはずなのに、終えてしばらくすると、晋平は、勘兵衛よりもむしろ、太一を知ることができたような気になっていた。知らない勘兵衛を知りながら、太一を知っていた。そのうち、自分は太一のことも勘兵衛のことも、知りたいようにしか知っていないのではないかと思えた。自分がきっと見据えなければならないのは、征士郎だけではないのだった。

再び本塩沢に袖《そで》を通したのは、三日後だった。これからは自分のほうからも太一に浮き木の稽古相手を頼もうと決め、そのためにもサツキへの義理を済ましておかなければと、幕が開く前の頃合いを見計らって、四つ半に百人町を出た。六月も八日になっていた。

若い女への礼ということで、なにを持っていけばよいか見当がつかず、千瀬に聞こうかと思ったが、わざわざ芝神明まで回り路《みち》をする気にもなれない。結局、一座の皆に振る舞ってもらおうと、途中、日本橋本舟町《ほんふなちょう》に寄って、我ながら芸がないと思いつつ、土用蜆《どようしじみ》の佃煮《つくだに》を求めた。ともあれ、旨《うま》い上に、この季節では腹痛の薬にもなる。

そのまま荒布橋《あらめばし》を渡って、白壁の土蔵の建ち並ぶ小網町河岸《こあみちょうがし》を南に行き、箱崎橋《はこざきばし》の手前を左に折れると、行徳《ぎょうとく》河岸の向こうに赤や黄や、緑の幟《のぼり》が見えて、中洲はここと告げていた。

この前はサツキに導いてもらった中洲への橋を渡って、大路を行く。直ぐにあの煮売りや煮魚、卵焼き、胡麻《ごま》揚などの匂《にお》いが、入り交じって晋平を捉《とら》えた。往来の賑《にぎ》わいはこの前以上で、やはり大川沿いの盛り場は川開きのあとのほうがより華やかになる。

玉蜀黍団子《とうもろこしだんご》を腹に入れた水茶屋を右に見て、いよいよ寺島新之助の小屋を目指す。

あのときは、動いては止まるを繰り返す人の波に乗って行き着いたので、自分ではよく路順を覚えていない。

とはいっても、ほとんど真っ直ぐだったような気がして、そのまま大路を行ったのだが、直ぐに路は二股《ふたまた》になって、心持ち細い右の路沿いに、幾つもの見世物小屋が掛かっているのが見えた。

あらためて目を遣ると、随分と人が少ないのに気づく。大路の賑わいは明らかにこの前を凌ぐのに、小屋への路は肩が触れ合うこともない。

ここではなかったかと思って大路に戻り、新之助の小屋を目指す人の波を探す。けれど、いくら見回しても、人は多くとも人波にはなっていない。

もう一度、小屋掛けしている路へ引き返し、足を踏み出すと、数軒先に見覚えのある小屋を認めた。どこがどうと、はっきり覚えているわけではないが、全体の佇《たたず》まいが、この前の小屋と重なる。思わず幟を見上げると、しかし、そこに寺島新之助の文字はなく、演《や》っていたのは、巨大な人形の仕掛物だった。

何度か目を凝らしつつ通りを往復したが、新之助の小屋は見つからない。この前、征士郎はこの夏いっぱいは中洲にとどまると言っていたが、あるいは、また、地方へ旅立ったのだろうか。よもや、暗殺の件ではあるまいなと訝《いぶか》りつつ、晋平は大路に戻ろうとした。

最後に、もう一度、通りに目を遣ってから背中を返す。そうして足を踏み出そうとしたとき、不意に、晋平の脳裏に雑音が鳴り響いた。なにかがちがう。なにかがおかしい。自分はそのちがっているなにかを見落とした。

晋平はおずおずと首を巡らせて振り返った。目は、見覚えのある小屋の二軒手前の、小振りな小屋へ注がれる。その小屋の前で項垂《うなだ》れているささやかな幟に、晋平の目は釘付《くぎづ》けになった。

時折強く吹く南からの風に煽《あお》られて、隠されていた文字が明らかになる。幾度も、晋平は目を凝らす。どんなに見返しても、文字は変わらない。幟は、寺島新之助、と染められている。晋平はしばし立ち尽くしたあとで、あるいは騙《かた》りかと疑いつつ、その小屋の木戸を潜《くぐ》った。

小屋は難なく入れて、しかも、立ち見ではなく、座ることができた。本物の新之助ならば、こんなことはありえない。やはり、騙りかと思ったが、小さな小屋とはいえ、人はそこそこに入っている。既に、演《だ》し物《もの》は始まっていて、この前、新之助が跳び抜けた長い竹籠《たけかご》を前にして、若い男が気合いを発していた。

けれど、男は新之助ではなく、竹籠の長さも三尺は短い。よく見れば、男は、人馬の芸のときに新之助を支えていた者のようだ。ならば、本物の寺島新之助一座なのだろうか。本物であるなら新之助、いや、中森征士郎はどうしたのだろう。なんで征士郎が、竹籠を跳ばないのだろう。

男はそつなく竹籠を跳び抜けて、客に笑顔を見せるが、拍手は疎《まば》らである。新之助ならば、このあと綱渡りがあって、締めに人馬となるのだが、男の出番はここまでのようだ。小屋が小さいので、綱渡りや人馬は無理なのか。となると、もうこれで幕切れなのか。ならば、最初から、もう一度見直さなければならんな、と思っていると、客席がざわめき出して、あちこちから、新之助！　の声が掛かった。

やはり、征士郎が戻っているのか。慌《あわ》てて舞台に目を戻すと、そこには石臼《いしうす》が運び込まれている。若い衆が客席から力自慢を募る口上もこの前どおりだ。となると、演し物は、あの半ばの色を売る石臼女だろう。新之助は、その次ということか。手順を知らぬ客が、勇み足をしたらしい。

若い衆の誘いに乗って、晋平の傍らの四十絡《がら》みの男が名乗りを上げ、舞台へ上がる。顔を真っ赤にして石臼に挑むと、端が僅《わず》かに浮きかけて、仲間内なのだろうか、客席の男たちからはやんやの喝采《かっさい》だ。そう言えば、客はほぼ全員が男で、この前、あれほどたくさんいた女の客はまったく見かけない。

男たちの熱気がますます高まるなか、あの石臼女が満面の笑みを浮かべて舞台に姿を現わす。緋色《ひいろ》の紬縞股引《つむぎじまももひき》にサラシ巻きは、やはり、あのときと同じだが、随分と肌の部分が露《あらわ》になって、胸の谷間さえ見える。こうなると半ばどころか、明からさまに色を売っているかのようだ。この前、あるいはサツキなのかと思ったが、やはりちがうらしい。

女は例によって持ち上げようと立ち向かい、びくとも動かない石臼を掻《か》き抱いて苦悶《くもん》の表情を浮かべる。いかにも柔らかそうなサラシの胸が臼に押し付けられて、男たちの興奮は増すばかりだ。繰り返される苦しげな吐息が、昂《たかぶ》りを煽る。やがて、石臼はゆっくりと持ち上がって、男たちの掛け声は絶叫に近くなる。涙を流す男の数は、前回よりも確実に多い。まるで、石臼女が、一座の看板であるかのようだ。

けれど、芸を終えた女が科《しな》をつくって舞台を下がると、新之助の掛け声はいっそう激しくなった。以前の舞台とは随分と勝手がちがうが、いよいよ新之助の登場らしい。身構える晋平の目の前で、しかし、突然、緞帳《どんちょう》が下りる。一瞬、晋平は大道具の用意かなにかかと思ったが、直ぐに幕切れの拍子木の音が続いた。

どういうことだ。晋平は呆気《あっけ》に取られる。新之助はどうした。これで、ほんとうに仕舞いなのか。半信半疑のまま、晋平は周りを見回した。一枚看板が登場しないまま幕切れになって、みんな激高しているはずだ。

ところが、石臼女に魅入られて座り続けている客を除けば、皆、おとなしく鼠木戸《ねずみきど》に向かおうとしている。なにがなにやら分からなくなって、晋平は戻ろうとしている男の一人に声を掛けた。

「手数をかけるが、今日は、新之助は休みなのか」

「新之助ですかい？」

男は意外そうな顔を見せた。

「いや、出ましたよ」

「では、出たのは籠抜けの前か」

「いやいや、そうじゃなくて。いま、出たばかりじゃござんせんか」

「いま出たのは石臼女であろう」

「ですから、その石臼女が新之助ですよ。二代目寺島新之助。六日前に中洲に戻ったときには、そうなっていましてね」

「二代目寺島新之助……」

少し後れて、二代目の意味が輪郭を結ぶ。

「では、初代は、初代はどうした。病かなにかか」

「さあ、そいつはちっと分かりやせん。こっちはただの客で、ずっと前から石臼女目当てだったもんで。恐れ入りますが、一座の者に聞いてみておくんなさい」

「そうか、相済まん。手間を取らせた」

「お武家様にはなんですが、初代は人気に胡座《あぐら》かいて、ちっと客を見くびってたよねえ。始終、むすっとして愛嬌《あいきょう》のひとつもない。出てる芸人の誰も笑わない舞台なんて、化け物小屋くらいのもんでしょうが。それが、ほらっ、今日はみんな笑顔じゃないですか。芸人はこうでなくっちゃねえ」

言われてみれば、それだ、と晋平は思った。新之助の姿を追う意識の片隅で、新之助以外の座員はほとんど替わっていないようなのに、見た感じがすっかりちがって見えるのはなぜだろうという疑問が、ずっと虫の羽音のような異音を立てていた。答は、男の言葉のなかにあった。この前、座員は一人として歯を見せなかった。それどころか、まともに客席に顔を向けようとさえしなかった。それが今日は、男が言うように、皆が笑顔を振り撒《ま》いている。

直ぐに、その意味するものが、晋平の顔を強張《こわば》らせた。あのとき征士郎は、舞台の演し物は稽古と言っていた。日々、誰に憚《はばか》ることなく、堂々とできる隠密御用の稽古。稽古だからこそ、誰も歯を見せなかった。それが、笑うようになったということは、舞台の芸が稽古ではなくなったことを示している。いま、座員たちが舞台の上で見せたのは、稽古ではなく、芸であるということなのだろう。

なにかが起きている。

この一座で、なにかが起きている。

おそらく、征士郎は、病などではない。病で出られないだけならば、芸人たちが舞台の上で歯を見せることはないだろう。

およそ考えられないことではあるが、征士郎は排除されたのだ。己の意に反して、一座から排除された。

しかし、どうやって。あの芸の高みからすれば、客ばかりでなく、芸人のあいだでも寺島新之助の存在は圧倒的なはずだ。腹を据えても、思わず気後れしてしまう相手であるはずだ。その新之助をどうやって……。

しばし、思案してから、晋平は意を決して、楽屋を訪ねることにした。頼みの綱はサツキだった。サツキまで一座を追われていないことを祈って、足を踏み出した。

「お武家様！」

舞台裏へ回ると、晋平を認めた若い衆が言った。

「こちらは楽屋でして、出口は反対側でございます」

サッキが一座のなかでどう呼ばれているのか分からない。なにをどう言ったものか、言葉を探していると、直ぐに長《なが》暖簾《のれん》の向こうから女の声が届いた。

「いいんだよ！」

きっぱりとした響きが声の色を隠すが、人の気持ちを包み込むような柔らかさも伝わってくる。

「お通ししておくれ」

導かれるままに暖簾を潜ると、そこでサラシの背中を見せて化粧を落としていたのは、あの石臼女だった。

「すいませんね、こんな格好で」

けれど、もはや、声ははっきりとサツキと分かる。

「サツキ殿か」

「お久しゅうございます。すいませんが、もうちっと待ってくださいね。芸人のくせに化粧が嫌な質《たち》で、終わったらさっさと落としちまいたいんですよ」

話しながらも、手は動き続ける。女一人で使っているらしい小さな楽屋に脂粉の匂いが立ち込めて、晋平は少し息苦しくなった。

「済まんが、勝手に待たせてもらう」

「直《じき》に終わりますから。あたしも山岡様とお話しさせていただきたかったんですよ」

手が動く度に白粉《おしろい》が拭われて、石臼女がサツキになっていく。とりあえず、サツキだけは一座に居ることがたしかめられて、晋平は微かに安堵《あんど》した。

「舞台はもうご覧になりました？」

「ああ」

「なら、もう分かっておいでですね」

サツキは新之助が居ないことを言っているのだろう。声は落ち着いているようでもあり、不安を抑えているようでもあり、なんとも判断がつかない。ともあれ、晋平が最も恐れていた内紛絡みの刃傷沙汰《にんじょうざた》があったわけではないようだ。声からも横顔からも、そこまでの動揺は伝わってこない。

「はいっ、終わりました。あとちょっとだけ待ってくださいね。さっさと着替えちまいますから。ここは、ひと幕借りでね。次の幕は別の一座が入るんです」

サツキはそう言うと、晋平の目の前で胸のサラシを解き出した。慌てて目を逸《そ》らしているあいだに、サラシを外し、浴衣《ゆかた》を羽織り、紬縞股引を脱ぐ。籠《こも》った空気が少し流れて、若い女の湿った匂いが鼻を掠《かす》めた。

「お待たせしました。もう、こっちを向いていただいてよござんすよ」

顔を戻した晋平の目に、両国広小路の小屋で会ったときのままのサツキが入ってくる。ほどよく尖《とが》った顎《あご》の上で微笑《ほほえ》む小さな唇は紅も差されていないが、透ける血の色が美しく、奥二重の瞼《まぶた》に収まったよく動く榛色《はしばみいろ》の瞳《ひとみ》が、気持ちの襞《ひだ》の豊かさを伝えてくる。サツキもまた、雪白地《ゆきしろじ》の花弁に淡い朱鷺色《ときいろ》を刷《は》いた、渓香に似ている。変わったのは、浴衣に染め抜かれた文字が、鶴市から寺島新之助になったことだけだ。目の前の女が、化粧をするだけで、透百合《すかしゆり》に似た石臼女に変わるのが信じられなかった。

「今日は、先日の広小路の御礼に上がらせていただいた」

たしかにサツキはここに居ると、あらためて認めた晋平は、そう言って、傍らに置いた土用蜆の佃煮の包みを滑らせた。

「こんなもので恐縮だが」

「土用蜆ですか」

サツキは包みに目を落としてから呟《つぶや》くように言った。匂いでそうと分かったらしい。日頃から、食べつけているということだろう。

「乞胸《ごうむね》風《ふ》情《ぜい》に律儀《りちぎ》は無用と申し上げましたのに……」

しゅんと小さく、鼻を鳴らした。

「でも、嬉《うれ》しゅうございます。大好物なんですよ。幕間《まくあい》のお茶漬けがとびっきり美味《おい》しくなるし、お腹《なか》にいいし。おまけに、こんなにたくさん。みんなで毎日頂戴《ちょうだい》できます。かえって、申し訳ありませんでしたね」

「好物と伺って、安堵いたした」

「あたしよりも、もっと、新之助が好きでした。もう、目がないってくらい」

「さようか」

晋平の知らない、生身の征士郎がそこに居た。

「切らすと、滅多に顔色変えない人が途端に機嫌わるくなって」

「ほう」

「でも、もう、お茶漬け、つくってあげられないんです」

サツキの目尻が微かに光る。

「二代目、寺島新之助を襲名されたとか」

「それを言われるのが、いちばんしんどくて……」

そっと指を動かして目尻を拭った。

「あたしが新之助なんて百年早い。いえ、何千年経《た》ったって継げるもんじゃない。たまたま、新之助が抜けたいまとなっては、あたしがいちばん客を摑《つか》んでいるからってことで、商いのために寺島新之助を名乗ってますが、こんな半端《はんぱ》なことを続けていたら、早晩、一座はばらばらです。なんのために新之助と別れたか、分かりゃしない。早く、寺島新之助の名に相応しい人に代わってほしい。さもなきゃ、やっぱり新之助に戻ってきてほしい。でも、駄目だよね。こっちが新之助を追い出したようなもんなんだから」

「追い出した……」

「山岡様は新之助のもうひとつの仕事のことは……？」

「聞いてはいる」

晋平の返事をたしかめると、サツキはひとつ息をついてから続けた。

「もうひとつの仕事といったって、あの人にとっちゃあ、そっちが本職で、舞台はそのための稽古のようなもんで……そのあたりのことは、もう、お聞き及びですね」

「概《おおむ》ねは」

「元々、この一座を買い取ったのもあの人だし、芸も別物なんで、あの人がこうと言えば、あたしらはそうするしかないし、そのもうひとつの仕事っていうのも、手伝ってはいたんです。やってみれば、けっしてつまらない仕事じゃあないし、実入りだってわるくありませんからね」

晋平は黙って頷《うなず》いた。

「でもね、あたしらは元々芸がやりたいんです。その、もうひとつの仕事がやりたくって、一座に入ったわけじゃない。あたしらは、元からの辻《つじ》芸人も居るし、町人も居るし、武家だって居て、ばらばらと言えばばらばらだけど、ただひとつ、芸がやりたいってことだけは一緒です。武家の出の者だって、もうとっくに尻尾《しっぽ》は切れている。乞胸に落ちたときに、覚悟はできてるんですよ。もう、あっちには還《かえ》れないって。ならば、どっぷり、こっちの水に漬かりたい。武家の出だから、喜んで、もうひとつの仕事に精出すってわけじゃないんです」

話すほどに、サツキは素《す》になっていく。

「それでも、新之助って人は困った人でね。あの人に頼まれると嫌とは言えないんですよ。それどころか、なんとかしてあの人の役に立ちたいって思っちまう。あの人の喜ぶ顔が見たくて仕方なくなっちまうんですよ。それで、あたしらもずるずるともうひとつの仕事も続けてたんだけど、でもね、もう、いけません。この前、あっちの仕事で、新しい話を持ち掛けられたんですが、到底、呑《の》める話じゃないんです。いくら、あの人のためっていったって、そればっかりはできない。いくらなんでも、できっこない」

サツキの言う、到底、呑めない話というのは、あの連《れん》の頭から頼まれた暗殺話にちがいない。いよいよ、やると決めて、座員たちに持ちかけたのだろうか。

「それでね、いままでのことをはっきりさせるいい折りだということになって、あたしらとあの人と談判することになりました。あの人のほうに付いたのは一人だけで、残りの芸人はぜんぶこっち。でも、白黒はっきりさせるとかじゃなくてね。お願いしたんですよ、あの人に。あたしらだって、憎くてそんなことしたわけじゃないんですから。あの人はもうとびっきりの芸人で、みんなだってずっと一緒にやっていきたいんだから。あんな凄《すご》い芸人には二度と会えないんだから。これを機会にさ、もうひとつの仕事なんてきれいさっぱり忘れちまって、あたしらと芸人一本でやっていってくれって、地面に頭擦《こす》りつけて、頼んだんですよ」

サツキはいまや、まったく守らずに居た。

「もしもね、あんとき、あの人が、なにを言いやがるって、突っぱねてくれていたら、あたしらはいまも、もうひとつの仕事をやってたと思いますよ。あの、到底、呑める話じゃないって話だって、結局は呑んでたかもしんないね。あんだけ頼んで、それでも駄目だったら、あたしは逆に、あの人のやりたいことをとことん手伝おうって腹を決めてたんですよ。腹を括《くく》るために、最後の儀式がしたかったんです。あんだけ、じたばた抗《あらが》ったんだから、こうなってもしょうがないじゃないかってね。別れるよりはマシじゃないかって。自分の気持ちに踏ん切りをつけるための儀式だったんです」

サツキの目尻が、また光った。

「でも、そこがあの人でね。もう二つ返事で、そいつはわるかったって言ったんです。自分が気がつかなくて、みんなに切ない想《おも》いさせて、わるかったって。あの人は、みんなもその気で、もうひとつの仕事をやってるものとばかり思ってたんですよ。そうじゃなかったって分かると、あの人は急に慌てたみたいになってね。自分は一緒にゃるわけにはゆかないが、みんなは芸人として道を全うしてくれって、それはもう、あっさりと話を呑んじまった」

目尻で光っていたものが筋になって、頰を伝った。

「それでも、あたしはね、まだ折り合えるって思ってたんですよ。少なくとも、あたしはあの人と別れるくらいなら、芸なんていつでも捨てる気でいた。みんなの手前、談判のお先棒担《かつ》いじまったけど、あの人に付いていくか残るかってなったら、一も二もなく付いていくつもりだった。でもね、次の朝になったら、もうあの人は消えてたんです。きれいさっぱり。ただひとつ、頼まれていたのが、もしも山岡様が訪ねていらしたら、くれぐれも申し訳なかったとお伝えしてくれってこと。しっかり準備をできずにたいへんご迷惑をおかけしたって、何度も何度も繰り返してました。で、こうしてお話しさせてもらってます。こんな言い方で、なんのことか、お分かりになりますか」

「おそらく」

晋平はなんとか声を震わせずに答えて、唇の両脇《りょうわき》を締めた。

「では、お伝えしましたよ」

「たしかに、承った」

「そのさっきの、到底、呑める話じゃないって話ね。それがどんな話なのかは、勘弁してください。話していいって言われてないんで、勝手に喋ったら叱《しか》られちまいます。あんまり、べらぼうな話なんで、法螺《ほら》って呆《あき》れられるのが関の山だと思うんだけど、あそこまで喋っておいて、すいませんね」

「いや」

どこまでも真っ直ぐな女だと、晋平は思った。こんな女を置いて、どこへ行ったのだとも思った。

「山岡様、あたしはね、この前、申し上げたように、生まれも育ちも下谷山崎町なんですよ。もう、根っからの辻芸人の女なんです。その辻芸人が、あんなお侍上がりのぽっとでに、ころっとやられちまってね。意気地《いくじ》がないったらありゃしません」

サツキの頬に、また涙が伝った。

「そうか」

晋平は言った。

「意気地がないか」

「ええ、もう、からっきし」

どこでどうしているのか分からぬが、根っからの辻芸人の女の意気地のなさは、征士郎が芸の路へ戻るための唯一《ゆいいつ》の灯りと思えた。

「きっと、戻る」

晋平は言った。

「えっ」

「新之助はきっと戻る」

ひとつひとつの音をたしかめるように、晋平は唇を動かした。

「戻りますか」

「戻る」

「信じちまいますよ」

大きく頷きながら、晋平は言った。

「戻る」

◆◆◆

翌朝は、挿し芽に水をやるのがせいぜいだった。ひと晩が明けても、サツキの顔は消えず、葉水を終えた晋平が濡《ぬ》れ縁に腰を掛けて、並ぶ棚に目を預けると、知らずに想いは征士郎へ行った。

座員たちが隠密《おんみつ》御用を望んでいないことを知らされて、あっさりと姿を消した征士郎。おそらくは、ひどくうろたえて、逃れるように中洲《なかす》の小屋を出たのだろう。

百人町大縄地の、雑草が生い茂る庭の家で、自分がずっと無理を重ねてきたから、他人に無理を強いることができない。無理を強いる己に、耐えられないのだ。

征士郎は父の源三から、極めて歪《ゆが》んだ形で伊賀者として生きるべく強いられた。父を憎むようになっても不思議はないが、しかし、おそらく征士郎は、源三を憎んではいなかったのだろう。幾度となく少年の征士郎の顔を想い返すうちに、ふと、それに気づいた。

子供ながらに征士郎は、源三を憐《あわ》れと見ていたのだと思う。だから懸命になって、源三の望むように振る舞った。己で己に、無理を強いた。それだけに無理は、際限がなかっただろう。征士郎が無理を強いる己を恐れるのは、その際限のなさを知っているからだ。

どうしようもなく己を追い込んだだけに、容易には、源三が設《しつら》えた囲いから出ることができない。自分で扉を開けてなかへ入り、いつでも外へ出ることができるのだという周りの声に、頑《かたくな》に耳を塞《ふさ》ぐ。周りの目には、その囲いは檻《おり》としか映らぬが、征士郎にとっては、そこは故郷なのだろう。

子供時分、伊賀衆という囲いを忘れて内藤新宿を遊び回っていた勘兵衛や太一でさえ、六十を過ぎて、自ら隠密御用を請けた。人は無辺の平原よりも、柵《さく》に囲まれていたほうが生き易《やす》いらしい。平原を縦横に行くよりも、手近の見馴《みな》れた柵の内側に凭《もた》れて、もう、外へ出ずともよいのだと、息をつきたいのかもしれない。

けれど、征士郎にはサツキが居る、と晋平は思う。檻の外の平原へ目を遣《や》れば、芸という囲いが見える。その囲いのなかには、からっきし意気地のない女が居て、あの榛色《はしばみいろ》の瞳を、真っ直ぐに征士郎に注ぎ続けている。そのひたむきさに応《こた》えれば、人々に腹の底から喜んでもらえることを、征士郎の軀《からだ》は知っている。

いくら征士郎が舞台を忘れようとしても、征士郎の軀が忘れない。きっと、征士郎は檻から出て、サツキの待つ囲いに入る。サツキのからっきしの意気地のなさが、檻に閉じ籠るのを許さない。

その日は曇りで、濡れ縁に陽はない。起きたときには雨にはならぬと思ったが、不意に渡り始めた風は、朝よりも湿気を孕《はら》んでいた。見上げれば、西の空も幾分か怪しい。あるいは一刻《いっとき》もすれば、降り出すかもしれない。

今日はまだ素振りをしていないことを思い出して、晋平は想いを止め、腰を上げて刀掛けに向かった。ともあれ、勘兵衛と太一を助ける備えを、欠かすわけにはいかない。太一はあくまで用心だと言っていたが、額面通りに受けるべきではなかろう。

濡れ縁に戻って、踏み石に下り、昨日素振りをした場処に軀を運んだ。立ち位置を決め、丹田に気を集めようとして僅かに唇を開く。と、そのとき、しかし、庭の木戸のほうで物音がした。

やれやれと呟きつつ、気の構えを解いて目を向けると、棚と棚のあいだに勘兵衛の姿が見える。ふと、四日前に聞いたばかりの「ここずっと、見たこともないほどに元気だ」と言った太一の言葉が浮かんで、どうれと思いながら、六十二歳の隠密の様子をたしかめようと足を踏み出した。けれど、勘兵衛の顔を捉えてみれば、どうにも浮かない。

「どうした。具合でもわるいか」

佐吉の件で会ったとき、弱音を見せない勘兵衛にしては珍しく持病の心の臓を気にかけていたのが引っ掛かって、晋平は問うた。

「いや、わるくはない」

いかにも、具合のわるそうな声で、勘兵衛は答える。

「わるくはないが……」

大きく息をついてから続けた。

「わるい知らせではある」

「気を揉《も》ませずに、とっとと言え」

自分の知る勘兵衛には似合わない、煮え切らぬ様子が晋平を微《かす》かに苛立《いらだ》たせる。

「あのな」

ぽつりと、勘兵衛は言った。

「太一が死んだ」

「なんだと！」

思わず晋平は声を上げた。たった四日前に浮き木の稽古《けいこ》をしたばかりだ。いまも躯の内には、太一の仕太刀《しだち》の当たりが残っている。

「どういうことだ。中風か」

思わず、中風と口にしたのは、事件ではないことを願っていたのだろう。

「いや、中風ではない」

勘兵衛は立ったまま答える。

「病、ではないのだ」

「病ではない……」

となれば、請負の隠密御用と結びつけざるをえない。やはり、念のための用心などではなかったのか……。

「病でなければ、なんだ」

晋平は畳み掛けるが、勘兵衛は地面に目を落として押し黙っている。

「言ってくれ」

晋平は努めて柔らかく言葉を掛ける。勘兵衛は明らかに動揺があり、強く訊けば訊くほどに、言葉が出てこなくなるように見えた。

「病でなければ、なんなのだ」

けれど、勘兵衛は、晋平の訊いていないことを答えた。

「既に、葬儀は済ませた」

「葬儀を済ませた?」

訊いてはいないが、それはそれで、聞き捨てならない。

「俺は出ていないぞ」

「密葬だ。俺も出なかった」

勘兵衛は変わらずに、腰を下ろそうとしない。目の前に濡れ縁があるのが、見えぬかのようだ。

「刀を抜くことなく斬《き》られていたらしい。大っぴらに葬儀ができる最期《さいご》ではなかったということだろう」

武家が刀を抜かないまま斬られれば、召し放ちもありうる。刀を抜いたか抜かなかったかで、禄《ろく》を残せるか残せぬかが決まる。

「斬られていた……」

もはや、太一が隠密御用との絡みで命を落としたのは明らかかと思えた。

「いつだ」

「四日前の宵らしい」

四日前といえば、太一と浮き木の稽古をした日だ。あの日の夜に、太一は斬られたというのか。浮き木を軀に入れながら、刀を抜くこともなく斬られたというのか。

「場処は?」

「愛宕下《あたごした》だ」

「愛宕下……」

千瀬と平太の暮らす芝神明とは目と鼻の先である。しかし、なんで太一が愛宕下などへ行っていたのだろう。二人の隠密御用の持ち場は赤坂今井町だったはずだ。

「相手は?」

「分からん。愛宕下は藪小路《やぶこうじ》辺りで倒れていたのを発見されたらしい。御府内の武家地での事件ということで、徒目付《かちめつけ》筋が動いているようだが、はたしてどうなるか……」

「なにか、心当たりはあるか」

答える代わりに、勘兵衛は落ち着かなげに庭を見回す。幾度となく首を巡らせてから、ようやく唇を動かした。

「いや、ない」

なにかに怯《おび》えている風も覗《のぞ》いた。言葉を額面通りに受け止めるには、どうにも無理がある。勘兵衛はなにかを知っている。あるいは、知った上で、なにかをしでかそうとしている。己の隠密御用との関わりを、確信しているのにちがいない。

「勘兵衛」

晋平は言った。

「うん？」

「俺たちで捜そう」

「なにをだ」

勘兵衛が、一向に落ち着こうとしない目を寄越した。

「むろん、太一を襲った者だ」

勘兵衛は目を見開く。

「襲った者を……俺たちでか」

「ああ、俺たちだけでやろう」

二人が危うくなったら、なんとしても助けるつもりでいた。隠密御用を請けていると知っても放っておく代わりに、万が一、勘兵衛と太一に危機が迫ったときには、他の力を頼まずとも助けようと思った。けれど、助ける間もなく太一は逝《い》ってしまった。それも、ほんとうに久々に二人で稽古をした日に。あくまで用心のため、という言葉を真に受けて死なせてしまった。

「晋平と、俺とでか」

「そうだ」

時が経《た》つほどに、腹の底からごろごろとしたものが湧《わ》き上がって、晋平はお上なんぞに任せて堪《たま》るかと思った。一刀流の神髄である浮き木を軀に入れた太一の死を、刀も抜けなかった百人組同心と決めつけてかかるであろう役人に扱わせてはならなかった。太一が最後まで案じていた勘兵衛と二人で、なんとしても襲った者を突き止めなければならない。これは断じて、二人だけの務めだ。

「俺たち、二人でか。二人でやるのか」

晋平の目を真っ直ぐに見て、勘兵衛は言った。おどおどと落ち着かなかった勘兵衛の目が、随分と安らいでいるように見えた。

「もう、他には居《お》らん」

「お前にそんなことまでしてもらうのは、どうにも心苦しい」

気の休まった様子を洩《も》らしながらも、勘兵衛は言った。

「本来ならば、俺一人でやることなのだ」

「なにを言うか」

勘兵衛は隠密御用のことを言っているのだろう。二人で請けた御用で片割れが落命した以上、残った一人が始末をつけなければならないと言いたいのにちがいない。が、自分とて、浮き木の稽古の片割れなのだ。

「抜け駆けは許さんぞ」

あるいは、隠密御用の件を知っていると告げれば、勘兵衛の気が楽になるのではないかとも思ったが、やはり、いま告げれば、勘兵衛の引っ込みがつかなくなるのは明らかだった。

「抜け駆けか」

勘兵衛の目に微かだが笑みが浮かんだ。

「ああ」

「許さんか」

「むろんだ。論外である」

「ならば、晋平にも頼もう。俺たち二人で、仇《かたき》を捜し出そう。だがな、晋平が動くのはもう少し待ってくれ」

勘兵衛の顔は、笑顔と涙顔が綯《な》い交《ま》ぜになっているように見えた。

「待つ？」

「実はな、さっき心当たりはないと言ったが、実は、なくもない」

やはりな、と晋平は思った。

「なんで、それを言わん。どういうことか、早く聞かせてくれ」

「いや、それがな……」

一度、口ごもってから、勘兵衛は続けた。

「いまのままでは、お前にかくかくしかじかと説くまでに至っていないのだ。おおよその輪郭が摑めるまで、もうしばらく、俺に動かせてくれ」

「できれば、そのことも含めて、最初から共に動きたい」

太一もそうやって逝った。もう、放っておくわけにはいかない。

「お前の気持ちは分かるが、そのことについては一人のほうが立ち回りやすいのだ。目鼻がつき次第、直ちに知らせる。その上で、共に探索に動こう。さほどの時間は取らせないつもりだ。済まんが、ここは堪《こら》えてくれ」

「きっと、だぞ」

そうと言われれば、二度は言えなかった。

「ああ、きっとだ。実を言えば、一人でやるつもりでおったが、いかにも心もとなく、正直なところ怯《ひる》んでおった。忠也派一刀流の山岡晋平が組んでくれるとなれば、これ以上心強いことはない」

ふっと息をついてから、勘兵衛は思い詰めたように続けた。

「ここにのこのことやってきたのも、なにやら気恥ずかしいが、最期の挨拶《あいさつ》のつもりだったのだ。あるいは、探索の途中で返り討ちに遭うことも覚悟しなければならんと思ってな。しかし、その実、気持ちの底ではお前に助けを求めていたのかもしれん。我ながら腹が据わらず、柔弱で、慚愧《ざんき》に耐えん」

「怯まない奴《やつ》など、居るものか」

晋平は太一に、ほらっ、勘兵衛は、自分は剣はからっきし駄目と言えるぞと、胸の内で言った。もう、心配はするな、と。

「とにかく、危うさを察したら直ぐに退《ひ》いて、きっと知らせると約定《やくじょう》しろ」

「そうか。そうだな。分かった。そうする。とにかく、いま調べていることが分かり次第、直ちに伝える」

「そうしてくれ。できるだけ早くな」

「ならば、早速、探索に参る。近々、また」

「ああ、十分に用心をな」

勘兵衛は笑みで応えて、背中を見せた。

勘兵衛にしばらく待ってくれと言われても、ただじっとしてはいられなかった。

二日後の、泊り番が明けた朝、晋平は番を務める大手三之門から日比谷《ひびや》御門への歩き馴れた戻り路《みち》を辿《たど》った。

いつもなら、そのまま桜田《さくらだ》御門前を通り過ぎて、御堀端《おほりばた》の槐河岸《さいかちがし》を行き、半蔵御門前を左に折れて麹町へ入る。あとは内藤新宿まで、一本路だ。が、その日の晋平の足は桜田御門の手前で南に向かい、外桜田へ通じる路を通って新シ橋《あたらばし》に掛かった。越えれば、そこは愛宕下である。

そのまま外濠《そとぼり》を渡り切って足を停めた晋平は、随分と近いなと思った。晋平たち大久保組鉄砲同心は、存外、御府内の地理に暗い。月に四、五回、百人町と大手三之門をただ往復するだけの暮らしだ。とりわけ晋平は元々、山野のほうに目が向かいがちなこともあって、町と町がどういう位置関係にあるかはとんと不案内だった。芝神明に娘夫婦の家ができたお陰で、ようやく江戸市中の路に通じていったのである。

愛宕下にも去年初めて、千瀬と平太に誘われて、牧野《まきの》侯の中屋敷前の盆踊りを見物しに訪れた。そのときは、なにしろ、百人町から芝神明を経由しての愛宕下だから、結構、遠くに感じたものだった。それが、番を務める大手三之門から行けば最寄りと言ってもよく、これなら太一が御勤め帰りに足を向けてもなんらおかしくはない。けれど、襲われた六月五日、太一は非番で、晋平の屋敷で浮き木の稽古をした後でこの町へ向かったのだった。

藪小路を目指して桜川《さくらがわ》沿いの路を行くと、ふと、去年の盆踊りが思い出された。江戸の町で、盆踊りなる踊りは珍しく、晋平もそのとき初めて目にした。場処が牧野侯の屋敷前だったのは、越後《えちご》長岡《ながおか》藩を預かっているからだ。僧侶《そうりょ》にならずに増上寺で俗勤《ぞくづと》めをする者たちの八、九分は越後衆であり、その越後衆たちが国の殿様の屋敷前に三々五々集まって来て、やがて円を描くように踊り始めるのである。

だから、同じ越後の新発田《しばた》藩を治める久保《くぼ》町原《まちはら》の溝口侯の屋敷前にも盆踊りの輪が生まれる。越後と繋《つな》がる芝愛宕下は、亡者《もうじゃ》が舞い踊る街でもある。

あと、ひと月足らずで、また盆が来る。ゆっくりと歩を進めながら、佐吉は新盆だが、太一は迎え火までに四十九日が済んでおらぬなと、晋平は思った。今年の盆は、二人別々ではないか……。

微かに滲《にじ》んだ視界に、長い白壁が続いた。忌《いみ》が明けぬ太一は、まだこの辺りを彷徨《さまよ》っているのだろうか。見つからずに頓挫《とんざ》させられたものを、見つけているのだろうか。

大名屋敷が建ち並ぶ芝愛宕下に、太一はなんの用があったのだろう。

豊後日出《ぶんごひじ》藩を預かる木下《きのした》侯の屋敷を右に折れると、太一の倒れた藪小路だった。その名の通り、路の右手には深い竹藪が延びる。昨日の晴れから一転して、空には厚い雲が垂れ込めており、朝なのに仄暗《ほのぐら》い。もしも陽が落ちてから、その竹藪に潜んでいた者に不意を襲われたら、刀を抜くことは適《かな》うまい。安直のようだが、太一の技倆《ぎりょう》からすれば、それが最も当を得た考えのように思われた。

浮き木はたしかに太一の軀に入っていた。打太刀《うちだち》を務めていたとき、ふと、いまの太一とは仕合いたくないなと思ったほどだ。尋常に立ち合えば、たとえいかなる手練《てだれ》であろうと、太一が本身《ほんみ》を鞘《さや》に残したまま討たれることなどありえない。だとすれば、襲撃者はあらかじめここで襲うと決めて、太一を呼び込んだのだろう。随分と周到だ。そうするだけの事情が、背後にあったことになる。

足を停めて辺りを見回したが、朝五つの武家地はひっそりとして、徒目付の気配もない。太一が襲われてから今日で六日。もう、この界隈《かいわい》の探索は終わったのか、それとも、大名、旗本の屋敷が建ち並ぶ一帯での事件ということで、早々に切り上げたのか……。そうだとしたら、襲撃者はその辺りのことまで織り込んでいた、と推し量るのは考え過ぎか。

右手の大名屋敷は竹藪に隠れているが、左手には旗本の屋敷の塀が続く。その長さからして、どれも千石級の両番家筋《りょうばんけすじ》だろう。幾度か往復するうちに、ふと晋平は、そのなかのひとつに見覚えがあることに気づいた。娘夫婦と盆踊り見物に来たついでに辺りを案内されたとき、このお旗本も万年青《おもと》の御得意のひとつと、宮地平太に紹介された屋敷だ。

思い起こしてみれば、平太はこの界隈の事情に相当に詳しい。万年青の商いは、ただ置いていくだけでは済まない。必ず、客の話相手を務めることになる。日頃、口が堅いと評判を取る者も、好事《こうず》の話となると、途端に唇が緩みがちになるものだ。そこから話は好事の外へも及ぶことになる。詳しいどころか、相当にこの界隈の住人の事情に通じていてもおかしくはない。

なんで、最初からそれに気づかなかったのか。あまりに手掛かりが少なくて、とりあえず藪小路だけでも目にしておきたいと出向いたのだが、平太に話を聞いてみれば、なにがしかの手掛かりが得られるかもしれない。晋平は一帯の路を巡り終えると、その足を芝神明へ向けた。

「お珍しいですね。父上のほうからお出かけいただけるなんて」

晋平の姿を認めると、千瀬は顔を綻《ほころ》ばせて言った。親の欲目とは重々、戒めているものの、朝から小千谷縮《おぢやちぢみ》を小ざっぱりと着こなした千瀬は、やはり白い花弁に朱鷺色を刷《は》いた渓香のように美しい。

「朝はまだでございましょう。直《す》ぐに支度をしますので召し上がってください。旦那《だんな》様も非番で、うちも今日は遅い朝餉《あさげ》なのです」

そのたおやかな様子を含めて、よくぞ大久保百人町育ちの娘がここまで育ってくれたものだと感じ入ってしまう。七年前に逝った田江には謝すべきことが幾つもあるが、最も大きな感謝は、千瀬をこのように育ててくれたことだった。

「お早うございます。ちょうどよかった。父上にご報告したいことがあったのです」

直ぐに、庭に出ていた平太も、いつもながらの快活な顔を見せて、三人で朝の膳《ぜん》を囲んだ。邪気のない笑顔を認めて、晋平はあらためて、この男だから千瀬を預けたのだと納得できた。十俵一人半扶持《ぶち》の御勤めが招き寄せがちな屈託は、微塵《みじん》も漂ってこない。

膳には、飯と里芋の汁、豆腐の味噌《みそ》漬けに加えて、いまが旬《しゅん》の鱚《きす》の塩焼きまで乗っている。千瀬はご近所からの頂き物だと言っていたが、余裕があるとはいえ、朝から魚が出るとは思わなかった。

「父上に地図を書いていただいて、この前、早速、田無の森に行ってきたのですが」

平太が箸《はし》を動かしながら言って、千瀬に窘《たしな》められる。

「大収穫でした」

箸を置いて、平太は続けた。

「やはり、想っていた通り、永島が自生していたのです。あの場処から奥へ分け入ると、群落さえつくっていました。さらに、驚いたのは、そのなかに、これまで見たこともない斑《ふ》が入った株があったことです。言葉ではとてもその見事さを言い尽くせないので、あとで御自身の目で御覧になっていただきたいのですが、この変わり種は値打ちです。一部の得意だけに限って話を伝えてありますが、ことごとく、目の色が変わっておりました」

「ほう」

晋平の注意を引いたのは、しかし、新しい変わり種ではなく、目の色が変わったという、一部の得意客のほうだった。その得意客というのはきっと、愛宕下の住人なのだろう。

「こうなると、これよりは下のない十俵一人半扶持の御家人とも言えぬ軽輩でありながら、席は譜代場《ふだいば》というややこしい己の身分がうらめしくなります。抱場のように株を売ることもできず、簡単に御役目を下りられない。こうなったらいっそ万年青商いに専念したいのですが、そうもゆきません」

抱場の義父が日の前に居るのに、平太は遠慮がない。しかし、これも平太が身分なるものに己の気持ちを拘泥《こうでい》されていない証《あか》しと、晋平は好ましく思っている。この御掃除之者は、なにものにも縛られていないかのようだ。いつ見ても、すっと真っ直ぐに立っている。

「私には商家に婿《むこ》に入っている弟が居るので、こいつに跡を取らせて隠居をしようかとも思ったのですが、その弟もいまさら御掃除之者になるなどまっぴら御免と、まったく取り合ってくれません。いやはや、悩ましい限りです」

「なかなか想うようにはゆかんものだな」

この家だけは万事うまく行っているらしいと、晋平は応えつつ笑みを浮かべる。先刻まで愛宕下を歩いていたときは己の腹具合などまったく忘れていたのに、急に空腹を覚えて、飯を嚙《か》み、鱚を突ついた。

いくら頂戴物とはいえ、朝から塩焼きはいささか贅沢《ぜいたく》過ぎるのではないかと思っていたが、口に運んでみれば旬の鱚はやはりめっぽう旨《うま》い。ここだけは別の刻が流れているようで、太一の一件を口に出すのが憚《はばか》られ、また、共に山野を歩く機会でもつくって、そのときに尋ねようかと思った。元々、藪小路を目にするだけの目的で足を向けたのだ。なにも、穏やかに流れているこの家のいまを、乱すこともない。

「己のことばかりまくしたててしまいましたが……」

けれど、そのとき平太が、晋平に顔を向けて言った。

「父上が珍しく足をお運びくださったからには、なにかこの家に御用があったのではありませんか」

平太の言葉に合わせて晋平に向けられた千瀬の笑顔にも、いつでも用件を聞く用意があると書いてある。

「いや、特段には……」

答えながら晋平は、我ながら嘘《うそ》をつくのが下手だと思った。

「千瀬への御用でしょうか」

そうならば、いつでも席を外すと、目が言っている。

「いや、そうではない」

そう答えてしまったら、平太に用があると言っているようなものではないかと後悔したが、既に遅かった。

「なにか、私でお役に立てることでしたら、このあと、万年青の変わり種を御覧になっていただきがてら、外へ出ましょうか。実は、いましばらくはけっして人の目に触れぬよう、この庭ではなく別の場処に匿《かくま》っておるのです。そちらへ参りましょう」

「そういうことであれば、その変わり種とやらを見せてもらおうか」

そのように持っていってくれれば、もはや晋平に断わる理由はなかった。


「少しばかり歩きますが、よろしいですか」

芝神明の家を出ると、直ぐに平太はそう言った。

「ああ、腹ごなしだ」

いつもの夕餉のような朝餉を腹に入れて、軀が動きたがっている。

「金杉橋《かなすぎばし》のほうへ参ります」

歩きながら、平太は言う。芝神明から中洲、両国へ向かうときも同じ路を使うが、向きが逆になる。浜松町《はままっちょう》を南へ一丁目から四丁目まで行って、言われたように金杉橋を渡った。

「ここを、あの忠臣蔵の赤穂《あこう》義士が通って、泉岳寺《せんがくじ》へ詣《もう》でたそうです」

前へ顔を向けたまま平太が言う。

「この通りが、そうか」

七十五年前、討入りを果たした義士の歩んだ金杉通を、微かな因縁を覚えつつ、やはり一丁目から四丁目まで歩く。ささやかな掘割を越えて本芝《ほんしば》一丁目へ。すると、不意に左手の視界が開けて、広い砂浜が見えてきた。

あらかたの海岸を埋め立ててしまった江戸の街中では、もはや手着かずの砂浜は珍しい。浜風も吹き渡って、二人は潮の香に包まれる。六十余年生きてきて、これほどに海を間近に感じたのは初めてだ。しばし、その浜に立ってみたくなって、晋平は平太に声を掛けようとした。

けれど、吸い込んだ息が声になる間もなく、平太は通りと砂浜を分かつ境を越えた。そのまま言葉を発することもなく、広い砂浜へ分け入る。いくら、人の目から遮らなければならないとはいえ、潮風に包まれる浜の番小屋に万年青を隠すことはなかろう。どういうことかと訝《いぶか》る晋平に構わず、平太はずんずんと足を動かす。もはや、通りからの人の目も利《き》かなくなった辺りまで来てようやく立ち止まり、晋平に振り返って言った。

「父上の御用というのは、横尾様の一件でございますね」

晋平は啞然《あぜん》として、平太の顔を凝視した。なんで平太の口から、そんな言葉が出てくるのか。見据えれば、平太の顔から、持ち前の快活さが消えている。

「どうして、それを知っている？」

先月の初めから続く曰《いわ》く言いがたい一連の出来事から、最も遠くに居る人間が千瀬と平太だった。言ってみれば、二人はいまの晋平の暮らしの避難所だった。その避難所の主《あるじ》がなぜ突然、事件の核心に分け入ってくるのか……。

「その前に、このようなところへお出《い》で願って申し訳ありません。どうあっても人の耳には入れてはならぬ話をすることになりますので、見通しが利く場処を選ばせていただきました。どうぞ、お敷きください」

平太は、懐《ふところ》から、畳んだ油紙を取り出して晋平に渡した。初めて、青梅の山中で会ったときのことが思い出された。あのときも、突然の雨に難儀していた晋平に油紙を渡してくれた。

きっと見据え続けても、そのときの目の色とまったく変わっていない。これから平太の口からなにが語られるのかは分からぬが、ともあれ、いまも平太に悪意がないことだけは間違いなかった。とにかく、話を聞いてからのことだと、晋平は思った。

「実は、もっと以前から父上にお話しせねばならぬとは思っていたのです」

砂の上に広げた油紙に腰を下ろして、平太は言った。

「もっと以前とは？」

晋平も、油紙を広げた。山野に分け入って新種の株を求める者は、地面に腰を下ろすのに馴れている。

「川井様が亡《な》くなられたときです」

思わず晋平は大きく息を吐いた。そこからか。そこから既に、話は始まっているのか……。

驚くよりも先に、圧迫感のようなものを感じた。自分のまったく与《あずか》り知らぬ、とてつもなく分厚い帳《とばり》のようなものが、周りに垂れ込めんとしているのがありありと伝わってきて、晋平は努めて気を丹田に送り、腹を据えようとした。なまじいの覚悟で、聞ける話でないことは考えるまでもなかった。

「なにから聞けばよいのかな」

もう一度、大きく息を腹の底に送ってから、晋平は言った。

「私もずっと、なにから話せばよいのかを考えてまいりました」

平太は鎮《しず》まった口調で答えた。洗いざらい話すと覚悟を決めたことが、その声の色に出ていた。

「まずは、お前が何者なのかを聞こうか」

二人は並んで、波打ち際《ぎわ》に目を預けている。

「佐吉と太一の事件を知っているということは、要するに、お前が一介の御掃除之者ではないということなのだろう。考えてみれば、御掃除之者にしては、辻褄《つじつま》の合わぬことが多々ある。芝神明の住まいにしても、身分の割に過ぎたる暮らしにしてもそうだ。御掃除之者でないのなら、では何者か。そこから、話してみてくれ」

「父上は……」

今度は平太が、大きく息をついた。

「私の宮地という姓に聞覚えがおありでしょうか」

しばし考えてから、晋平は答えた。

「いや、特段の覚えはない」

「そうでしょうな」

時折、厚い雲間から微かに薄陽《うすび》が覗いて、押し寄せる波頭《なみがしら》を照らす。

「ですが、ある家筋にとっては、宮地は特別の姓なのです」

「ある家筋とは？」

平太は、束《つか》の間《ま》光る波頭に目を遣ったまま答えた。

「御庭番家筋です」

「そこか」

晋平は薄陽を洩らす曇天の空を仰いだ。これが、因縁というものか。

本来、隠密であった伊賀衆と、いまの隠密である御庭番。

神君家康公の伊賀越え以来の伊賀衆と、八代吉宗公が已の耳目とするために紀州から連れてきた御庭番。

いまも三十俵二人扶持抱場の伊賀衆と、いまやあらかたが旗本の家筋として、人名録である武鑑にもその名が載る御庭番。

これで話の大枠の線は繋がったと、晋平は思った。

「お耳に入れづらいことではございますが、いまから十年前の明和五年、御庭番身分に二百俵扶持高の両番格《りょうばんかく》御庭番が新たに設けられました」

「ああ」

知ろうとしたわけではなかったが、そういう話はどこからともなく耳に入ってくる。もはや、彼我《ひが》の差を嘆くにはあまりに身分がちがい過ぎているが、駄目を押したのがこの達しだった。旗本のなかでも、出世の王道を歩むべく定められた家筋が、小姓組番と書院番組の両番家筋である。御公辺の主だった役職はほぼ例外なく両番家筋から出ると言ってよい。両番格御庭番は役名の通り、この旗本の頂きに準ずる格式を与えられた御庭番だ。とっくに身分ちがいを弁《わきま》えている伊賀同心のなかにさえ、苦い知らせと受け止めた者は少なくなかった。

「ご案内のように、元はと言えば三十五俵三人扶持の軽輩に過ぎなかった御庭番が、れっきとした旗本の家筋となった御墨付《おすみつき》を、この両番格御庭番の新設によって得たわけです」

中洲で、八代吉宗公を吉宗と呼び捨てた、中森征士郎の激しい口調が思い出された。多くの伊賀衆にとって吉宗公は、隠密を永遠に門番に閉じ込めた男だった。紀州から乗り込んだ新しい将軍は、元々江戸にあった諸々《もろもろ》の備えを信じなかったが、その諸々のなかに、伊賀衆の隠密もあった。

「しかし、この流れは突如として起こったのではございません。それよりもずっと以前から動き出しております。三十七年前の寛保《かんぽう》元年には旗本の末席とはいえ小十人格《こじゅうにんかく》御庭番が設けられ、さらにそのおよそ十年前の享保《きょうほう》十七年には、旗本に足を掛ける百俵扶持高の添番《そえばん》御庭番が整えられました。御庭番を旗本とする動きは、五十年近く前から始まっていたことになります」

晋平たちは、そういう経緯の仔細《しさい》を知らない。風の便りに入ってきた話に耳を塞ぐまではしないが、自分のほうから聞き耳を立てようとする話ではなかった。

「なんで、そういう流れになったのか、私も存じません。旗本の家筋になるということは武鑑にも載るということであり、本来、隠密である御庭番が、白日の下に晒《さら》されることになります。おのずと御庭番に陽が当たるに連れて、陰に身を伏せたまま、表の御庭番の手足となって動く、裏の御庭番が求められることになりました」

薄陽がまた雲間に隠れて、波頭の陰影が消える。

「もう、お察しでしょうが、その裏の御庭番が、宮地の家の者です。添番御庭番が設けられた、つまりは御庭番が旗本への路を歩み出した時期と前後して、御庭番家筋十七家のうち、我が宮地を含む四家が絶家となりました。むろん、真《まこと》は、絶家ではなく、最も人目に付かぬ譜代である御掃除之者に組み入れられて、表に出ることのない御庭番になったのです」

そのとき晋平は、平太がなぜこの砂浜を選んだのかを、腹の底から理解した。そして、ここまでの路を、どのような気持ちで足を動かしてきたのかと思った。平太はいま、けっして口にしてはならないことを口にしている。話すと覚悟するまでは、眠れぬ夜を重ねたにちがいない。

「御庭番が表に出た以上、探られる側も、当然、裏の備えがあると見て掛かります。

これまでも、裏の御庭番の正体を突き止めるべく、さまざまな筋から繰り返し探索が試みられてきました。今日のように請負の隠密が使えるようになってからは、探りたくても手がなくて探れなかった筋も加わるようになり、一段と賑《にぎ》やかになっております。今回もまた、新手《あらて》の探索が入りました。探索を受けたのは、やはり、宮地の家を含めた御掃除之者の内の四家。そして、現場で探索に当たった者は……お分かりでしょうか」

変わらずに鎮まった声で、平太は問うた。晋平は鉛色の空を見上げて、ふうと息をついた。

勘兵衛と太一が隠密御用を請けていたのは分かっていた。見張りをやっているらしいという当てもついていた。けれど、なにを見張っているのかは曖昧《あいまい》としていた。それが、いま、くっきりとするのだろうと思った。

半四郎が二人を見たという赤坂今井町と、御掃除之者の組屋敷がある稲荷《いなり》坂は目と鼻の先だ。となれば、探られる平太が探る太一を襲ったという、いちばん耳にしたくない筋を聞く覚悟もしなければならないのだろうが、直ぐにそんな覚悟を決められるはずもなく、晋平はただただ、知らぬ名であってほしいと願った。

「横尾様と、小林様です」

けれど、平太の声はあっさりと知った名を告げて、途端に腹がくんと固くなった。

「ただし！」

直ぐに、平太は続けた。

「ただしっ」

もう一度、平太は繰り返した。両目は波頭をきっと見据えている。

「我々はだからといって、お二人を殺《あや》めたりはいたしません。殺める必要がないのです。いまはともかく、我々が手に掛けていないことを信じ込んでいただいて、このあとの話を聞いてください」

晋平は黙って、頷《うなず》いた。いまは、とにかく、そうするしかなかった。

「おそらく、お二人が、雇った者から命じられたのは、稲荷坂の御掃除之者の組屋敷に張り付いて、我々四家の者を見張れという指示であったと思われます。目的は知らされていなかったし、お二人も知る気はなかった。手の染め始めは、とにかく、隠密御用なるものに触れてみたいという程度のお気持ちではなかったでしょうか」

それは、晋平が想《おも》っていた筋でもあった。自らなろうとして請負の隠密になったわけではあるまい。半四郎の読みのとおり、おそらくは四谷伊賀町の親戚筋《しんせきすじ》あたりから誘いがあったのだろう。

自分は軽く考えていたが、勘兵衛の心の臓はかなりよくないらしい。冗談めかして語っていたお迎えが、薄明かりの向こうに垣間見《かいまみ》えたとき、太一がこの前、「餓鬼大将のあいつの最後の出番」と語ったように、なにをやってもものにならなかった来《こ》し方に、餓鬼大将としての縁取りを施したくなったのかもしれない。

そんなとき、伊賀衆という自らの出自に関わる、御用の話が持ち込まれた。それを断わるのは、難しかっただろう。

首を縦に振ってみれば、溜《た》まっていた想いの堰《せき》が切れて、迸《ほとばし》る高揚をそのまま親しい太一にぶつけた。久々に、子供の頃の餓鬼大将のままの勘兵衛を目の当《ま》たりにして、支えなければと思った太一が、自分も加わらせてくれと口に出すのに時間はかからなかったにちがいない。

「けれど、見張るうちに、千瀬の夫である私の姿を認めた。どういうことなのかと気になって御用の目的を探り出し、御庭番との繋がりを知ったのでしょう。あまりの驚きに、お二人は自分たちの腹だけに収めておくことができず、そこは子供の頃から馴《な》染《じ》んだ気易《きやす》さで、川井様にも話されたのかもしれません」

幼馴染みというのは、たしかにそういうものかもしれない。いつしか疎遠《そえん》になっていたとしても、ひょんなことから隔てる間がすっと消える。

「敢《あ》えて、私が口にすべきではないのを承知で申し上げると、たぶん川井様は父上が思われている以上に、父上を気持ちの支えにされていたのではありますまいか。その絶対の突っ支《か》い棒である父上が、御庭番と繋がる私と縁戚にある事実とどうあっても折り合うことができずに、百人町を出る決意を固められたのではないか。脛《すね》に疵《きず》持つせいか、私にはそのように思えて仕方ありません」

そうかもしれぬ、とは思った。けれど、そうにちがいないとは思わなかった。このひと月ばかり、まるで一生分ほども人の想いに考えを巡らせてきたせいか、人がなにかを為《な》す真の理由など、たとえ当人でさえ分からないのではないかと思うようになっていた。見方を変えれば幾らでも揺れ動く、真の理由なるものを掲げて、こうと決めつけるのは、誤りの元でしかないように思えてならない。

勘兵衛と太一の、隠密《おんみつ》御用にしてもそうだ。請けたきっかけについては、おそらく的外れではなかろう。が、ただの見張りや尾行を続ければ、早晩、熱気も冷めることだろう。太一が語ったように、勘兵衛が「ここずっと、見たこともないほどに元気」であるには、勘兵衛を御用にのめり込ませている、「他の誰にも負けぬもの」がなんなのかの答を得なければならない。さもなければ二人は、老いても幼い老人になり下がってしまう。

「実は、川井様について出過ぎた物言いをしたのには、理由がございます」

平太の声が、微《かす》かに震えた。

「私も勝手に父上を、突っ支い棒にさせていただいておるのです。青梅で初めてお会いして以来ずっと、お仕着せの枠に囚《とら》われぬ父上の日々の送り方に接してまいりました。御役目と、御出自の枠だけではございません。父上は剣の縛りも受けません。忠也派一刀流随一の評価を得ながら、剣に寄り添って生きようともされない。御掃除之者の衣を着けた裏の御庭番としては、このように生きられるのだと、このように生きてもよいのだと、目の前の薄膜が剝《は》がれていく想いでございました。おそらくは川井様も、同じ想いだったのではないでしょうか」

それは自分ではなく、父の清十郎の生き方だった。けれど、裏の御庭番がそうと見てくれたのであれば、ようやく、この齢《とし》回りになって、少しは板に付いてきたのかもしれぬと、晋平は思った。

「それゆえ、川井様の一件が耳に入ったときは直ぐに、自分のせいと感じました。そして一度は、父上に話そうと心に決めたのです。しかしながら、話せば、その穂は宮地の家にとどまらず四家に、表を含めた御庭番にも及びます。そのときは、なんとか踏みとどまりました。しかし、横尾様も殺められたとなれば、もうお話ししないわけにはまいりません。千瀬と添い遂げて三年。私もようやく、御役目よりも重いものがあることに気づくことができました」

浜を渡る風が、江戸の夏には珍しい北西からの風に変わった。

「直ちに、こちらから百人町へ出向いて、すべてを話そうと思いました。とはいえ、いざ決心してみると、どこからどう話していけばよいのか、考えがまとまりません。ぐずぐずと考えあぐねているうちに数日があっという間に経ってしまい、焦《あせ》りだけが募っていた矢先に、今朝、父上のほうから姿を現わしてくださったのです。この機会を得て、話すしかないと私は思いました。今日を逃したら、また二度と話せなくなると。それで、この浜まで、お付き合いいただいた次第です」

冷気を孕《はら》んだ北の風が、浜に座り続ける二人の軀《からだ》から熱を奪っていく。

平太の話がひと区切りついたのをたしかめると、晋平は眼前の海から目を切り、油紙から腰を上げて、着いた砂を払った。そして、座したまま晋平を見上げる平太に言った。

「少し、歩くか」

平太もふっと息をついて立ち上がり、二人は肩を並べて、波打ち際を歩いた。庭仕事に馴染んだ者は、一服の重みを知っている。無理に続けると、手が雑になる。草木に気を集め続けるためには、然《しか》るべき頃合いで、しばしの休みを取らなければならない。

「ここにも市場が立つのだな」

海から通り沿いに目を移すと、網干場の向こうに魚市場らしき建物が見えた。もう四つ半になる頃で、午《ひる》に近くなっているが、遠目にもまだ人が出ているのが分かる。

「芝雑魚場《ざこば》と言います」

「雑魚場か。雑魚だけの市場か」

「というわけでもございません。雑魚も扱いますが、鱸《すずき》に黒鯛《くろだい》、沙魚《はぜ》に穴子、鱚《きす》といったところも多く水揚げされます」

「たしかに雑魚とは言えんな」

「地《じ》の漁師が舟を繰り出して網入れした獲《と》れ立てで、芝魚《しばざかな》として評判を取っています。雑魚場の雑魚というのは、脇《わき》、くらいの意味に取っておいたほうがよろしいでしょう。本市場とはちがう、脇市場のような意味合いでしょうか」

「そう言えば、今朝の鱚は旨かった」

そろそろ、話を戻す頃合いと見て、晋平は言った。このまま取り留めもない話を続けたい気もするが、一服はあくまで一服だ。

「既にお気づきと思いますが、敢えて、一介の御掃除之者とはちがう暮らしを続けております」

平太も即妙に答えた。

「はて……」

晋平は言う。

「お前は、陽の当たらぬ、陰に身を伏せたままの御庭番ではなかったか。ならば、人の目につかぬ、埋もれる暮らしこそ相応《ふさわ》しいと思うが」

「おっしゃるとおりです。そう考えれば、私が宮地の姓をいまも続けているのも、おかしいとは思われませんか」

「たしかに」

御庭番の家筋にとって、絶家となった宮地は特別の姓と聞いた。ならば、裏の御庭番を探索する側にとっても特別の姓であろう。その姓を続けているというのは、自分が裏の御庭番であると明かしているようなものだ。

「いささか用心が足らぬとお考えでしょうが、これも分かった上でやっていることです」

「つまり、敢えて、探索する側の目を引き付けておくということか」

「はい」

何気なく歩いているようだが、平太は風下へ向かって歩を進めている。目の届かぬ背後に、声が流されないための配慮だろう。

「実は、御庭番家の内、四家が絶家となったというのは、秘密のようでいて、秘密ではございません。ある程度、洩れることを意図しております。ただし、そこに辿《たど》り着くためには、相応の手間隙《てまひま》と辛抱が要る。いわば、途中で溺《おぼ》れる者も少なくないけれど、けっして泳ぎ切れないこともない川の向こう岸に、四家の絶家という秘事を用意しておるのです」

平太は陸側を、晋平は海側を歩んでいる。

「多くが落伍《らくご》する川を泳ぎ切った者の達成感は相当のもののようで、息を切らせて向こう岸に腰を下ろすと、もう、その先の山へは登ろうとしません。つまり、四家の絶家を知った途端に、裏の御庭番はこの四家の者ではないのか、いや、四家の者にまちがいないということになって、その後の探索は四家の者の見張りに絞られることになります。それ以外の路筋を唱える者には敵意さえ覗《のぞ》かせるようになるから、人とは不思議なものです」

平太の声の他に耳に届くのは、繰り返す波の音と、砂を踏み締める音だけだ。

「我々も、適宜、そうと信じ込んでいる探索側に、然るべきお土産を送ります。御掃除之者に似つかぬ私の暮らしぶりも、裏の御庭番としての私を発見させるための仕掛けです。私の万年青商いにしても、彼らには隠密の隠れ蓑《みの》と映るでしょう。いかなる身分の家にも、出入り御免で通るのですから」

晋平は黙って頷いた。晋平もまた、万年青商いの得意を抱えている平太ならば、なにかを知っていると期待して芝神明を訪ねた。

「表の御庭番の拝領屋敷のある松島町《まつしまちょう》にも、折に触れて顔を出します。彼らの汗に見合う成果を、頃合いを見計らって用意するのです。大きな土産、小さな土産、いろいろと織り交ぜて、汗のかき甲斐《がい》を与え続けなければなりません。そのようにして、自分たちのやっていることは間違いないという、確証を持たせるのです」

「つまり、お前たちは……」

ひときわ大きな波が打ち寄せて、二人の足下の砂まで潮が這《は》った。

「囮《おとり》ということか」

「さようです」

即座に、平太は言った。

「私は紛れもなく裏の御庭番ではありますが、御内々御用はしておりません。私の御役目はあくまで探索側の隠密の目を引き付けて、真の裏の御庭番が御用を進めやすくすることにあります」

小さく呼吸をしてから、平太は続けた。

「先刻、私が、横尾様と小林様を殺める必要がないと言ったのは、そういうことです。お二人には、我々の望む方向で動いていただいていたのです。私はお二人に見張られているあいだ、幾度、自分が囮でよかったと思ったか知れません。もしも囮でなかったら、父上の掛け替えのない幼馴染みを手に掛けねばならなかった。あれほどに囮という己の御役目を喜んだのは、生涯でおそらく初めてです」

浮き木の稽古《けいこ》をしたときの太一の顔を想い浮かべながら、晋平は声には出さずに、平太を信じるぞ、と告げた。

「真の裏の御庭番が何者なのかは、私は知らされておりません。真相を知ってしまった父上に類火《るいか》が及ばないように、白《しら》を切っているのではありません。天地神明に誓って、知らないのです。我々の世界では、そのように御用が分断されており、知る必要のない者には知らせない縛りが徹底されています」

それも、おそらく、そのまま受け取ってよいのだろう。

「ですが、時々、いかにももっともらしいけれど、真のことなのかという気がすることがあります。ほんとうにそのような者が居るのか、と思うことすらあります。居ると思わせているだけで、実際は真の裏の御庭番など居ないのではないのか。それどころか、物心ついて以来、ずっとこんなことを続けていると、すべては絵空事のような気にさえなってまいります」

平太の声の色に、深い屈託が混じった。

「先ほど、申し上げたお土産にしても、よくよく見れば子供騙《だま》しと分かるはずなのです。なのに、喜んで受け取るのは、所詮《しょせん》、探索が他人事《ひとごと》だからでしょう。誰もが雇われての御用で、自分の無念を晴らすためでも、志を遂げるためでもない。仕事をしたという言い分が立てば上出来で、ですから、四家の絶家に辿り着けば、これはもうやり過ぎでさえあるのです。彼らにとっては、裏の御庭番の正体など、どうだっていい。むしろ、ずっと分からぬままでいてくれなければ困る。なにしろ、けっして飯の減らない、飯櫃《めしびつ》なのですから」

屈託はさらに濃くなっていく。

「探索する側も、される側も、皆が皆、隠密物の芝居を演じている。我々四家の役は、裏の御庭番の正体を隠す緞帳《どんちょう》なのですが、実は、緞帳の裏にはなにもない。我々は裏の御庭番の正体ではなく、空っぽであることを隠すための緞帳なのです。そうして、じっと吊《つ》り下がり続けて、もっともらしく立ち回る目の前の役者どもを見下ろしていると、否応《いやおう》なく思い知らざるをえません。この世は、誰もがなにかを考えているようでいて、実は、誰も、なにも考えていないのだ、と」

平太の屈託は底が見えなかった。そういう平太がずっと一片の翳《かげ》りも覗かせず、快活な様子を貫いてきた。晋平はその積年の、やり切れなさを想った。

「実は、父上にお願いがあるのです」

平太は不意に足を停めて、晋平に向き直った。

「なんだ」

晋平も立ち止まり、平太の顔を見た。

「私もお仲間に加えていただけませんか」

「仲間……」

「父上が今日、お訪ねくださったのは、横尾様が倒れた藪小路界隈の事情を私から聞き出すためでございましょう」

晋平は無言で首を縦に振った。もはや、余計な回り路はしたくなかった。

「とすれば父上は、あるいは父上と小林様は、横尾様を襲った者を探索していることになります。そのお仲間に、加えていただきたい。自ら真の襲撃者を捜し出すことで、私が殺めたのではないことの証しにしたいのです。それに……」

「それに……」

「私は生まれついての囮です。一度だけでも、絵空事ではない御用をしてみとうございます。草木を世話していれば、たしかに絵空事とはちがうと信じられます。しかし一度は、人の成すことで、絵空事ではないものがあると信じたい。己の軀に、そのことを覚え込ませたいのです」

唇を一度きつく結んでから、平太は続けた。

「千瀬には、このことを告げておりません。自分の正体を明かすか、明かすまいか……世帯《しょたい》を持つ前からずっと悩んできましたが、やはり、これは墓場まで私が持っていくことと判断しました。千瀬に分け持ってもらうべきではないと」

平太の話の途中から、晋平が引っ掛かっていたのも千瀬のことだった。中森征士郎との縁を断ち切ろうとした自分の想いが、また別の厄介を背負わせてしまった。じわじわと湧《わ》き出す悔恨を遮って、いまの千瀬にとってなにが最善かに気を集めたが、答えは出なかった。

「以来、私は隠れ蓑などではなく、本気で自分を万年青商いの者と心得て、千瀬に接しております。日々の活計《たつき》も、万年青商いの上がりのみで賄《まかな》っております。ですが、しばしば、千瀬の顔をまともに見られないことがございます。いくら覚悟を決めたつもりでも、絵空事しか知らないという気後れは、けっして消えるものではありません。千瀬の罪のない笑顔から目を逸《そ》らさないためにも、一度は絵空事ではない御用がしたい。自分は霞《かすみ》のなかで生きているわけではないという手応《てごた》えを得て、千瀬に向き合いたいのです」

「諮《はか》ってみよう」

正面から、晋平は答えた。

「かたじけのうございます」

平太は安堵《あんど》の顔を明からさまにして、大きく息をついてから言った。

「なんとしても、お役に立つ覚悟でおります。それに、お察しのとおり、私は藪小路界隈と、横尾様が張っていた稲荷坂一帯の事情については、さまざまに通じております。必ずや、仲間に加えてよかったと思っていただけると存じます。既に、なぜ横尾様が襲われるに至ったのかについても、私なりに考えを巡らせてみました」

「ほう……」

元はと言えば、それを平太に教えてもらいたくて、芝神明を訪ねたのだった。

「聞かせてもらえるか」

「申し上げたとおり、横尾様と小林様は、御掃除之者のうち、御庭番を絶家となった四家を見張っておられました」

風下へ向けて足を動かしたまま、平太は言った。

「ああ」

「私を尾《つ》ける様子などからしますと、おそらく、隠密働きに携わるのはこの一件が初めてで、御用も、四家の見張りに限られていたのではないかと思われます」

生まれついての囮である平太の目からすれば、二人の尾行はいかにも素人《しろうと》の動きだったのだろう。ぎこちなく平太を尾ける二人の様子が、目に浮かぶようだった。

「どういう縁で、隠密働きに手を染めることになったのか……その辺りは小林様から聞いておられますか」

「いや、当人の口からは聞いていないが、おおよその見当はついている」

「四谷伊賀町の筋でしょうか」

「ああ」

「ま、その辺りは追って小林様に伺うとして、最近は、私の周りからはお二人の姿が消えておりました。私が裏の御庭番であるという確証を得たからなのか、あるいは父上との関わりを慮《おもんぱか》って、報告するかどうかも含めて後回しにされたのか、ともあれ、私の見張りは解かれていた。となると、お二人は芝神明ではなく、もっぱら、御掃除之者の組屋敷のある、赤坂の稲荷坂のほうに張り付いていたと見てよいでしょう」

「うむ」

　半四郎が二人を認めたのも、愛宕下ではなく赤坂今井町だった。

「そうだとして、申し上げたように、稲荷坂の四家はあくまで囮ですので、横尾様を襲うことはありえません。つまり、お二人は、あるいは横尾様は、稲荷坂の組屋敷を見張っていたときに、なにがしかの別の事件に巻き込まれたということになります」

「別の事件に、な」

　二日前、珍しく怯《おび》えた風で立ち尽くしていた勘兵衛の姿が浮かんだ。

「是非とも小林様の口からなにがあったのかを伺いたいものですが、父上はもうお聞き及びですか」

「いや、聞いてはおらん。察しのとおり、二人で共に襲撃者を見つけ出そうと誓ったのだが、その前に一人で調べなければならないことがあると言ってな。了解して、百人町で別れたのが二日前だ。そろそろ、連絡があってもよい頃だが、まだ届いていない」

晋平は顔を曇らせた。あのとき、勘兵衛の言い分を受け容《い》れてしまったのは、やはり誤りではなかったか、ずっと気になっている。

「しかし、なにがあったのであろうな……。俺はあの界隈《かいわい》は足を向けたことがないのだが、どういう土地柄なのだ。溜池《ためいけ》沿いの赤坂田町辺りならば岡場所が続いて、どんな厄介があってもおかしくはないが、稲荷坂まで行けば大名屋敷も多かろう」

「おっしゃるとおりで、御掃除之者の組屋敷の他は大名屋敷と旗本の屋敷で埋められております。ふだんは、特段、どうという界隈でもありません。他の町にないものといえば、私の両親も信心している江戸三大祖師の円通寺で、敢えて不審の目を向ければ、御公辺が寺請《てらうけ》を禁止した、異端の不受不施《ふじゅふせ》派の隠れ信仰が想い浮ばないでもありません」

「不受不施派か。江戸では、あまりぴんとこんな」

西国で信徒を集める日蓮《にちれん》宗の不受不施派は、かいつまめば、自分の宗派以外からは施しを受けないし、施しもしないとする一派である。すべての物は将軍からの下賜物《くださりもの》という御公辺の筋からすれば、寺がそこに在ることじたい、将軍からの施しを受けているわけで、互いの主張が並び立つはずもなく、百十年近くも前の寛文《かんぶん》九年から非合法とされていた。

「ええ。それに円通寺は、なにしろ、刻《とき》の鐘が置いてあるくらいですから、紛れもなく御公辺と折り合っている受布施派《じゅふせは》です。江戸三大祖師に数えられていることからすれば、受布施派の要《かなめ》とも言っていいでしょう。私もしばしば万年青《おもと》を納めさせていただいておりますが、隠れ不受不施派とも言える内信《ないしん》の気配を感じ取ったことは一度もありませんし、父母に尋ねてみても、そんな様子はまったくないそうです。通っている者にとっては、厄除《やくよ》けの霊験《れいげん》あらたかな御祖師様のお寺さんというところなのでしょう」

「なるほど」

「円通寺に参拝する者を除けば、あの辺りは赤坂田町とも氷川明神《ひかわみょうじん》とも離れておりますので、流しの者が足を踏み入れることは滅多にありません。流しは除外してもよろしいかと存じますし、また、仮に流しが絡《から》んでいるとすれば、これは相当に人手をかけねばならず、我々だけでは追及が難しくなります。それで、とりあえず流しという筋は抜きにして、お二人が巻き込まれる怖《おそ》れのある厄介を抱えている、あの界隈の大名、旗本を幾つか抜き出してみました」

「それは大いに助かる」

平太の話は早い。頭が素早く回って、きれいに筋が組み上がる。深い屈託を抱えながら、おくびにも出さぬ腹の据わりようといい、囮のままではいかにももったいなく思えるが、おそらく、宮地の姓がつく限り、平太が表の御庭番としてその希有《けう》な才を発揮することはないのだろう。

「最もきな臭いのが、高津川《たかつがわ》藩六万石の押込めです。藩主、坂巻備後守《さかまきびんごのかみ》が重臣たちに力ずくで藩主の座から下ろされ、身柄を拘束されているということでございます。昨年、前藩主の死去に伴って、分家から坂巻本家の当主となったのですが、藩主の座に就くや、自ら藩政改革を試みたらしく、これが、よくある話ですが、前例をなによりも尊ぶ門閥の家老たちの見過ごせぬところとなって、既に城から身柄を移されているという噂《うわさ》です」

「それは、謀反《むほん》にはならぬのか」

「御公辺にはずっと、藩は藩主一人のものではないという視座がございます。家老たちが昔からの御定法を表に立てて、藩主の行き過ぎを糾《ただ》すという振る舞いは、親戚筋が認めさえすれば、十分に名分《めいぶん》が立つものです。で、いま、高津川藩の江戸屋敷では、江戸に居る親戚筋の旗本の同意を取り付けるために奔走しているそうです。とはいっても、江戸屋敷には藩主に近い一派もあるようなので、なにが起こってもおかしくはない状況にあると言えましょう。同意の取り付けに行った一派と阻止に動いた一派が鉢合わせして刃傷《にんじょう》に至った場に、お二人がたまたま遭遇したという筋も考えられるわけです」

「なんとも、な」

遠い国の政争が、百人町大縄地の庭に及んでくる。太一も勘兵衛も、おそらくは、一度、己の内に潜む伊賀者を覗いてみたかっただけであろうに、見るつもりもないものを見て、招くつもりのないものを招いてしまう。

「その筋であるとすれば、横尾様が愛宕下の藪小路で襲われたのも得心が行きます。愛宕下には、坂巻家の親戚筋のなかで最も有力な三千石の旗本、伊坂相模守《いさかさがみのかみ》の屋敷があるからです」

「そこで愛宕下と繋《つな》がるか」

「小林様の話を伺った上で、関わりがあるようであれば、伊坂相模守の身辺にも探りを入れようと思っております」

「恩に着る。お前一人だけに動いてもらって相済まぬが、ここは頼るしかない」

「いいえ。私こそ、ありがたく存じております」

平太はやおら足を停めて腰を屈《かが》め、砂浜に膝《ひざ》を着けて、顔を伏せたまま唇を動かした。

「これは、私が横尾様を殺めていない証《あか》しの闘いであると同時に、己の絵空事の半生を埋めていく闘いでもあります。父上の大切な方が、私を探られているあいだに襲われたからこそ、私は私の闘いとして探索に当たることができます。かかる機会を与えて下さり、父上には、いくら感謝申し上げても足りません」

「ま、腰を上げろ」

晋平は言った。なぜか、顔を伏せた平太と、中森征士郎がだぶった。平太も、そして征士郎も、言うに言われぬ重荷を、生まれながらに背負わされて育った。それを想うと、不憫《ふびん》が募った。

おそらくは、これまで裏の御庭番であることを明かさなかったのも、御役目の縛りのみではなかったのだろう。物心ついてからずっと目の前を覆《おお》ってきた囮という意識の帳《とばり》を忘れて、ただの夫で、息子でありたかったのではなかろうか。そのときだけは翳りを覗かせなかったのではなく、翳りが消えていたのかもしれない。

再び立ち上がった平太は、随分と消耗しているように見えた。己の秘事を明かすだけでも気力を振り絞っただろうに、話は太一の事件の裏にまで及んでいる。平太が話を進める限り、そのまま続きを聞くつもりでいたが、若い顔に浮かんだ破《や》れを認めてみれば、自分もひどく聞き疲れているのが分かった。

言葉ひとつ音にするのも億劫《おっくう》なほどで、到底、一語一語に気を研ぎ澄ませて耳を傾ける構えを取り戻すことは難しい。互いの気配を無言で察し、明日の朝五つ半、平太が百人町大縄地を訪ねて話を続けることを約定《やくじょう》して、砂浜から通りへ戻ったところで別れた。

この世に、重い荷を抱えていない者など居ないのかもしれぬと思いつつ、平太の背中を見送って、芝雑魚場に一人残ってみれば、しかし、やることはなにもなかった。とりあえず、通り沿いの魚屋を覗いてみたが、午九つを過ぎた売り台に目ぼしい魚が残っているはずもなく、それに直《す》ぐに自分が、魚になんの関心も持てないのが分かった。

海はもう十分に見たし、最初は目を引かれた漁網を繕う漁師の手つきにも、視線が据わらない。かといって、このまま百人町へ戻る気にはもっとなれず、どうにも足が停まってしまったところで、ふっと浮かんだのが中洲《なかす》だった。根っからの辻《つじ》芸人の、からっきし意気地のない女のその後が、気に掛かっていた。

晋平は来た路《みち》へ足を踏み出し、金杉通を今度は四丁目から一丁目へと歩いた。金杉橋を渡ってから右に折れて、芝神明の家を避けるために、一本海沿いの路へ迂回《うかい》する。用心して芝口《しばぐち》までずっとその路を行き、塩留橋《しおどめばし》を渡ってからは、木挽町《こびきちょう》から小網町へ抜け、三度目の中洲の、柔らかい土を踏んだ。

足を踏み出したときには、頭のなかはまだ芝雑魚場での時間が詰まっていて、僅《わず》かの隙間《すきま》しかなかったが、北西から吹き続ける熱を伝えぬ風に翻《ひるがえ》る、赤や緑や黄色の幟《のぼり》に目を留めながら歩くほどに頭が揺さぶられて、少しずつではあるが、隙間が広がっていく。

けれど、その隙間に、サツキの息遣いは伝わってこない。ほどなく、大路との二股《ふたまた》に差し掛かって、見世物小屋が建ち並ぶ通りへ分け入っても息遣いは届かず、あの小さな小屋の前に立ってみれば、二代目寺島新之助のささやかな看板も、幟も取り払われて、人の気配すらなかった。とはいえ晋平は、ぞっとしかねない人気《ひとけ》の絶えた見世物小屋に、物悲しさを見なかった。きっと、サツキは、征士郎を追ったのだと信じた。

◆◆◆

翌朝、明け六つに目覚めたとき、不思議と疲れを覚えなかったのは、太一を襲った者を突き止めるという想いが、いまの軀の芯《しん》になっているからだろう。

昨日も素振りだけは忘れず、七日続けて本身《ほんみ》を振った。一昨日《おととい》からは、素振りの後に、太一との稽古を思い出して、一人で浮き木の形をなぞってもいる。浮き木が軀に入ったと太一が言ったとき、自分の軀にも割符《わりふ》のように浮き木が入っていた。その片割れから、太一の仕太刀《しだち》の浮き木を引き出したくて、時間が空くと軀が自然に剣を求める。

そろそろ軀が悲鳴を上げる頃だが、まだ徴《しるし》はない。そのうちたっぷりとしっぺ返しが来るのだろうが、いまの自分の軀は齢を忘れかけているようだ。そういう頃合いが、あるらしい。今朝も、草木ではないが、陽が上るほどに、四肢に力が蓄えられて、お陰で、宮地平太の話を気を入れて聞くことができそうだった。

昨日、芝神明の家から芝雑魚場へ向かうとき、千瀬が土産に持たせてくれた土用蜆《どようしじみ》の佃煮で、そそくさと茶漬けを掻き込む。千瀬が言うには、値段の手頃さも勘定に入れれば、芝で一番の土用蜆らしい。そんな但《ただ》し書きがなくても十分に旨《うま》い。蜆とはいえ、土用蜆となると、それなりに値が張って、人への土産にはできても、自分へは買いそびれていた。ありがたく腹に入れて、いつもの朝の庭仕事に取り掛かる。五つ半には、平太が来ることになっている。

半刻余りをかけて、段取りどおりに、それだけはやっておかねばならぬ仕事をこなし終え、汗を拭《ふ》いて、濡《ぬ》れ縁に座る。

淹《い》れっ放しの温《ぬる》い茶を含みながら、約定の刻限を待っていると、このところずっと想いもかけぬことが続いたせいか、ほんとうに平太がやって来るのか、漠とした不安にかられたが、天龍寺の鐘が五つ半を告げるだいぶ前に、平太が庭に姿を現わして、晋平はほっと息をついた。

一昨日までなら、最も気の置けぬ相手との会話が直ぐに始まる。けれど、さすがに昨日の今日とあって、互いの唇の動きはぎこちない。己を裏の御庭番と明かした平太と、初めて顔を合わせる朝だ。前もって、それを案じていたのか、平太も朝の挨拶《あいさつ》を終えると、右手に持っていた包みを差し出して、これを、と言った。

「土用蜆の佃煮《つくだに》です。夏の腹痛に効きます。薬代わりです」

そう言えば、昨日、千瀬が手渡してくれた場に、平太は居なかった。いつもなら無言で腹に収めて、ありがたく貰《もら》っておくところだが、晋平は敢えて、野暮を言った。

「昨日も千瀬から貰ったぞ。今朝はそれで茶漬けを喰った」

野暮でもなんでも、今朝ばかりは、とにかく言葉が出るのが先だった。

「それは存じ上げず、うっかりしました。しかし、これは、私が芝でも最も旨いと信じる店で、今朝、求めたものです」

平太の土用蜆は、値段を度外視しての一番らしい。やはり、男の買い物だ。

「朝穫《あさど》れ蜆の、朝煮です。芝住まいとしては、ここが一番であることは、たとえ千瀬といえども譲れません」

「そいつは楽しみだ。土用蜆の佃煮ばかりは幾ら貰っても重宝する。ありがたく頂戴《ちょうだい》しよう。ところで、腹のほうはどうだ。朝は入れてきたのか」

「いえ、今朝はどうにも喰う気になれず、朝餉《あさげ》は、昨日の話の続きを終えた後に摂《と》りたいと存じております」

「ならば、早速、聞かせてもらったほうがよいな」

話が回り出せば、余計な寄り路はしないほうがいい。二人は、今日ばかりは濡れ縁ではなく、奥の仏間へ席を替えて間を詰めた。

「されば、本日は、足高《たしだか》の制と、順養子《じゅんようし》の問題を抱えている家をご案内させていただきます」

平太は仕切り直す。瞳《ひとみ》には、仕事を能《よ》くする者ならではの目の力が戻っていく。

「足高の制で、騒動か」

足高の制は、八代吉宗公が初めて実施した人材登用策である。それまで、武家が御役目を果たす上での費用は自らの家禄《かろく》から賄っており、おのずと重い御役目に就くのは大身の旗本に限られていた。それを足高の制では、それぞれの御役目に職禄を定めて、家禄との差を埋めることにした。

もしも家禄五百石の旗本が職禄三千石の町奉行に就けば、その差額二千五百石が支給される。家柄よりも、本人の力を重んじるという、人材登用策の転換を象徴する施策だが、その施策はまた、享保の頃から、家柄の良い者よりも力のある者を使わざるをえない、難儀な時代が始まったことを表わしてもいた。

「杉坂《すぎさか》藩五万石で、改革派の中老により、いま足高の制の実施が進められているのですが、これが例によって家中を二分しております。国元だけでなく江戸屋敷にも、その騒動が持ち込まれているようです」

「御公辺で足高の制が実施されたのは、たしか五十年以上も前だ。その随分と前の施策が、諸藩ではいま騒動の種になっているのか」

「同じ施策でも、御公辺と諸藩では組織の規模がちがいます。御公辺は旗本、御家人合わせ、およそ二万三千人。大き過ぎて、互いの顔が見えません。誰かが抜擢《ばってき》を受けても所詮は他人事であり、さほどの妬《ねた》みを覚えずに済みます。一方、諸藩は、たとえば五万石ならば四、五百人。互いに顔を見知っており、しかも、主だった席は限られております。おのずと、妬み嫉《そね》みが膨らむことになります。杉坂藩においても、高津川藩と同様、江戸屋敷内での抗争がありうるというわけです」

「難儀だな」

思わず、溜息が洩《も》れた。

「順養子の問題のほうは、深堀《ふかぼり》藩四万石です」

平太が次の騒動を語る。

「お世継ぎ幼少のため、繋ぎとして藩主に就いた叔父の岩渕石見守雅広《いわぶちいわみのかみまさひろ》が、お世継ぎが成長したあとも順養子の手続きを取らず、自分の嗣子に藩主を継がせようとする動きがあります」

藩主が嗣子に跡を譲るのは当然のようだが、繋ぎで藩主となった者は、その限りではない。たとえ自らの実子が居たとしても、然るべき時期に元々の世継ぎを自分の養子として迎え、跡を取らせなければならない。それが、順養子の制である。

「大名ならずとも、順養子は厄介の種だ。繋ぎの当主の嗣子は嗣子で、なんで自分が継げぬのかと世を拗《す》ねがちになる」

「岩渕石見守も人の親である上に、既に藩政を預かって十年。この間、数々の施策を実施し、国の内証を豊かにしてきた実績もありますれば、おいそれと手渡す気になれなくなったのでございましょう。あるいは、自分が藩政から退けば藩政改革が頓挫《とんざ》すると、本気で信じ込んでいるのかもしれませぬが、それがために藩主を本家に戻そうとする一派は反発を強めております。ここの江戸屋敷も、いつ弾《はじ》けてもおかしくはありません」

「そのようにして、国が割れる。そして、巻き込まれる者が出る」

「さようですな」

平太も溜息をついた。そして、気を取り直すように唇の両端を締めてから、一気に動かした。

「あと、これは、どこにでもある猟官活動なので、あるいは、この筋はないのかもしれませんが、一応、付け加えますと、岩垣《いわがき》藩三万石が、藩主島守能登守重宗《しまもりのとのかみしげむね》を御公辺の奏者番《そうじゃばん》に就けようと、幕閣に猛烈な働きかけを繰り広げております。老中への登竜門となる奏者番の猟官活動は珍しくもないのですが、気に掛かるのは、費用の掛け方が分不相応なほどと思えることです。しかし、ま、猟官活動に多少の無理は付きものですし、国を挙げての取組みのようですので、やはり、この筋はないかもしれません」

「うん」

「最後に、変事ということで、申し添えておくと、ここひと月ほどのあいだに、界隈で小火《ぼや》が二件あったくらいでしょうか。とりあえず、今日のところは、私の報告は以上です。引き続き、横尾様と小林様のお二人が巻き込まれたやもしれぬ騒動を探索していく所存です。本日も、この後、さる心当たりと会う段取りになっております。私の得意筋のなかでも、とびきりの事情通なので、これはという話が聞けるかもしれません」

「いや、わずかな時間に、よくぞここまで調べ上げてくれた」

晋平は心底、感心もし、感謝もしていた。

「囮の役目を全《まっと》うする鉄則は、己を本物と信じ込むことですので、万年青商いで御得意筋と話を交わすときは、いつも本気のつもりで諸々《もろもろ》の話を引き出しておりました。それがいま役立っているとは存じますが、実際に、本気で調べてみれば、やはり本気ではなかったのだと分かります。あの頃は、いくら話を聞いてもさほどの疲れはなかった。あくまで本気のつもりで、本気ではなかったのです。本気とは、疲れるものでございますな」

「まったくだ。まだ午には早いが、お前はこれから朝餉だろう。いましばらく、聞いた話の余白を埋めたら、追分まで出て、辛味大根の蕎麦《そば》でも喰うか」

「それは、よいですな。是非、そういたしましょう」

平太が本気の、笑顔を見せた。


辛味大根は今日も旨かった。

あっという間に二枚の笊《ざる》が空いて、晋平は蕎麦湯を注いだ。

蕎麦っ喰いは、蕎麦湯で、蕎麦を二度楽しむ。辛味大根の下ろしをまだたっぷりと含んだ汁《つゆ》に蕎麦湯を足して舌に乗せると、大縄地で気を集めて聞いてきた、込み入った話の毒がじわりと薄れていくようだった。三度、蕎麦湯を注ぎ足して腹がだいぶよくなったときには、随分と気の力が戻っていた。

「いつもながら、ここの夏の辛味大根はありがたい」

蕎麦猪口《ちょこ》の底まで啜《すす》り終えると、平太が言った。

「生き返ります」

「まったくだ」

晋平も、残さず蕎麦湯を啜った。

「このあと父上は百人町へ戻られますね」

「そうだな」

既に、勘兵衛からの連絡がないまま三日が経《た》っている。ともかく、屋敷に軀を置いて、姿を現わすのを待たなければならない。

「私も是非ご一緒して話を伺いたいのですが、小林様の許しを得ないままに、いきなり同席させていただくのは非礼を免れません。今日のところは、ここで下がらせていただくことにします」

「そうしてくれるか。勘兵衛には、平太の分までしっかりと聞いておく」

そのあとの話は、今後の進め方に向かって、とりあえず、勘兵衛から話を聞いて仔《し》細《さい》をたしかめ次第、晋平のほうから芝神明へ出向くことを約定して、蕎麦屋を出た。

千瀬には、晋平が繁《しげ》く顔を出すようになっても不審に思わぬよう、ここしばらく例の特別の万年青の件で会わねばならぬと、平太から耳に入れておくことにした。さぞかし喜ぶでしょうと、嬉《うれ》しそうに平太は言った。

　追分に立って、平太の背中を見送ったとき、天龍寺の鐘が九つ半を打った。そうこうしているあいだにも勘兵衛が大縄地の木戸を開けようとしている姿が目に浮かんで、帰路を急いだ。

　屋敷へ着くと、いつものように、門ではなく庭の木戸から入って、まずは養生棚と養生棚のあいだの通路を巡った。

　誰も居ないのを見届けてから濡れ縁に向かい、置き手紙のようなものがないかをたしかめて、座敷へ上がる。奥に向かって、水屋まで見回し、また濡れ縁に戻って、もう一度、辺りに紙らしきものが飛ばされていないか目を凝らした。

　どうやら、留守をしているあいだに勘兵衛が来た気配はない。

　さて……と声に出して、濡れ縁に胡座《あぐら》をかいたところで、今日はまだ素振りをしていないことに気づいた。

　踏み石に足を着け、庭へ出る。薄く息を吸いながら切り手を束《つか》にかけ、左の腰を捻《ひね》って鞘《さや》の内を滑らせた。

　左手を添えて淡雪のごとき手の内をつくり、剣を操るのではなく、剣に操られるようにして振りかぶって、斬《き》り下ろす。いつもの動きのつもりだが、しかし、物打《ものうち》は伸びない。二本目、三本目……一本一本、けっして気を抜いているわけではないのに、殺《さつ》はどうしようもなく、ぐずつく。

やはり、気持ちが急《せ》いているのかもしれぬと、素振りを切り上げて、浮き木の独り稽古に替えてみたが、そんなあやふやな太刀筋で、浮き木の微妙な形に触れられるわけもない。さながら、分厚い籠手《こて》を嵌《は》めた手で、挿し芽の世話をしているようで、早々に剣を納めた。無理に続ければ、軀に入っている理合が濁りかねない。

そのまま濡れ縁には戻らずに、夏空を見上げる。

まだ、陽は高い。

今日いっぱいは勘兵衛を待って、もしも姿を現わさなかったときは、夜が明けしだい屋敷を訪ねてみるつもりでいたのだが、どうやら明日まで持ちそうにない。

いくら拭《ぬぐ》っても、勘兵衛が太一の二の舞になりかねないという想《おも》いが消えず、やはり、いま直ぐ足を運ぶしかなかろうと、晋平はそのまま表へ向かおうとした。

途中からは大股になって足を運び、庭の木戸を視野に捉《とら》える。思わず、この前、太一が突然木戸を開けて姿を見せたときの光景が浮かんで、晋平は、連れてきてくれ、と願った。弾ける子供のお前を勘兵衛が連れて帰ったように、今度は、お前が勘兵衛を連れて戻ってくれ。

と、そのとき木戸が開く。入ってきたのは、誰でもない、勘兵衛だ。晋平は思わず立ち尽くして、勘兵衛の軀を目で嘗《な》め回した。

一度、なぞった限りでは刀傷は認められない。とはいえ、三日振りに見る顔は随分と消耗して、不調を隠さない。もう一度、頭からたしかめようとしたとき、勘兵衛が言った。

「とにかく座らせてくれぬか、晋平。あと、茶でも水でもいいから頼む」

「ああ、気がつかずに済まん」

直ぐに路を開けて、濡れ縁に導く。急須《きゅうす》の茶は平太と話し込んでいるときにあらかた空けてしまっていたが、それでも一杯分は残っていて、湯呑《ゆの》みを手渡すと、勘兵衛は喉《のど》を鳴らして飲んだ。

「遅くなって済まなかった。ほんとうは昨夜、顔を出そうとしたのだがな……」

湯呑みを濡れ縁に置いた勘兵衛は笑顔をつくろうとしたが、うまくいったとは言えなかった。

「こっちのほうが思わしくなくてな。大事を取って、今日にさせてもらった」

勘兵衛は左の胸を軽く叩《たた》いた。

「よほど、わるいのか」

最近になって心の臓の加減がわるくなっているのを知ったが、勘兵衛の様子は晋平が想っていた以上によくない。

「この年初あたりからな。胸を締め付けられる回数が多くなった」

「無理をするな。話は明日にするか」

随分と皺《しわ》が目立つようになった首筋を伝わる汗が、暑さのせいだけとは思えなかった。

「冗談を言うな。俺たちの齢《とし》になったら、明日はどうなっているか分からない。俺たちにあてがわれている時は今日だけ、いまだけだ。それにな、今日、俺の軀《からだ》がはかばかしくないのには理由がある。昨夜な、年寄りの冷や水で、追いかけっこをしたのだ。むろん、追いかけられたのは俺だ。少しばかり無理をした。だから、休んだら、直《じき》、軀も戻る」

「ならば、もっと休め」

「休みながら話す。済まぬが、枕《まくら》を借りられるか。ここでよいから、横になりたい」

「やはり、戻って休め。枕ではなく、肩を貸そう。これより送る」

「枕だ。晋平」

勘兵衛は、餓鬼大将の顔になって、晋平に命じた。

「戻って休んでいるあいだに話せぬようになったら、どうする。俺の昨夜の追いかけっこが役に立たなくなったら、どうしてくれる。大丈夫だ。お前のこの美しい庭でくたばったりはせん。美し過ぎて、息が詰まる。意地でもすべてを語り終えて、俺のとっちらかった庭で気楽に成仏《じようぶつ》するつもりだ。だから、ほらっ、枕だ。こんなことで、ああだこうだと遣《や》り合っている暇はない」

「分かった」

たしかに、そんな暇はなかった。晋平は濡れ縁を離れ、枕を取りに行き、鉄瓶に水を満たして直ぐに戻った。

「なにから話したものかな」

枕に頭を乗せ、横になると、微笑《ほほえ》むような顔を浮かべて勘兵衛は言った。濡れ縁の上に架けた簾《すだれ》が、勘兵衛の軀に細い陽の縞《しま》をつくっている。

「お前と太一が隠密《おんみつ》働きをしていると聞いたぞ」

晋平は水路《みずみち》を通すことにした。

「婿殿《むこどの》か」

「ああ」

勘兵衛は言った。

「それが分かってくれていると話は早い。俺には四谷伊賀町に遠縁が居てな。その繋がりで、そういうことになった。去年、俺が心の臓の病を得る少し前のことだ。ほんとうなら、そのあたりのいきさつも話したいのだが、時がもったいない。ま、話さなければならぬことを話し終えて、まだ時があるようなら話す。いまは、とっとと先へ進むぞ」

「そうだな」

「しかし、そうなると、俺たちが稲荷坂の御掃除之者の組屋敷を張るようになったことも、既に婿殿から話は通っているのだな」

「通っている」

「そうか。ならば、随分と話を端折《はしょ》れる。あの辺りは武家屋敷が多いのだが、処々《ところどころ》に街場もあって、けっこう家が建て込んでいる。赤坂今井町もそんな街場のひとつだ。ひと月ばかり前の夜四つ頃、御用を終えて、大縄地へ戻ろうとその辺りを二人で歩いていたとき、どうにも引っ掛かるやはり二人連れの武家と擦れちがった」

「どうにも引っ掛かる……」

「ああ、微《かす》かに火縄《ひなわ》の臭《にお》いがしたのだ」

「火縄の臭い」

「そうだ。たしかに火縄の臭いだった。どんな容《い》れ物に入れたのかは知らぬが、その武家が火縄を懐《ふところ》に隠していたということだ。いまや名前ばかりになりつつあるとはいえ、俺たちも鉄砲同心だ。めっきり射撃の稽古も減ってはいるが、硝石《しょうせき》の燃える臭いを間違うはずもない」

「ああ」

「それに、お前も知っているとおり俺は火事が怖い。並外れて、怖い。あれは忘れもしない、享保《きょうほう》十年の二月十四日だ。俺は九歳で、先刻言った四谷伊賀町の親戚《しんせき》の組屋敷へ遊びに行っていた。そのとき、青山窪町《あおやまくぼちょう》から火が出てな。西南の風だったから、内藤新宿は難を免れたが、あっという間に四谷、牛込《うしごめ》へ広がり、さらに小石川《こいしかわ》、駒込《こまごめ》、谷中まで嘗め尽くした」

　五十年以上も昔のことを、勘兵衛は昨日のことのように喋《しゃべ》った。

「内藤新宿とて、幾度か火事には見舞われているが、大火というのはあんなものではないのだ。よく何重もの火炎に取り囲まれると言うがな。大火がほんとうに恐ろしいのは、空が炎で埋め尽くされることだ。青空の青のように、空が炎の色一色になる。空が抜けていれば、まだ逃げる気力も湧くが、炎で塞《ふさ》がれて火の粉が雨のように降ってくると、もう、助かろうなんて気もなくなる。そうなると、土が溶けるのではないかと思えるほどに、どこもかしこも熱くなってな。白や橙《だいだい》に輝く巨大な龍《りゅう》が、川といわず空といわず何千匹とのたうち回って、睫毛《まつげ》がちりちりと焼けていく。いま思い返しても、なんで自分が助かったのか分からない。あまりの恐怖に気を失って、どうやってそこから抜け出せたのか、まったく覚えていないのだ。以来、火事が、火が怖い」

晋平は黙って頷《うなず》いた。少なくとも、自分たちが物心ついてからは、たしかに内藤新宿はそんな火事を経験していない。

「そういうわけで、六十を越えたいまも火にだけは聡《さと》い。細かいことには注意が向かぬ性分のはずなのに、知らぬ場処へ行っても、どこにどのように火種があるかだけは、だいたい察しがつく。擦れちがった武家が引っ掛かったのも、だからだろう」

そこまで言うと、勘兵衛は左肘《ひだりひじ》を突いて少し上体を起こし、軽く咳払《せきばら》いをした。

「大丈夫か。水を飲むか」

「もらおう」

今度はひと口だけ含んでから、勘兵衛は続けた。

「通常、街場で火縄を使うのは煙草《たばこ》に火を付けるためだ。とはいっても、それは芝居小屋などに限っての話で、歩きながらはありえない。歩き煙管《ぎせる》は、厳に御法度《ごはっと》だ。こいつは火付けだと、人一倍火事の怖い俺は直ぐに察した。案の定、二人が歩いてきた路の傍に提灯《ちょうちん》を掲げて目を凝らすと、あちらこちらに竹筒が置いてあった。

勘兵衛は懐から長さ七寸ほどの竹筒を取り出して晋平に渡した。

「なかには乾燥させた蒲《がま》の穂綿《ほわた》が詰まっている。例の火縄でその真ん中あたりに火を付ける。人目のつかぬ処《ところ》に置いて、自分たちがそこから半里も遠ざかった頃には、火の手が上がっているという寸法だ。なんの役に立つかは分からぬが、晋平に預ける」

晋平は手に取って目を凝らす。よく見れば縦に切れ込みがあるが、物陰に転がっていれば、ただの竹としか思うまい。こんな火付けの道具があるのだと、晋平は思った。

「さすがに、すべては拾い切れず、一件だけは既に火が出ていたが、まだ小火とも言えぬ程度だったので、二人でなんとか消し止めた。それ以来だ。その夜、江戸を焼き尽くしたかもしれない炎を消して以来、俺たちの御用は、火付けの探索に替わった。自分たちで、そうと決めたのだ。片手間でできる御用ではないゆえ、直ぐに翌日、請負の隠密働きのほうは断わった」

「お上に届け出ようとは思わなかったのか」

「まったく思わなかった。お上に届けるなんぞ考えもつかなかった。小火とはいえ、町家の板壁を嘗める炎を目にしたそのとき、これは俺の御用だと分かったのだ。奉行所でも火盗改めでもない。火事が誰よりも怖い俺の御用だとな。すっと信じることができて、露ほども疑わなかった。太一もそういう俺に付き合ってくれた。お前が命じれば、俺は付いていくと言ってくれた」

「そうか」

まるで、玉川上水沿いの土手で遊ぶ、子供ではないかと晋平は苦笑した。勝手に自分たちで役を決めると、他の諸々は一切放り出して、ひたすらその役を突っ走る。こうと決め込むと、毒虫さえ喰ってしまう。皺だらけの面《つら》の皮を一枚捲《めく》れば、なにも変わっていない少年の顔があった。

「幸い、今井町はさほど広くない。次の日から毎夜、見張ることにした。俺と太一は門番の御用の日が重ならない。必ず、どちらかは張り付くことができる。ところが、それから六日、奴《やつ》らは現れなかった。竹筒を仕掛けたのに火の手が上がらなかったので用心したのかとも思ったが、火を付けるのは今井町でなくともよいとも考えられる。どこでもよいとなれば、たった二人の探索ではお手上げだ。ところが、こいつは無理筋だったかと、半ば、探索を諦《あきら》めかけて張っていた七日目の夜の同じ頃、また奴らが姿を現わした」

思わず、晋平も息を吞んだ。

「再び、現れたら、どうするかは既に決めていた。心の臓がいかん俺が仕掛けられた竹筒を拾い集め、腕の立つ太一が奴らを尾ける。早速、俺たちはそのとおりにした。しかしな、そこは素人の哀《かな》しさで、結局、その夜、太一は撒《ま》かれた。竜土町《りゅうどちょう》から六本木《ろっぽんぎ》通り、市兵衛町《いちべえちょう》から溜池と、ぐるぐると半刻以上も付き合わされた揚句、掻き消えてしまったらしい」

また、小さく咳払いをしてから、勘兵衛は続けた。

「とはいえ、まったく収穫がなかったわけでもない。なんで奴らがその六日、出没しなかったのかが分かったし、この次、奴らがいつ現れるかも察しがついた」

「どういうことだ」

「風だ」

勘兵衛は言った。

「この時節、江戸に吹く風は南、あるいは南東だ。しかし、振り返れば、初めて遭遇した夜も、再び現れた夜も、風は北西だった。つまり、奴らは、そうそうは吹かない夏の北風を待って火付けに出たのだ」

「なるほど」

目から鱗《うろこ》とは、こういうことを言うのかと思った。

「となれば、奴らがどこを焼こうとしていたのかも、大体ならば絞ることができる。大名屋敷の白土壁の塀はそう簡単には火が付かない。火事で燃やすには薪《たきぎ》が必要だ。その薪が今井町だったのだろう。つまり、奴らの狙《ねら》いは北の風が吹いたときの今井町の風下、即《すなわ》ち、南側の武家屋敷ということになる。それも、ずっと南ではなく、直ぐ南だろう。火付けを隠すためには、ずっと南に越したことはないが、距離が開けば、それだけ延焼を免れる怖《おそ》れが高くなる。火付けのような大罪を犯すからには、多少の危険を引き受けても確実に炎に包みたいはずだ。そこで、直ぐ南側の武家屋敷を調べてみたら、幸か不幸か、三家の大名の江戸屋敷しかなかった。毛利《もうり》藩と出雲《いずも》松江《まつえ》藩の中屋敷と、そして岩垣藩上屋敷だ」

「なにも手掛かりがないのも同然のところから、そこまで考えを進めるとは見上げたものだ」

晋平は手拭いをそっと動かして、勘兵衛の額に浮いた汗を拭いた。

「そうであろう。実は、自分らでもそう思ってしまってな。それ以前も、今井町を張って気を集めるほどに、己の内で眠っていたなにものかが目覚めていくような感触が増していったのだが、ふと、吹く風に気づいて、奴らの狙いに考え及んだときには、自分らが別の何者かに変わったようで、もう、後戻りはできなくなっていた」

「ああ」

「真っ当な話であれば、そこで、御目付なりに、恐れながらと訴えるべきであったのだろう。だがな、言ったように、もう俺たちは後戻りできなくなっていたのだ。それにな。御目付に訴え出るとはいっても、実際は、組頭を通すことになる。つまりは、組頭に手柄を譲って出世を手伝うことになる。それは、明らかにちがうと思った。組頭の出世が妬ましいのではない。いまさら、そんな思惑に煩《わずら》わされる齢でもない。晋平には分かってもらえると思うがな。この火付けの探索は、俺たちの御用なのだ。御公辺とは一切関わりのない、俺と太一の御用なのだ。そういうまっさらな御用に、手柄とか出世とかの類《たぐい》は余計の雑事でしかなかった。玉川上水の流れに、馬糞《ばふん》を投げ入れられるようなものだったのだ」

「分かるぞ」

晋平はゆっくりと頷いた。そして、はたと気づいた。あのとき太一が言った、勘兵衛を御用にのめり込ませている、他の誰にも負けぬものとは、これだ。火事を人並外れて、恐れることだ。

他の誰よりも火事が怖いからこそ、火付けの探索が自分の御用であるとすっと信じることができた。後先顧《あとさきかえり》みず、前へ踏み出せた。そして、そこに一切の疑念も邪念もなかったからこそ、太一も勘兵衛の御用に、己の御用を重ねることができたのだ。

「なにもないよりは良い」どころではない。立派な、他の誰にも負けぬものだ。

「なによりも、もう後戻りできない俺たちにとっては、御用はまだまだ途中だった。狙われているのが、三家の江戸屋敷のいずれかであることはほぼ間違いなかろうと思った。己の愉悦のためにしろ、大火後の復興商い目当てにしろ、広く焼き尽くそうとしたら、火に強い武家地など選ばない。薪の山同然の街並は他に幾らでもあるのだ。だから、標的は分かったが、肝腎《かんじん》の火付けが何者なのかは分からない。なんで、そんな真似《まね》をしたのかも、まったく分かっていない。そのまま御用を進めて、俺たちがその先、なにを為《な》すことになるのかは、俺たち自身、見えているわけではなかったが、とにかく、火付けの正体と目的を突き止めなければならないことだけは、お互い、はっきりしていた。それが分からねば、俺たちの御用は終えるに終えられなかったのだ」

「ああ」

晋平はまた、勘兵衛の額の汗を拭いた。話すほどに、浮く汗の量が増えていた。

「ともあれ、言ったように、次に奴らが現れる日ははっきりしていた。その次に、北風が吹いた日だ」

瞬間、晋平は、平太と浮き木の稽古《けいこ》を積んだこの五日のことを思い出した。あの日も、たしかに北西の風が吹いていた。目の前の苗箱の活着苗が北の風に震えていたことを覚えている。

「では、その、次に北風が吹いた日が、太一が逝《い》った、今月五日か」

だから、あの日か。

「そうだ。俺たちも奴らの狙いがはっきり分かっていたが、奴らもはっきりと、邪魔立てする者が居ると識《し》るようになったのだろう。一度の失敗ならば、たまたま、だが、二度重なって、竹筒がきれいに消えていれば、そこは火付けという大罪を犯そうとしている者だ、常に気を張り詰めているから、さすがに偶然とはちがうと思い至る。おそらく、奴らは奴らで、俺たちの正体を突き止めようとしていたのだろう。三たび、火付けをする様子を見せておいて、その実、俺たちがどう出るのかを探ろうとしていたのだ」

「つまり、奴らが待ち構えているところへ、足を踏み入れた」

「ああ、そこはやはり素人《しろうと》だった。まったく想いもかけなかったのならともかく、そういうこともあると十分に感づいていたのに、前と同じ動きしか取れなかった。俺は竹筒を拾いに行き、太一は奴らのあとを尾《つ》けた。人はつい同じ振る舞いを繰り返そうとする。どんな場面であれ、馴《な》れた営みを変えたくないのだ。俺たちもそうだった。どうしようかと迷って、結局、同じことをした。ところが、その夜に限っては、奴らが通ってきた路沿いに幾ら目を凝らしても竹筒は見えなかった。それでも、俺は諦めずに捜し回った。己の判断を、間違いと認めたくなかったのだろう。捜し回った揚句に、ようやく奴らの意図に気づかざるをえなくなって、太一のあとを追ったときには、言うまでもなく手遅れだった。もはや、影も形もなかった」

「太一は二人を追って、愛宕下の藪小路へ行った」

「そうだ。おそらく、藪小路へ誘い込まれて、竹藪に潜んでいた奴らに不意を突かれたのだろう。さもなければ、あの太一が、刀も抜かぬまま討たれるはずがない」

勘兵衛がまた咳払いをした。咳払いの回数も多くなっている。

「水はどうだ」

「まだ、よい。それより話だ」

「ああ」

「元はと言えば、俺の御用と決めて始めたことだ。太一を死なせてしまって、俺はその先、自分がどうすべきかを考えた。仇《かたき》を討たねばとは思った。しかし、その前に、やはり、奴らの正体と火付けの理由を突き止めねばならんと思った。不意を突いたとはいえ、あの太一を手にかけた連中だ。俺が討ち果たすことのできる目処《めど》は限りなく低い。返り討ちに遭って向こうへ行き、太一から、それで奴らは何者だったと尋ねられたとき、済まんが分からんでは、申し開きできん」

「そうだな」

「奴らはまた必ず現れる。太一の命を奪って、以前にも増して用心してはいるだろうが、太一を襲ったからこそ、奴らはまた直ぐ、北風の吹く夜に今井町に火付けに来る。奴らは捕われる危険を積み上げたのだ。なのに、狙う屋敷はまだ灰になっていない。俺は奴らが来るのを疑わなかった。そして、昨夜、北西の風が吹いた」

そうだ。昨日、中洲で、赤や黄や、緑の幟をはためかせていたのが北西の風だった。

「俺は伊賀町の遠縁に頼んで、人を三人ばかり雇った。一応、隠密働きを請け負う者だ。彼らに竹筒のほうを任せて、俺は奴らの尾行に集中することにした。刻《とき》は前よりもずっと遅く、暁《あかつき》八つまで待たされたが、やはり奴らは来て、俺は尾けた。俺の軀にもまだ伊賀衆が巣くっているのを信じて、全霊を込めて尾けた。太一が言ったとおり、奴らは竜土町から六本木通り、市兵衛町から溜池と回った。俺はいつでも斬り結ぶことになるのを覚悟してもいたが、奴らは俺の尾行に気づかなかった。そして、最後に、奴らはどこに入ろうとしたと思う?」

「どこだ」

「岩垣藩上屋敷だ。奴らは、自分の国の江戸屋敷を、焼こうとしていたのだ」

どういうことだ。

「俺は唖然《あぜん》とした。混乱した。そのとき気配が洩れ出たのだろう。二人のうちの一人が俺に気づいて、脱兎《だっと》のごとく向かってきた。俺は懸命に走って逃げて、いま、ここでこうして横になっている」

「よく頑張った」

「二人でやろうと言ってくれたのに、晋平には済まんと思っている。許してくれ。しかし、な。言ったような事情だ。どうあっても、俺一人でやり遂げねばならなかったのだ」

「よい。よい」

晋平は右手を動かして、涙が滲《にじ》まぬうちに目尻《めじり》を拭いた。

「だが、お前が二人で犯人を捜そうと言ってくれたときは嬉しかった。あれで、返り討ちに遭う覚悟ができた。夜更《よふ》けの今井町で、奴らを待ちながらな。俺は晋平に骨を拾ってもらえるのだと、温かい気持ちになれた。思わず、笑みが洩れた。力も得た。自信が湧《わ》いて、俺はちゃんと尾行ができる、奴らの正体を突き止めることができると信じられた。晋平に助けられた。晋平には十分、手伝ってもらっている」

「ああ」

「そうは言いながら、この始末だ。分かったのは岩垣藩の藩士というだけで、その先は闇《やみ》のままだ。なのに、俺はもう返り討ちにも遭えそうにない」

「なにを言うか」

「起こしてくれるか、晋平」

手を貸すと、勘兵衛は起き上がって、正座をし、背筋を伸ばした。

「無理をするな。楽にしていろ」

「いや、楽はできん。楽をしてはならんのだ」

勘兵衛は姿勢を崩さずに、晋平に正対した。

「お前に言っておかねばならんことが二つある。ひとつは、詫《わ》びだ。このとおりだ」

勘兵衛はやおら両手を突いて、深々と頭を下げてから、続けた。

「ほんとうはな、晋平。俺はお前に助けてもらえるような男ではないのだ。ここで、こうしていられる立場ではない。いつかは晋平に謝らなければならんと、ずっと思っていたのだがな。実は、俺は、佐吉にお前の婿殿のことを教えた」

「そうか」

「それも、わざと教えたのだ。六十過ぎた爺《じじい》が、僻《ひが》んでな」

「佐吉をか」

「いや、元はと言えば、晋平、お前だ。佐吉ではない。俺はお前を妬《ねた》んだのだ。思えば、俺は子供の頃から、お前が羨《うらや》ましくて仕方がなかった。剣ができるのも羨ましいが、もっと羨ましいのは、剣ができるのに剣に頼ろうとしないことだ。俺の喉が渇き切って、飲みたくてたまらぬ水を、お前はがらがらと嗽《うがい》をするだけで吐き出す。剣がからっきし駄目な俺からすれば、当てつけられているようで、許しがたかった。剣だけではない。お前は、なにも突っ支《か》い棒にしなかった。百人町一のサツキの育て上手にもかかわらず、評判はぜんぶ佐吉に譲るし、むろん、伊賀衆の出自になど目もくれない。なんの芸もない俺は立つ瀬がなかった」

「俺は父を真似たのだ。借り物だ」

晋平は言葉を挟んだ。

「借り物ではないぞ、晋平」

勘兵衛が途切れがちな声で返した。

「真似て、できることではない。人は、与えられた鋳型《いがた》に身を潜り込ませて安心したがる。忠義の士とか、剣一筋の武芸者とかな。ひとつの鋳型を選べば、他はやらない言い訳が立つから楽なのだ。だから、鋳型を礼賛《らいさん》して、鋳型に入ろうとせぬ者を見ると、激しく責め立てる。早く、自分たちと同じになれ、と口を尖《とが》らせる。誰もがひたすら、その実は守り抜こうとするなか、お前はとうとうこの齢になるまで一つの鋳型に収まらなかった。断じて、借り物ではない。借り物ならば、俺は妬まずに済んだだろう。そうでないのが分かっているからこそ、妬まねばならなかった。そんなお前の傍らに居て、お前のように振る舞っている佐吉もまた妬ましかった」

「それは、いま話さねばならぬことか」

晋平は勘兵衛の息遣いに耳を澄ませた。明らかに、無理が過ぎている。

「話さねばならぬことだ。口がきけるうちに、すべてを明かしておきたい。話して、佐吉にも詫びたいのだ。あとから振り返れば、佐吉がお前を真似たからといって、なんの罪があろう。望んでも、己の望むようになれるものではないことは、誰よりも俺が分かり抜いているではないか。ならば、せめて、なりたい者の鋳型に収まろうとしても、なんら責められる謂《い》われはあるまい。なのに、さんざ、じたばたした揚句、俄《にわか》に伊賀衆の鋳型に潜り込み出した俺は、佐吉の穏やかな暮らしぶりが妬ましくて毒を撒《ま》いた。冗談めかして、笑って、婿殿のことを話したのだ」

晋平は黙って頷いた。

「弁解をすれば、俺はまだ火付けと出逢《であ》う前だった。結局は宛行扶持《あてがいぶち》の伊賀衆に寄り掛かった己がなんとも惨《みじ》めで、許しがたく、毒を溜《た》め込んでいた。それに、話したとて、お前と佐吉の結びつきなら、多少のことでは動じるまいとも読んだ。ところが、佐吉の狼狽《うろた》えようは、俺が想ってもみないほどだった。こっちが慌《あわ》てて、そそくさと逃げ出すほどにな。いまも、なんで佐吉があれほどに取り乱したのか分からない。ともあれ、晋平の前でどう振る舞っていたかは知らぬが、あの日から佐吉の様子はがらりと変わった。そういうことだ、晋平。佐吉を殺したのは、この俺なのだ」

「もう、話さんでいい」

そういうこともあろう。人はそんなに強くも、賢くもない。

「もうひとつは頼みだ。実は、佐吉のことを話したのは、この頼みを聞いてもらうためでもある。一切の隠し事をなくした上で、頼みたかったのだ。こんな俺がお前に頼み事をするのは心苦しいが、なんとしても聞き入れてもらわねばならん」

「なんでも言え」

痛みを堪《こら》えて動く頬に、また冷たそうな汗が伝った。

「俺の、この姿を覚えておいてくれ、晋平。その上で、これから俺の言うことをよく聞いてくれ。そして、俺が居なくなったあと、俺のこの姿と、言ったことをしっかりと思い出すのだ。約定してくれ」

病を押して背筋を伸ばした勘兵衛には、餓鬼大将の威厳があった。

「分かった」

「いいか、晋平。この件はこれで仕舞いだ。たしかに俺には、やり残したことがある。だがな、たとえ俺がこのまま成仏したとしても、俺のあとを継いで、奴らの目的を探索したり、ましてや仇討《あだう》ちなどを考えてはいかん」

勘兵衛は一語一語、嚙《か》んで含めるように話した。

「これは、俺のための頼みだ。俺の稚気のせいで、皆を巻き込んで、佐吉を、太一を死なせた。この上、晋平までそういうことになったら、俺は死んでも死に切れん。後生だから、仕舞いにしてくれ。そういう気になったとしても、俺のこの姿を思い出して、踏みとどまってくれ」

勘兵衛の首筋を、また冷たそうな汗が伝った。

「今日、ここへ来たのは、それを伝えるためだったのだ。これから戻って、今日いっぱい軀を休めたら、明日、俺は組頭の屋敷へ参る。これまでの経緯を話して、松平大膳大夫《まつだいらだいぜんだゆう》様の毛利屋敷と、不昧公《ふまいこう》松平出羽守《でわのかみ》様の出雲松江屋敷に、危機が迫っていることをお伝えする。この件を、御公辺にお返しするのだ。それで否応《いやおう》なく、俺たちのこの御用は、仕舞いになる。もう、手は出せん」

肩で大きく息をしてから、勘兵衛は続けた。

「無念だろうが、堪えてくれ。これで、俺の言わねばならぬことはすべて言った。あとは、その他のことなども話したいのだが、少々、疲れた。戻って、休みたい。済まんが、屋敷まで送ってくれるか。途中で、倒れるわけにはいかんのでな」

微笑む勘兵衛に肩を貸し、晋平は庭へ降りた。

◆◆◆

勘兵衛は巧みに鍵《かぎ》をかけた。どこをどう解こうとしても、外れそうにない鍵だった。けれど、勘兵衛は翌朝、組頭の屋敷へ参って、鍵の最後の仕掛けを組み入れることができなかった。深夜、心の臓の発作に襲われ、そのまま帰らぬ人となった。勘兵衛もまた奴らに殺されたのだと、晋平は思った。

できるかできぬかは分からなかったが、晋平は勘兵衛の言うことを聞き入れなければならないとは思っていた。いつ止まるかもしれない心の臓に無理を強いて、大久保百人町の中通り南から北通り北まで、あの姿と言葉を届けに来たことを想えば、黙殺できるはずもなかった。

けれど、今朝、目覚めてみれば、晋平はたった一人になっていた。あの熊野十二社脇《わき》の、玉川上水が神田川に分かれる根城で、遊び回っていた四人のうちの三人の姿が、僅《わず》かひと月のあいだに消えていた。上席でも百俵が天井の御家人の、その末席にある鉄砲百人組伊賀同心として、どこにでも転がっている当り前の死を迎えるはずだったのに、三人が三人とも、命を奪われた。

濡《ぬ》れ縁で背筋を伸ばして晋平を諭した勘兵衛の姿は、忘れようもなかった。おそらく、死ぬまで消えぬだろうと疑わぬほどに、魂に刻まれていた。しかし、一人残された理由を知りたいという想いの噴出もまた、いかんともしがたかった。勘兵衛が、晋平まで道連れにしたら死んでも死に切れんと語ったように、晋平もまた、かかる理不尽を見極めないことには、死んでも死に切れぬ気がした。

既に、水路《みずみち》も通っていた。最初に勘兵衛の口から岩垣藩の名前が出たときは、話の流れを追うのに懸命で意識に留まらなかったが、二度目に出たときは、その藩名が、平太の話のなかにあったことを直《す》ぐに思い出した。

岩垣藩三万石が、藩主島守能登守重宗を奏者番に就けるために、幕閣に猛烈な働きかけを繰り広げていると平太は言った。そのとき平太は、費用の掛け方が分不相応なのが気に掛かるが、猟官活動に多少の無理は付きものであり、国を挙げての取組みでもあるので、この筋はないかもしれないと続けた。その岩垣藩の江戸屋敷を、岩垣藩の藩士が灰にしようとしているのだった。

訃報《ふほう》の届いた六つ半から、半刻ほど晋平は白帷子《しろかたびら》の勘兵衛の傍らに居て、無言のまま勘兵衛と語った。ああでもない、こうでもないと語り合い、仕舞いに、勘兵衛に正体を見届けられて焦《あせ》っている奴らは、いまこうしているあいだにも、火付けをするかもしれないということで折り合った。しかし……と晋平は目を伏せて言った。俺は、組頭には届けんぞ。再び目を遣ると、勘兵衛は、怒ってはいないように見えた。

晋平はその足で、芝神明に向かった。たしかに、時間がなかった。追跡の手が入ったと覚悟しているかもしれぬ奴らは、おそらく今夜にも火付けに出るだろう。今日はいつものように南東の風が吹いているが、もう奴らは、悠長に北風を待ちはすまい。

今井町といわず、氷川門前町《ひかわもんぜんちょう》、谷町《たにまち》、御簞笥町《おたんすまち》……薪になりそうな処に、手当たり次第に竹筒を置いて歩くかもしれない。

そうなってからでは遅い。夜を待ってはいられない。陽のあるあいだに岩垣藩江戸屋敷から奴らを引っ張り出し、火付けができぬようにしなければならない。そのためには、やはり、奴らの目的を知ることだ。なんで、奴らは、自分の国の江戸屋敷を焼こうとしているのか……。

途中、思うところがあって、赤坂の溜池に回り、五つ半に芝神明に着いたが、平太の姿はなかった。笑顔で居間に迎え入れた千瀬に、今日は御用かと問うと、このところ空いた時間はあの特別の万年青《おもと》に掛かりっ切りで、と答えた。

「なにやら、これまでにも増して万年青に気が入っているようで。妻のわたくしから見ても、顔つきに張りがあるように映ります」

「そうか」

「父上と共に栽培に取り組むことができるのが嬉しいようです」

「さようか」

思わず、晋平は庭に目を移した。

「朝餉《あさげ》はまだでございましょう。直ぐに用意しますので、召し上がってください」

「呼ばれよう」

平太が外から戻って、岩垣藩の状況について一応の話を聞いたら、直ぐに動きを起こさなければならない。おそらく、この先、腹になにかを入れる時間はないだろう。今日は、鱚《きす》でもなんでも、喜んで馳走《ちそう》になろうと晋平は思った。

「この辺りは、いろんな振売《ふりう》りがやって来るので、ついつい、いろいろ買い求めてしまいます」

晋平のために新しく用意したという、引出し付きの箱膳《はこぜん》を置きながら、千瀬は言った。漆塗りの、立派な箱膳だった。

「それで、少々贅沢《ぜいたく》かとは思いましたが、珍しいので、鶉《うずら》の肉と、卵を手に入れて。見様見真似ですが、鶉卵をつくってみたので、味をみてください。鶉の肉を叩いて摺《す》り潰《つぶ》し、溶き卵を加えて、お酒と塩で味付けして蒸したものです」

箱膳の上は、この前にも増して豪華だった。飯と、その鶉卵。鶉卵用に摺った肉を使って豆腐と合わせた巌石豆腐《がんせきどうふ》の汁、そして長茄子《ながなす》の浸しの胡麻和《ごまあ》え。皆、手のかかった品ばかりで、晋平はひとつひとつを目で楽しみ、噛み締めながら、箸《はし》を動かした。

「いかがですか」

傍らで給仕をする千瀬が笑顔を寄越す。

「初めて口にしたが、旨《うま》いものだな」

晋平は素直に言った。

「ますます、料理の腕を上げているようだ」

「ありがとうございます。でも……」

「でも？」

「自分でつくっておいて、こう申すのもなんですが、海から離れた百人町で育ったせいでしょうか、時折、こんなに美味《おい》しい物を食べなくてもよいのではという気がいたします」

「ほう」

「人は、そんなに美味しい物を求めずとも、お腹《なか》がくちくなって、口に入れるのが難儀なほど不味《まず》くさえなければ、それでよいのではないか。そのほうが幸せなのではないか。先ほど申し上げた振売りの相手をするほどに、そう思えてなりません」

「もう、すっかり、芝神明の人間になったのではないかと思っていたが」

「いえいえ。千瀬はこれからもずっと、大久保百人町の、サツキの鉢でいっぱいの大縄地で育った娘でございますよ」

ささくれだった気持ちの罅《ひび》を、温かく柔らかなものが埋めていくようで、晋平はこういうときにも、こんな気分になれるものなのだと思った。黒一色に白が交じっても、すべてが灰に、黒になるわけではない。たとえ点でも、白いままであり続ける白もある。

そんなことを想いながら濡れ縁に軀を移し、庭に目を預けているうちに、平太が戻った。明らかに、なにかを探りに出ていた風で、晋平を認めると、はっとした顔を浮かべて、いらしておられましたか、と言った。

「実は、父上に折り入って相談させていただきたいことがあったのです。恐縮ですが、もう朝がお済みのようでしたら、このままあの万年青の栽培場までお付き合い願えますか」

晋平が答える前に、千瀬が口を尖らせた。

「まだ、朝餉の後のお茶もお淹《い》れしていないのですよ」

「よいよい」

晋平は言った。

「俺も、あの万年青が気になっておった。いや、馳走になった。鶉卵、ことのほか旨かった」

千瀬は微笑んで、また、美味しそうなものをつくっておきましょう、と言った。

肩を並べて歩き出すと、平太は直ぐに、小林様にはお会いになれましたか、と前を向いたまま言った。言葉を合わせずとも、二人は同じ方角へ向かっていた。

晋平は、昨日、平太と別れた後に起きたことを、芝神明から御成門《おなりもん》前を通り、愛宕下広小路へ足を踏み入れるまでのあいだに、ひと通り、語った。

平太は、晋平の話すことに、無言のまま気を集めて聞いていたが、襲撃した二人が岩垣藩の藩士であると告げたところへ来ると、やはり、と言った。

「実は、あの後、事情通の心当たりと話を交わして、この筋はないと申し上げた岩垣藩三万石が、最も危うい火種を抱えていると思うに至ったのです」

二人は、愛宕山の前を通って、愛宕薬師として知られる真福寺《しんぷくじ》の角を左に曲がった。

「それで、真偽をたしかめようと、今朝早く、岩垣藩と殿席《でんせき》を同じくする同席組合の、さる藩の御留守居役にも話を伺いました」

殿席は、江戸城における藩主の控えの間である。家の格式や石高等が、同じような枠に収まる大名が集められており、殿席を一にする諸国の江戸留守居役は同席組合をつくって緊密な繋《つな》がりを保っている。江戸での大名の振る舞いを縛るのは、一にも二にも前例であり、互いの対応を持ち寄って、仔細《しさい》に至るまで最新の前例を分かち合わなければ、藩主と江戸屋敷は一歩たりとも動けないからだ。おのずと、江戸留守居役は、同じ殿席の他国の事情について、むしろその国の者よりも、深く知りえる立場にあった。

「よく、直ぐに会えたものだな」

「秋になったら、特別の万年青を分けられるかもしれないと仄《ほの》めかしましてございます」

「やはり、万年青がお好きか」

「それは分かりませぬが、なにしろ万年青は金成木《かねのなるき》ですので」

「そっちか」

「欲は強うございますが、話されることはたしかで、時折、目ぼしい万年青を差し上げているのですが、岩垣藩についての話も、それまでに仕入れた話の正しさを裏付けるものでした」

路は汐見坂《しおみざか》に差し掛かる。このまま上っていけば、赤坂の溜池に出る。

「私は昨日、父上に、岩垣藩三万石が、藩主島守能登守重宗を奏者番に就けるために、分不相応な費用をかけて幕閣に猛烈な働きかけを繰り広げているとお話ししました。とはいえ、猟官活動に多少の無理は付きものであり、岩垣藩は藩を挙げて、一枚岩になって取り組んでおるようなので、この筋はないかもしれぬと」

「たしかに、そういう趣旨だった」

「あれは間違いでした。申し訳ございません。十分に材料を仕込んでもいないのに、早合点いたしました」

「間違い？」

「岩垣藩は一枚岩などではなかったのです」

二人は汐見坂を上り切って、眼下に広がる溜池を見下ろした。平太はふっと息をつき、そして、続けた。

「一枚岩どころか、江戸屋敷と国元で真っ二つに分かれておりました。というよりも、江戸屋敷が国元を騙《だま》していたのです」

その日は、暮れれば勘兵衛の通夜《つや》になるというのに、土さえ焼けるのではないかと思えるほどにかっと晴れ渡って、高い土手で囲われた溜池にも、折からの南西の風に煽《あお》られて波が立ち、強い陽をちらちらと照り返していた。

玉川上水が通る前は、ここが江戸の水瓶《みずがめ》だったと聞くが、目立った汚れこそないものの、暑さで藻《も》が茂っているせいか水は深い緑色で、玉川上水の流れに親しんだ目には飲み水とは映らない。

それでも、武家屋敷で埋まるようになった赤坂一帯では、この界隈《かいわい》だけが緑が濃く、二人が立つ溜池の東の端は馬場になっている。表と馬場とは深い林で区切られていて、そこに分け入れば、午《ひる》でも人の目は届きそうになかった。

「その話に入る前に、父上にたしかめさせていただきたいことがあるのですが」

辺りに人影がないことをたしかめると、平太は足を停めたまま言った。

「先ほどから父上は、私と同じ行き先を目指しているように思われます」

「ああ。俺もそう思っていた。平太は俺と同じ、今井町の岩垣藩江戸屋敷を目指しているのだろう、とな」

「しかし、芝神明から今井町ならば、溜池に回らず、飯倉片町《いいくらかたまち》から六本木通りへ出たほうが早うございます。わざわざ、回り路をされたのは、私にこの場処を教えておくためでしょうか」

「実は、それについても、俺もそう思っていた。この馬場近くの森を教えるために、平太は汐見坂を上ったのだろうと」

「いや、そのとおりです。あの者たちを屋敷から引っ張り出せたとしても、この一帯では、白昼、人目につかずに談判できる場処がほとんどありません。唯一《ゆいいつ》、可能なのが、この馬場を囲む林です。今井町からこの馬場まで、なんとしても二人を連れてくることを、父上と確認しておかなければならないと思い、こちらへ回りました」

「俺もまったく同じだ。実のところ、奴らを引っ張り出したあと、自分がどうするのか、まだ決めていない。はっきりしているのは、奴らが絶対に、火付けをできないようにすることだけだ。たとえ一人といえども、焼け死ぬ者を出してはならない。ましてや、江戸を火に包ませてはならない。当り前の死を迎えるはずだった幾多の者が、火炎のなかで悶《もだ》え死ぬことがあっては断じてならない。そのために、どうすべきなのか。まだ決めかねておるが、いずれにせよ、白昼、人目に付かぬ場処が要ることだけはたしかだ。土地勘が乏しいながらも、俺もその場処は、ここしかないのではないかと思い、芝神明へ寄る前に下見をしておいた」

「さすが、父上です。抜かりありませんな」

平太は笑って、再び足を踏み出した。路はまた榎坂《えのきざか》の上りになる。

「安心したところで、国元が騙されていた話に戻させていただきますが、父上は大坂《おおさか》加番《かばん》という大名の御役目をご存知でしょうか」

「いや、知らんな」

晋平は答えた。

「大名は、旗本や御家人とちがって、足高の制がありません。つまり、補塡《ほてん》がなく、御役目でかかる費用は、すべて持ち出しになります。一万石、二万石の大名では、老中になれない理由がこれです。もしもなったとしたら、あっという間に国が壊れるか、そうでなければ費用を捻《ひね》り出すために、清廉《せいれん》の評判を取っていた者さえ、俄に賄賂《わいろ》を求め出すのが関の山でしょう。老中ほどではなくとも、事情は若年寄や奏者番にしてもさして変わりません」

「にもかかわらず、大名のあらかたが幕閣になりたがる。権力というのは、怪しいものだな」

「真《まこと》に」

「女は己の足を休める止まり木一本あればどこでも生きていけるが、男は、その止まり木を縦に繋ぎ、横に繋ぎ、大層な足場をこさえてからでないと、安心して足を着けられぬものらしい。その足場を上れば嬉々《きき》とし、下ればしゅんとする。足場そのものが壊れれば、己も壊れかねない。止まり木一本で十分な女と比べれば、随分とひ弱な生き物なのかもしれん」

「岩垣藩の島守能登守も、まさに、そうした一人なのでしょう。この時代、大名の内証はどこも火の車ですが、岩垣藩はとりわけひどいという見方がもっぱらです。領地のあらかたが台地にあるため、新田開発などで耕地を広げる余地がなく、裏高が表高に限りなく近いようです。表高三万石とはいっても、実際は倍の六万石か、あるいは七、八万石の国さえ珍しくないのに、岩垣藩に限っては、四万石にも届かぬらしい。おのずと宝暦から続く飢饉《ききん》の疵《きず》は深く、他国の旅人はあまりの酷《むご》さに目を開けて領地を通れぬという噂《うわさ》さえあるそうです。そういう惨憺《さんたん》たる内証でありながら、己一人が奏者番に就くために、湯水のごとく費用をかける。人というのは、どこまでも愚かになれるようでございますな」

「しかし、費用の出し手は国元であろう。酷さを知り抜いている国元が、なぜ金銀を送り続けるのか」

「そこでございます。国元が騙されていたというのは」

吐き捨てるように、平太は言った。

「すべてが持ち出しとなる大名の御役目のなかで、唯一、就けば潤《うるお》う御役目がございます。それが、先刻、申し上げた大坂加番です。ひとことで言えば、大坂城代を補佐する役で、役料実に一万石。裏高さえ四万石に届かぬ岩垣藩ならば、なんとしても手にしたい役料でございましょう。岩垣藩江戸屋敷は、国元にはこの大坂加番に就くためと偽って金銀を送らせ、その実、奏者番就任の費用に当てていたようです」

「つまりは、騙《かた》りではないか」

「それだけではありません。大坂加番の任期は僅かに一年です。役料一万石とはいえ、支給されるのは一年に限られるのです。しかし、それをそのまま国元に伝えたのでは、ずっと金銀を引き出し続けることができない。それゆえ、岩垣藩江戸屋敷は、任期三年と偽って伝えていたようです。やりようによっては五年にも延びるかもしれぬと。藩主と重役が結託して国を、民を騙す。もはや、ごろつきにも等しい仕業です。さすがに一国の藩主ともなれば、誰もが、そこにごろつきが居座っているとは思わない。が、藩主だろうと、家老だろうと、どこにでも、ごろつきは居るということでございましょう」

「度《ど》しがたいな」

「その甲斐《かい》あってか、島守能登守の奏者番就任は間近という噂がもっぱらです。おそらく、横尾様と小林様を襲った二人は、その噂を知って江戸に出てきた国元の藩士なのでしょう。噂をたしかめ、もしも事実であれば、なんとしても阻止せよという命を、国家老あたりから受けていたと思われます」

「そのために、江戸屋敷を灰にしようとした？」

「上屋敷のみならず、中屋敷、下屋敷、岩垣藩の江戸屋敷すべてを焼き尽くすつもりだったのでしょう。彼らが愛宕下に土地勘があったのは、西久保《にしくぼ》に岩垣藩の下屋敷があったからです。江戸での御奉公の拠点をすべて失えば、幕閣としての働きができないという目論見《もくろみ》ではないでしょうか」

「それで、ほんとうに奏者番就任を阻止できるのか」

「定かではありませんが、同時にすべてとなれば、目はあったと考えられます。それに、彼らには他に選ぶことのできる手段がなかった。奏者番就任が迫って、時間の猶予《ゆうよ》がなかったし、さりとて、国元ならばともかく、将軍家のお膝元《ひざもと》で藩士が藩主の命を取れば、国が御取潰しにもなりかねない。おそらくは、切羽詰まって火付けを思い立ったのでしょう。そう考えていけば、彼らも岩垣藩江戸屋敷の犠牲者と思えないわけではありませんが、奴らはここが無人の原野ではないことを忘れています。百万の民が生きて、日々の暮らしを送っていることを忘れている。とてつもなく愚かで身勝手ということでは、藩主島守能登守に劣りません」

「先刻、言ったように……」

晋平は、ひとつひとつの言葉の意味をたしかめるように話した。

「俺は奴らをどうするか、決めかねている。自分の気持ちを覗《のぞ》けば、太一と勘兵衛の仇を討ちたい想《おも》いは、正直、ある。が、いまから己を、討たねばならぬと縛ってはいない。また、奴《やつ》らが絶対に火付けをできないようにすることだけははっきりしているとはいえ、だから斬《き》らねばならぬとも考えていない。さんざ考えあぐねた末に、俺は久々に、剣士に戻ってみることにした。頭でなく、軀《からだ》で判断するということだ。頭のみで考えると、往々にして、正しいことは正しいが、硬い正しさになる。奴らをどうするかは、そのときの俺の軀に任せるつもりでいる」

「硬い正しさ……ですか」

平太は言った。

「あの二人の正しさも、硬い正しさなのかもしれませんな。正しさを貫くためなら、人を何万と殺しても構わないとでも思っているらしい」

陽射《ひざ》しはますます強くなって、建ち並ぶ武家屋敷の甍《いらか》の照り返しが目を射る。目を細めながら、二人は赤坂田町五丁目の角に近づいた。そのとき、それまでは力強く前へ踏み出されていた平太の足が急にぐずつき出した。そこを左に曲がって一ツ木町《ひとつぎちょう》へ分け入れれば、赤坂新町、元馬場《もとばば》を通って、午九つ前には今井町に着く。

「父上に伺いたいのですが……」

問いを発した顔も、妙に自信がなさ気である。

「なんだ」

晋平は、なんで平太が歩調を緩めたのかが分からない。

「実は、私は最も肝腎なことをいまだに思いつくに至っておりません。つまり、彼らをどうやって屋敷の外へ引っ張り出すかということです」

「それか」

「おそらく二人は、いまだ騙されている振りをして江戸屋敷に逗留《とうりゅう》し、機会を窺《うかが》っているのだと思われます。その二人をどうやっておびき出すか。まったく考えがないわけではありませんが、ほんとうに功を奏するかとなると、甚だ心もとない。その点、父上は、なんら懸念《けねん》を持たれていないようにお見受けするのですが、既に策はお持ちなのでしょうか」

「ああ。そこは問題ない」

「はたして、どのような？」

「これだ」

晋平は懐《ふところ》から二本の竹筒を取り出した。

「これは？」

「先刻言った、奴らが置いていった火付けの仕掛けだ。これを携えて、恐れながらと、お上に訴え出ても、奴らが火付けをしたという証拠にはならぬだろうが、使い方次第ではめっぽう効き目の強い証拠になる」

「はて……」

平太は首を傾《かし》げたが、直ぐに目を輝かせた。

「なるほど！　そういうことですか」

「分かったか。江戸屋敷の門前で、俺がこれを手にしてうろうろしているのを奴らが見れば、俺が太一や勘兵衛と関わりのある者ということが直ぐに知れよう。つまり、俺の口を塞《ふさ》ぎに出るはずだ。俺が逃げれば、ほぼ間違いなく追って来るだろう。あとは、溜池馬場の林まで、なんとかして導くだけだ」

「いや、お見事です」

平太は苦笑して、また力強く足を踏み出した。


晋平の企ては絵に描いたようにうまく運んだ。

岩垣藩江戸屋敷の門前の、真正面ではなく斜向《はすむ》かいの塀際《へいぎわ》に一人立つと、晋平は二本の竹筒を両手に持って拍子木のように打ち鳴らした。強くはなく、かといって弱くもなく、門番の二人がそこを退《ど》けと言おうか言うまいか、迷うくらいの微妙な音で鳴らし続ける。

門の直ぐ前ではなく、斜向かいの塀際なのも、そこならば、その塀の内側に暮らす主《あるじ》の領分だからだ。縄張り意識の強烈な武家は、他家ということが頭を掠《かす》めるだけで動きを抑える。そうして、じんわりと、岩垣藩江戸屋敷の内へ、晋平がそこに居ることを伝える。

江戸屋敷の藩士全員の注意を一気に引くのではなく、口から口へと伝わって、身に覚えのある者のみに強く響くための企てだ。

案の定、四半刻とかからずに、門の脇の木戸が開いて、二人の武家が姿を現わした。想《おも》っていたよりは随分と若く、二人ともまだ二十代の半ばに見える。ほんとうにこいつらかと思いながら、晋平は来た路へ足を踏み出してみた。すると、二人は付いてくる。少し、足を早めてみると、間を保とうとして二人も晋平に合わせた。こいつらで、まず間違いない。

晋平はさらに早足になる。人は逃げられれば追いたくなる。赤坂新町の四丁目と五丁目の境で、路地に潜んでいた平太に目配せをした。直ぐに、そこを通り過ぎた二人の背後に平太が付く。晋平を二人が追い、さらにその二人を平太が追う。

やがて、赤坂田町五丁目に突き当たって右へ折れた。それとなく背後に目を遣《や》ると、大丈夫、二人の姿はある。太一を愛宕下の藪小路に誘い込んだことからすると、もっと狡猾《こうかつ》な相手を想像していたが、あるいは、焦りが募って、もはやあれこれと気を配る余裕がないのかもしれない。

いまでは名前だけになった桐畑《きりはた》を通り、溜池馬場上の土手で晋平は足を停める。追ってくる二人と、その背後に付く平太の姿をたしかめてから、土手を降り、林の際に立った。

二人が土手を降りるのを認めて、なかに入る。急に陽が遮られて、汗が引いた。両の指が柔らかく動くのをたしかめてから、深く息を吸って丹田に送る。もはや、なにも考えない。頭を閉じて、軀《からだ》を解き放つ。

二人はゆっくりと近づいてくる。笑みを浮かべながら近づいてくる。三間《さんけん》の間《ま》を取って足を停めると、一人が笑みを消さぬまま言った。

「なんだ、また、爺《じじい》か」

「爺ばかりだな」

もう一人が合わせる。爺ばかり……。太一と勘兵衛を襲ったのはお前らかと、たしかめるまでもないようだ。

「おまけに、ここへ追い込もうと思っていたら、自分のほうから嵌《は》まり込んでくれた」

「礼を言うぞ、爺《じい》さん」

あるいは、この二人も、ごろつきの藩主の犠牲となったのかとも思わないでもなかったが、藩士もまた、壊れかけているらしい。

「じゃあ、やるか。また一人、憎い江戸者を斬《き》るか」

「ああ、江戸者なんぞ、幾ら斬っても罪にはならん。どうせ、浮ついた奴らだ。国の者たちが路の草を喰って凌《しの》いでいるとき、どこのなにが旨いなどと、したり顔でほざいてる人でなしだ。ここから三、四日歩くだけで、飢え死んだ骸《むくろ》が積み重なる地獄がいくらでも広がっているというのに、一顧だにせず、へらへら笑って日々を過ごしている。こいつらは、人ではない。人に化けている獣《けだもの》だ。何匹斬ろうと、何匹焼こうと、どうということもない」

二人が鯉口《こいくち》を切ろうとしたとき、平太が土手を降りて、背後に立った。

「若いのもいるぞ」

一人が振り返って、また笑みを浮かべる。

「こいつはいい。爺ばかりでは物足りなく思っていたのだ」

その声を聞いて、刀を抜く気配を見せた平太を、晋平は制した。

「抜くな、平太！　お前は手出しをしてはならん」

そのとき、晋平は気づいたのだ。

この二人は、藩主の奏者番就任を阻止するために、火付けをしようとしているのではない。

それは、名分に過ぎない。

二人は、ただ火を付けたくて火を付けようとしている。

江戸を火の海にしたくて、あるいは、この世のすべてを火の海にしたくて、火を付けようとしている。

地獄の吐く息に吹かれたからなのか、あるいは元から地獄を棲《す》まわせていたのかはともあれ、もはや、己をどう御してよいのか分からなくなっているのだ。放っておけば、二人はこの先も、繰り返し、火を放ち続けるだろう。

晋平は腰を捻るやいなや瞬《まばた》きする間もなく抜刀し、腰を浅く沈めて、音もなく間合いを詰めた。

薄ら笑いを浮かべて、前に立っていた一人が慌てて剣を抜き放ち、身に迫った晋平の剣の峰を押さえる。

と、その瞬間、ふっと沈んだ晋平の剣が浮き上がって、逆に、相手の剣の峰に乗ると同時に、鎬《しのぎ》を払った。

がら空きになった正中線を、知らぬ間に振りかぶっていた物打《ものうち》が割る。

絵に描いたような浮き木である。

返す刀で、狼狽《うろた》えて奇声を発しながら剣を振り回していた残った一人を斬り上げる。

今度は、浮き木を遣うまでもなく、ひと太刀で倒れた。

ほんのひと息つくかつかぬあいだに、二人の武家が為《な》す術《すべ》なく倒されるのを、平太は呆気《あっけ》にとられて見ていた。

◆◆◆

二つの骸は御掃除之者たちによって、人知れず葬《ほうむ》られた。

それからほどなく、二人の主君である岩垣藩藩主、島守能登守が老中から隠居を命じられたのを平太から聞かされた。

ひとつの形が付いたのであろうと、晋平は思った。とはいえ、そのひと区切りは、晋平の気持ちの節目とはならなかった。

　期せずして、晋平は勘兵衛と太一の仇を討つに至った。けれど、そこから、三人の老友を亡《な》くした欠落を埋めるだけの充足感が湧き上がることはなく、それは、島守能登守の処分を知らされても変わらなかった。

　六十二にして初めて人の血肉を割いたあの日以来、なにやらごろんとしたものが、腹の深くに居座り続けてもいた。知らせの後で様子を窺ってみたが、案の定、ぴくりとも動かず、何事もなかったかのようで、消え失《う》せる気配はまったくなかった。

　あの日、晋平は溜池馬場の林のなかで幾度となく血振《ちぶ》りをした。鉄臭い血の匂《にお》いに包まれてみれば、倒れている骸がいかなる相手だったかは霧散して、ただ人を斬り殺したという事実だけが残った。ようやく剣を納めて、馬場上の土手に立ったとき、そのごろんとしたものが、前々からそこを棲処《すみか》にしていたかのように平然と、腹の底に収まっているのに気づいた。

　以来、そいつはひっそりと、声を上げることもなく居た。腹を突つくわけでも、暴れ出すわけでもなく、ただ、塊と知れる重みと感触を伝えてくるだけだったが、晋平にはたしかにそいつが、息をしているのが分かった。

　日がな一日、薄目を開けたままうつらうつらしていて、時折、思い出したように目を見開く。そして、晋平の様子を窺っては、ほーとか、ふーとか、ふんとか呟《つぶや》くのだった。

呟きの響きはさまざまだった。妙に親し気なときもあれば、ぞっとするほど冷たいときもあった。どの響きにも耳を澄まさずにはいられず、晋平はいつのことだったか、そいつに鏡餅《かがみもち》という名前を付けた。

もはや、人を斬り殺す前の自分に戻れないことは自明だった。残された時間があとどれだけあるのかは見当も付かぬが、ともあれ、生きている限り付き合うことになる相手には、名前があったほうが自然な気がした。

腹の感触は、そいつの輪郭を鏡餅のようと伝えてきたので、鏡餅と小さく声に出してみると、それでよいのではないかと思えた。そのままではあったが、なにしろ、そいつは生半可では付き合えない、あるいは生半可に付き合ってはならない重い相方だった。そいつは晋平に、人の命を断った者たるべき眼差《まなざ》しを望んだ。一生付き合っていくからには、せめて名前くらい軽くしないと、息が持たないような気がした。

鏡餅との同行二人《どうぎょうににん》にもようやく馴染《なじ》み始めた六月の末、晋平は四ヶ月振りに奥多摩を目指した。この前、山に入ったのはサツキの花弁が開く前の二月半ばで、花期が始まってからは、一度も足を踏み入れていない。それが分かっていながら、どうにも軀は動きたがらず、いっそ、今年は新種探しを諦《あきら》めようかと思いかけたが、いよいよ、庭のサツキのあらかたが花弁を落とすのを目にしてみると、やはり、行かねばなるまいと思った。行かなければ、勘兵衛たち三人に、申し訳が立たなかった。

三人が三人とも、随分と自分のことを買い被《かぶ》ってくれた。また庭先に顔を出せば言い分はあるが、買い被られたまま逝《い》かれてしまったいまとなっては、せいぜい気を入れて、皆の想いに自分を近づけたかった。与えられた鋳型《いがた》に身を潜り込ませて凭《もた》れることなく、そのときそのときの己と正対する。けっして誰と決めつけず、誰でもあるように己を組む。父の清十郎がそうであったように、鉄砲百人組伊賀同心でも、植木職でも、剣士でも、人の父でも、その他諸々《もろもろ》でもあることを、すべて受け容《い》れて日々の暮らしを編むのだ。となれば、山の恵みを百人町大縄地に分けてもらう営みに、切れ目をつくるわけにはゆかなかった。

花期が終わりかけているのは気にはなったが、必ずしもまずいばかりではなかった。あらかたのサツキが花弁を落としているということはつまり、いま咲いているサツキを見つければ新種の可能性が高いということだ。晋平は頭のなかに清十郎の遺産である渓流の地図を広げ、佐吉と共に行ったことのある二本を選んで、軽衫《かるさん》を穿《は》いた。

道々、サツキが渓流に根を下ろす理由を説いた父の言葉を思い出した。「たまたま、流れ着いたのではないのだ」と父は言った。いったん水嵩《みずかさ》が増せばまるごと流れに攫《さら》われる危険を承知で、飛沫《しぶき》を浴びる岩肌を選んだのである。他の草木《そうもく》との生きるための争いを避け、敢《あ》えて生きるには辛《つら》い場処を己が棲処とした。

そうして得た渓谷の平和を守り抜くために、彼らは己の軀をも変えた。ツツジが枝葉を上に伸ばすのに対して、サツキのそれが横に広がるのは、たとえ流れに没したとしても、身を低くすることで岩肌にとどまるためだ。「サツキの花の美しさは、その覚悟の美しさである」と、父は己に言い聞かせるように唇を動かしたものだった。

久々に渓谷に分け入り、初めて、人を斬り殺した者の目で音を立てる流れと岩肌を見渡してみれば、その清十郎の言葉がよりくっきりと伝わった。日々、死へ誘《いざな》う流れを眼前に見据えながら保つ平和。争いを拒んだが故《ゆえ》の過酷を引き受ける覚悟。渓谷の薄い陽に浮かび上がる鮮やかな花は、その覚悟を子孫の覚悟とするための命の器である。

自分はサツキのすべてを見ていないと、晋平は思った。美しさは見てきたが、覚悟までは見ていない。もとより晋平はサツキという生き物を好んだが、これほどまでに愛《いと》しく感じたことはついぞなく、晋平はかつて覚えたことのない渇きをもって、岩肌に根付くサツキの花弁を探した。

だから、なのだろうか。最初に足を踏み入れた渓流で、いきなり晋平は見たことのない一株と出逢《であ》った。最初はさほど珍しくもない絞り咲きと映った。野生のサツキによくある赤紫色の花に混じって、白地に紫の筋が走る花が咲く。けれど、サツキに特有の枝変わりした一本をつぶさに見れば、絞り咲きの花弁の筋は、紫というよりも青に近かった。サツキの花色にはないとされる、青に。

近くに寄って目を凝らしても、青か紫かと問われれば青と答えざるをえなかった。この一枝から挿し芽を繰り返せば、いずれは五弁の花弁すべてが青く染まったサツキを目にできるかもしれない。晋平はきっと三人の引き合わせなのだと思いつつ、岩肌に手を延ばした。

僥倖《ぎょうこう》は二本目の渓流でも起きた。出逢ったのは、すべての花弁が赤紫色の典型的な野生種で、繰り返し目を向けても絞り咲きも枝変わりも認められなかった。けれど、諦めて通り過ぎようとしたとき、晋平の鼻腔《びこう》にスズランのような香りが微《かす》かに届いた。辺りを見渡してみたが、花を着けている草木はサツキ以外にはない。それにスズランの花期はもうとっくに過ぎている。もしやと思って鼻を近づけてみると、ささやかではあるが、はっきりと芳香と分かる香りが揺らいだ。香りを放つ初めてのサツキと、晋平は出逢ったのだった。

一株目の青い絞り咲きは晋平に久々の高揚をもたらしたが、香る二株目がもたらしたのは不安だった。こんなことが立て続けに、起きるわけがない。どういうことなのかと、落ち着かぬ時を送って二日が経《た》った朝、晋平は勘兵衛と太一の家から形見分けに招かれた。形見分けとはいっても庭の鉢物の形見分けで、晋平から見れば取るに足らぬものばかりだろうが、庭の始末をしなければならないので、よければもらってやってくれと乞《こ》われた。

もとより、そのつもりでいたので、まずは勘兵衛の屋敷へ足を向けてみると、まだ花弁を残している十鉢余りの株が目に止まった。いずれも二年生らしく、華奢《きゃしゃ》な枝に五、六輪ほどの花を着けている。白地に朱や紫が走る絞り咲き。すべての花の文様がちがっていて、希少なものではないが、見ていて楽しい。これにしようと、なかの一鉢に手を触れたとき、晋平は息を呑《の》んだ。一枚の花弁の、面相筆《めんそうふで》で刷《は》いたかのように細い筋が、青になっている。思わず、残りの株に目を遣って、晋平は気づいた。その十鉢が、二日前に晋平が山で出逢った、青い絞り咲きの株の子であることを。

サツキの花の美質《びしつ》は代を経るごとに失われていく。かつてなかった花芸《はなげい》も、直ぐに束《つか》の間《ま》の絶妙を解いて、先祖の色と形に戻ろうとする。まさに、その証《あか》しが目の前の十鉢だ。おそらくは勘兵衛も、白地に青の絞り咲きから青一色のサツキをつくろうとしたのだろう。けれど、挿し芽をしたことで、逆に青は退《ひ》いてしまった。微かに青を記憶している株から挿し芽をしても、次は青が完全に失われて、白地に朱や紫の絞り咲きに戻り切るだろう。山がそう簡単に、青いサツキを手渡すはずがないのだ。

続く、二軒西隣の太一の屋敷では、香りを放つ株の子と出逢った。二十鉢ほどの株が赤紫の花を着けているのを認めて、もしやと思い、鼻を近づけると、なかの一鉢が微かにスズランの芳香を立ち上らせていた。とはいえ、その香りは晋平の株よりも遥《はる》かに弱く、言われてみればそうかもしれぬという程度で、青い絞り咲きの株と同様に、子が祖先の形質に還《かえ》りたがっているのは明らかだった。晋平が、山での二つの株との出逢いに、不安を覚える必要はまったくなかったのだ。一代で花芸が消えてしまえば、それは変種ではあっても、新種にはならない。

けれど、二つの鉢を両手に下げて家路を辿《たど》る晋平の足取りに、落胆はまったく窺えなかった。時折、笑みさえ洩《も》れた。これこそが自分には本当の僥倖だと、本物の新種だと、晋平は感じ入っていたのだ。

形見の鉢の親である二つの株が見せた花芸が、束の間の煌《きら》めきだったとはいえ、新種の可能性を秘めていたことはたしかだ。その二つの株を、勘兵衛と太一は自分よりも一年前に山から連れ帰っていた。それはとりもなおさず、二人が繁《しげ》く渓流を巡っていたことになる。

サツキの新種が棲んでいそうなあらかたの渓流には、取り付く路がない。熊笹《くまざさ》や灌《かん》木《ぼく》の群落を山刀《やまがたな》を振るいつつ進むか、あるいは滑落の危険を承知で沢を上る。渓流行きは山登りに等しい。しかも、あの勘兵衛と太一が、晋平にはひとことも語らぬまま山深く分け入っていた。あの二株に辿り着いたということは、二人にとって渓流行きは、暮らしの営みの一つになっていたのだろう。晋平とて、父の導きがなければ行き着けなかったであろう二株の棲処に、二人は独力で立った。二度や三度の挨拶《あいさつ》で、山から招かれる場処ではない。

佐吉の件で初めて三人で会ったとき、勘兵衛が「常に戦備《いくさぞな》えを保つがゆえの縛りは昔のままで、組頭の許しを得ない限り、泊りで山歩きに出ることも叶《かな》わん」と、伊賀同心の御勤めに異議を唱えた。あのときは、サツキ栽培に身が入らず、山歩きなど滅多にしたことのない勘兵衛がおかしなことを言うと感じたものだが、あれは心にあった言葉をそのまま出しただけだったのだ。

それに、単に山に入り、渓流に辿り着いただけでは、二つの株に手は延びない。一見しただけでは、王子や染井でも見かける種と映る。晋平がそうしたように、足をじっと止めて枝変わりに目を凝らし、渡る風に乗って鼻腔をくすぐった微かな香りから、芳香を放つサツキを連想したからこそ、足は岩肌へ向かう。五感を研ぎ澄まし、智慧《ちえ》を束ねなければ、新種と出逢うための扉が開くことはない。あのとき勘兵衛は、「俺たちのサツキは素人《しろうと》とさして変わらん」とも言った。「お前と佐吉のサツキは並の植木職を遥かに凌ぐ。俺たちから見れば、植木職など通り越して本草《ほんぞう》の学者のようだ」とも続けた。そんなことは、さらさらなかったのだ。二人は十分に山の手練《てだれ》だった。だからこそ、晋平は出し抜かれた。

勘兵衛はけっして、サツキをおざなりにしたのではない。辛抱が足りず、半端《はんぱ》に齧《かじ》っては直《す》ぐに飽きて、次々と新しい鋳型に手を着けていたのではなかった。二人とも本気で、サツキの育て上手になろうとしていたのだ。きっと、他のことにだって、正面から向き合ったにちがいない。二人は精一杯もがいて、そして果てた。

「頑張った」と、晋平は歩きながら呟いた。

「頑張った」

目頭が熱くなって、見慣れた組屋敷の連なりが歪《ゆが》んだ。

「よう頑張った」

大久保百人町の中通り南から北通り北までの長い家路を辿るあいだ、晋平はずっと呟き続けた。

◆◆◆

例年にも増して暑かった夏が過ぎ、秋が来て、冬になった。

その季節初めての雪がちらついた頃、千瀬と平太のあいだに待ち望んでいた赤子ができると知らされた。もう三ヶ月で、産み月は来年の五月になるということだった。

直ぐに年が明けて、その子が生まれる安永八年になった。

自分が祖父になると分かってから、晋平は芝神明に足を運ぶ日がめっきり増えて、日本橋本石町《ほんごくちょう》から火が出た二月の十二日も、随分と腹が目立ってきた千瀬の番をするように、濡《ぬ》れ縁に居た。

少し前までは、そうして座っていても腹の鏡餅が気になったが、近頃ではそやっとの関わりも随分と練れて、重さも感じにくくなっていた。消えたのではなく、周りと融《と》け合っているらしい。

そろそろ、鏡餅という名前も考え直さねばならんなと思っていた頃、出火の一報が入って、鉄砲洲から佃島《つくだじま》へと火が近づいてきているのを知った。揃《そろ》って逃げる支度を整え、いつでも家を出る構えでいたが、なんとか芝神明は難を逃れることができた。

品川の東海寺《とうかいじ》で、鷹《たか》狩りの途中に休息を取っていた御当代様の嗣子、徳川家基様が急逝されたのは、それから十日余りが経った二十四日だった。英明の誉れも高かった十八歳の御世継ぎの死を、江戸は深く悼《いた》んだ。

後日、晋平は御用から戻った平太に、なんで文武に秀《ひい》でていた御世継様が突然、身《み》罷《まか》られたのかを尋ねた。

「急病とのことですが……」

平太は、言いにくそうに言った。

「毒殺という噂もございます」

「毒……」

「あくまで噂ですが、ハンミョウという虫の毒だそうでございます」

「ハンミョウ」

口に出してみると、重宝院裏の土手でミチオシエを追う、子供たちの姿が浮かび上がっていった。

勘兵衛がつかまえ、征士郎の父の源三が、触るなと制した。

それは、ハンミョウという毒虫だから死ぬぞ、と。

あれから毎月、中洲に足を運んでいるが、征士郎の消息は耳に入っていない。サツキがどうしているかも分からない。

晋平は、直ぐに生まれてくる子の話に振った平太に合わせながら、まさかな、と思った。

月が替わって三月になり、四月になり、予定よりも早く、その月末《つきずえ》に、平太と千瀬は女の子を得た。名付けを頼まれた晋平が、「和《かず》」と付けた。千瀬にも負けぬ別嬪《べっぴん》さんで、よく泣きよく乳を飲み、晋平は以前にも増して芝神明に通うようになった。

お宮参りは、五月二十八日の川開きと重なって、鎮守の飯倉神明宮《いいくらしんめいぐう》に共に参った後の夕べ、晋平は直に戻ると告げ、一人で中洲に足を向けた。月命日ではないが、晋平はあれ以来、毎月、月末の二十八日に中洲を訪れるのを習いにしていた。

すっかり馴染んだ大路を行くと、さすがに川開きだけあって、たいした人出で、歩を進めるのも難儀するほどだった。

なんとか、あの二股《ふたまた》まで辿り着いて、見世物小屋の並ぶ通りへ分け入り、両側の小屋の幟《のぼり》を目で浚《さら》った。

落胆せぬよう、いつものように空振りを覚悟しつつ、端から視線を走らせる。

去年、サツキが出ていた小屋の辺りは特に念入りに嘗《な》めて、己を慰撫《いぶ》する言葉を用意しようとしたとき、通うようになってから初めて制動がかかって、そして、ゆっくりと停まった。

あのときと同じような小振りの小屋の前で、南からの川風に翻《ひるがえ》っている幟に、寺島新之助の文字が染め抜かれている。

思わず立ち尽くして、幾度となく文字をなぞってから足を踏み出し、小屋の前に立つと、本日初日の看板があった。

征士郎が出ているのか。やはり、サツキの石臼女《いしうす》か。まさか、三代目というわけではあるまいなと、逸《はや》る気持ちを制しながら鼠木戸《ねずみきど》を潜《くぐ》ってみれば、客は結構入っていて、新之助の掛け声があちこちから飛び交う。

急に気持ちが昂《たかぶ》って、舞台に目を向けると、あの巨大な鰻《うなぎ》のモジリのような竹籠《たけかご》が、人の胸ほどの高さに据えられていた。

征士郎が跳び抜けた一丈には届かないが、かなり近く、八尺は優にありそうだ。ちょうど、出番に当たったらしい。

胸の鼓動を認めながら、晋平は目を凝らす。

と、突如、舞台の袖《そで》から、トンボを切って男が現れた。

間を置かずに、男は、はっ、という掛け声とともに、足を高く踏み出す。

助走は緩く、柔らかい。竹籠の手前、四、五尺でふわりと宙に浮いたと思ったら、次の瞬間には竹籠を抜けて、猫のように音もなく着地していた。これなら、直ぐに一丈も、跳び抜けられるだろう。

雷鳴のような拍手と共に、新之助！　の掛け声が爆発する。悲鳴のような、若い女の声も混じる。

初代、寺島新之助が、歓声に応《こた》える。

その美しい男は舞台から手を振り、こぼれるような笑顔を見せた。

解説

葉室麟

花のことはよく知らない。

だからサツキの育て方などわかるはずもない、と思っていた。

だが、本作を読むと何か得心するところがあった。園芸栽培の技術が頭に入ったわけではない。

ひとが何かを大事にするときは、心に屈託を抱えているということだ。それは人生で失ったものか、あるいは得られなかったものか。

四谷大木戸の外の百人町に住む大久保組伊賀同心、山岡晋平は、ひと月に四、五回ほどの大手三之門の門番の日のほかはサツキの苗の栽培により生計を補っている。すでに六十二歳になる。

伊賀者と言えば、戦国時代ならば、忍びの者として伝奇的な存在だった。だが、泰平の世となり、そんな伊賀者は求められていない。ただの門番である。だからサツキの剪定《せんてい》で日々を過ごす。なにほどのこともない当たり前の生き方だと思っていた。

だが、晋平の幼いころからの友人で、同じようにサツキと向き合う暮らしをしていた川井佐吉がある日、殺された。

佐吉は三十俵二人扶持《ぶち》の身分にはふさわしくない大金を懐《ふところ》にして居酒屋に出入りしていたという。なぜだ、と晋平の胸にひっかかるものがあった。

年を重ねれば友人、知人の死にも出会う。たとえ殺害されるという思いがけない死であっても、さほど驚きはしない。だが、死んだ後に、似つかわしくない行跡を知ると気にかかる。

晋平はいまの暮らしに満足していた。しかし、伊賀者の中には本来は忍びである筈《はず》なのに門番という身分に甘んじるのを潔《いさぎよ》しとせずに屈託を抱えている者も居たのだ。同じような生き方をしていたと思える友に何が起きたのか。晋平は佐吉と同じ幼馴染《おさななじみ》である小林勘兵衛と横尾太一に佐吉のことを訊《き》く。

意外なことがわかった。佐吉は同心株を売って百人町から出ていこうとしていたという。しかも、佐吉は、

——伊賀に行きたいと言っていたという。

佐吉が殺されたことにより、幼馴染である三人の運命が転がり始めた。

舞台となっているのは安永年間だ。明和の後、天明の前である。

戦乱の記憶が残る江戸時代初期ではなく、幕末の動乱へと向かう時代でもない。

武士は「士農工商」の身分秩序の頂点に立ちながら、本来の役目である戦はなく、軍事集団としての武士は書類を相手にする官僚として生きなければならなかった。

しかも、農本主義的な政策は行き詰まり、経済の実権を町人に握られ、武士にはひたすらな貧困が待っていた。

貧しさと戦うのも戦ではある。しかし、この戦には昂揚感《こうようかん》もなく、勝利もなかった。武士にできることは、ひたすら耐えて今日をしのぎ、明日をやり過ごすことだ。

そんな中で浮かぶのは、たったひとつの問いだ。

おのれとは何者なのか。

この問いは若いころに始まり、老年にいたっても消えることはない。日ごろ、何気なく過ごしていても、ふと気がつけば地下水が染み出すように地面を黒くして足元に迫っている。

誰かに訊けば答えが出る問いではない。自分ひとりで対峙《たいじ》し、いつか解答を得なければならない。とりあえず、いのちが果てるまでには、答えが見つかるだろう。

そう思って頭から問いを払いのけるが、何かのはずみに足元を見れば、さきほどよりも染み出した地下水があふれ、脛《すね》にまで達している。

おのれとは何者なのか。

作者は興味深いエピソードを用意している。

晋平の幼馴染である勘兵衛は子供時代、餓鬼大将だった。

しかし少年となり、剣術を習い始めると剣の才が無いことが露《あら》わになって餓鬼大将の座から転落するのだ。

だが、剣に優れた晋平は昔と変わらず勘兵衛を立てた。勘兵衛をそばで見守ってきた太一は話す。

——あいつは、餓鬼大将だったくせに守られていると感じてしまった。そして、その負い目を溜《た》め込んだ。お前は守っているつもりなど、さらさらなかっただろうがな。勘兵衛の方は日々、俺たちにすがらなければならん屈託を煮詰めていたのだ。以来、あいつから輝くものが薄らいだ。

女性の目から見れば、餓鬼大将でいられるかどうかなど、たいしたことではないかもしれない。だが、これは男子にとって人生で最初につかんだ誇りを失うか、どうかという話だ。無論、人生に挫折《ざせつ》はつきものだ、と考えるならば、失墜を受け入れるべきだろう。

だが、勘兵衛はその後、サツキ作りもやり、柔術や居合、漢詩、狂歌にも手を出したがものにならなかった。

懸命にもがき、あがいても十歳の子供時代に戻れなかった。太一が言うように、

——あいつは餓鬼大将を追われたまま、この齢《とし》までずっと門番を続けてきた。

ということになる。

晋平が戦わねばならない相手は、伊賀者の中で勘兵衛のようにもがき続けた者たちなのだ。

誰もが無明の闇《やみ》にいるのだ。

幕府内の複雑な勢力争いの中で、裏御庭番となる者、請負隠密《おんみつ》を行う者たちが、おたがいを見張り、炒《い》られるように蠢《うごめ》く。

その暗闘と勘兵衛や太一も無縁では無かった。いや、おのれが何者かであろうとす

る思いが晋平のまわりの男たちをしだいに死の縁へと引きずりこんでいくのだ。

太一は、晋平に、

――浮き木
という一刀流の秘技を伝授してくれと頼む。浮き木は、

――流水浮木
ともいう。水に浮く木のように、力任せに押さえつける相手の剣を軽くいなして起き上がり、守りから攻めへ瞬時に転じる技である。

太一は何のためにこの技を会得《えとく》したいのかは言わない。だが、晋平には太一の覚悟のほどがわかって教える。

――いったい、どのくらい木刀を交えていたのだろう。突然、太一が木刀を納めて「これまで」と言った。

「入ったか」

晋平は問う。

「ああ、入った」

太一が答える。

「ここで留める。これ以上、続ければ、濁りかねん。すまんが水をくれぬか」

言い終えると、太一は集中を解いたのだろう、精根尽き果てた顔つきを浮かべて濡《ぬ》れ縁に向い、尻餅《しりもち》をつくように座した。


この場面で描かれるのは、たんに技の伝授ではないだろう。「浮き木」という名の通り、悲痛なまでに浮上しようという思いとそれを助けたいという気持、そしてふたりが、ともに持っているそこはかとない諦念《ていねん》が交差するのだ。太一に訪れるものを読者もまた、どこかで予感するのではないか。

やがて幼馴染の中でふたりだけが残ったとき、勘兵衛は晋平に、お前が羨《うらや》ましくて仕方がなかった、と真情を吐露する。「俺は父を真似《まね》たのだ。借り物だ」と言う晋平に勘兵衛は途切れがちな声で言う。

「人は、与えられた鋳型《いがた》に身を潜り込ませて安心する。(中略)お前はとうとうこの齢になるまで一つの鋳型に収まらなかった。断じて、借り物ではない」

晋平が行き逢《あ》うべきは、この言葉だったのかもしれない。それに比べれば敵との最後の対決は何ほどのことでもなかっただろう。

ところで青山さんの時代小説には鬱屈《うっくつ》がある。これは、藤沢周平さんの作品にも見られることで、言うならば人生の変遷《へんせん》を経て時代小説を書き始めた作家には共通するものなのかもしれない。

あえて言うならば、中年から書き始めた時代小説家の作品は読むのではなく、その語りかけに耳を傾けるものではないか。

藤沢さんの作品は鬱屈が結び付けられた糸の先をたぐっていくと、清らかな日本の自然や風物が広がり、懐《なつ》かしい「情」に巡り会う。

では、青山さんはどうかと言えば、河のほとりにうずくまって黙したまま水面《みなも》を見つめ続ける男の背中を連想してしまう。

通りがかって見かけたとき、このひとは何をしているのだろう、と思う。

だが、戻り道でまた見かけると川面《かわも》を見つめる男の背中が何かを物語っているように思える。それは、

——たじろがない

ということだ。人生において鬱屈を抱え込まない方法は知らぬ顔をすることだ。やり過ごし、見て見ぬふりをする。しかし、それが青山さんという作家にはできないのだ。

見てしまったものに視線を送り続け、ゆるがない。

わたしは青山さんが何を見ているのかを知らない。しかし、青山さんが見つめる先にはきっと何かがある。

ゆるぎのない背中がそれを語りかけてくるからだ。

（平成二十七年八月、作家）

この作品は平成二十五年六月、新潮社より刊行された『流水浮木—最後の太刀』を文庫化にあたり改題したものである。

北原亞以子著

傷 慶次郎縁側日記

空き巣のつもりが強盗に——お尋ね者になった男の運命は？ 元同心の隠居・森口慶次郎の周りで起こる、江戸庶民の悲喜こもごも。

北原亞以子著

再会 慶次郎縁側日記

幕開けは、昔の女とのほろ苦い〝再会〟。窮地に陥った辰吉を救うは、むろん我らが慶次郎。円熟の筆致が冴える大好評シリーズ！

北原亞以子著

月明かり 慶次郎縁側日記

11年前に幼子の目前で刺殺された弥兵衛。あのとき、お縄を逃れた敵がいま再び江戸に舞い戻る。円熟と渾身の人気シリーズ初長篇。

諸田玲子著

幽霊の涙 お鳥見女房

珠世の長男、久太郎に密命が下る。かつて矢島家一族に深い傷を残した陰働きだ。家族の情愛の深さと強さを謳う、シリーズ第六弾。

藤原緋沙子著

月凍てる ——人情江戸彩時記——

婿入りして商家の主人となった吉兵衛だったが、捨てた幼馴染みが女郎になっていると知り……。感涙必至の人情時代小説傑作四編。

安住洋子著

春告げ坂 ——小石川診療記——

たとえ治る見込みがなくとも、罪人であったとしても、その命はすべて尊い——。若き青年医師の奮闘を描く安住版「赤ひげ」青春譚。

安部龍太郎著

信長燃ゆ（上・下）

朝廷の禁忌に触れた信長に、前関白・近衛前久の陰謀が襲いかかる。本能寺の変に至る一年半を大胆な筆致に凝縮させた長編歴史小説。

安部龍太郎著

蒼き信長（上・下）

父への不信感。母から向けられる憎悪の眼差し。そして度重なる実弟の裏切り……。知られざる信長の青春を描き切る、本格歴史小説。

安部龍太郎著

下天を謀る（上・下）

「その日を死に番と心得るべし」との覚悟で合戦を生き抜いた藤堂高虎。「戦国最強」の誉れ高い武将の人生を描いた本格歴史小説。

隆慶一郎著

吉原御免状

裏柳生の忍者群が狙う「神君御免状」の謎とは。色里に跳梁する闇の軍団に、青年剣士松永誠一郎の剣が舞う、大型剣豪作家初の長編。

隆慶一郎著

かくれさと苦界行《くがいこう》

徳川家康から与えられた「神君御免状」をめぐる争いに勝った松永誠一郎に、一度は敗れた裏柳生の総帥・柳生義仙の邪剣が再び迫る。

隆慶一郎著

一夢庵《いちむあん》風流記

戦国末期、天下の傾奇者《かぶきもの》として知られる男がいた！　自由を愛する男の奔放苛烈な生き様を、合戦・決闘・色恋交えて描く時代長編。

藤沢周平著

用心棒日月抄

故あって人を斬り脱藩、刺客に追われながらの用心棒稼業。が、巷間を騒がす赤穂浪人の動きが又八郎の請負う仕事にも深い影を……。

藤沢周平著

消えた女
―彫師伊之助捕物覚え―

親分の娘おようの行方をさぐる元岡っ引の前で次々と起る怪事件。その裏には材木商と役人の黒いつながりが……。シリーズ第一作。

藤沢周平著

冤(えんざい)罪

勘定方相良彦兵衛は、藩金横領の罪で詰め腹を切らされ、その日から娘の明乃も失踪した……。表題作はじめ、士道小説9編を収録。

池波正太郎著

男(おとこぶり)振

主君の嗣子に奇病を侮蔑された源太郎は乱暴を働くが、別人の小太郎として生きることを許される。数奇な運命をユーモラスに描く。

池波正太郎著

まんぞく まんぞく

十六歳の時、浪人者に犯されそうになり家来を殺されて、敵討ちを誓った女剣士の心の成長の様を、絶妙の筋立てで描く長編時代小説。

池波正太郎著

剣客商売①
剣客商売

白髪頭の粋な小男・秋山小兵衛と巌のように逞しい息子・大治郎の名コンビが、剣に命を賭けて江戸の悪事を斬る。シリーズ第一作。

司馬遼太郎著
人斬り以蔵

幕末の混乱の中で、劣等感から命ぜられるままに人を斬る男の激情と苦悩を描く表題作ほか変革期に生きた人間像に焦点をあてた7編。

司馬遼太郎著
国盗り物語
（一～四）

貧しい油売りから美濃国主になった斎藤道三、天才的な知略で天下統一を計った織田信長。新時代を拓く先鋒となった英雄たちの生涯。

司馬遼太郎著
花神
（上・中・下）

周防の村医から一転して官軍総司令官となり、維新の渦中で非業の死をとげた、日本近代兵制の創始者大村益次郎の波瀾の生涯を描く。

山本周五郎著
小説日本婦道記

厳しい武家の定めの中で、夫や子のために生き抜いた日本の女たち――その強靱さ、凜とした美しさや哀しみが溢れる感動的な作品集。

山本周五郎著
深川安楽亭

抜け荷の拠点、深川安楽亭に屯する無頼者たちが、恋人の身請金を盗み出した奉公人に示す命がけの善意――表題作など12編を収録。

山本周五郎著
樅ノ木は残った
毎日出版文化賞受賞（上・中・下）

「伊達騒動」で極悪人の烙印を押されてきた原田甲斐に対する従来の解釈を退け、その人間味にあふれた新しい肖像を刻み上げた快作。

伊《い》賀《が》の残《ざん》光《こう》

新潮文庫　　あ-84-1

平成二十七年十月一日発行

著者　青《あお》山《やま》文《ぶん》平《ぺい》

発行者　佐藤隆信

発行所　株式会社 新潮社

郵便番号　一六二―八七一一
東京都新宿区矢来町七一
電話　編集部(〇三)三二六六―五四四〇
　　　読者係(〇三)三二六六―五一一一
http://www.shinchosha.co.jp

価格はカバーに表示してあります。

乱丁・落丁本は、ご面倒ですが小社読者係宛ご送付ください。送料小社負担にてお取替えいたします。

印刷・株式会社三秀舎　製本・憲専堂製本株式会社

ISBN978-4-10-120091-0 C0193